ro
ro
ro

Elke Loewe ist beim Fernsehen seit langem als Spezialistin für das norddeutsche Küstenland bekannt. So hat sie das Buch zur Fernsehserie «Teufelsmoor» und zum einzigen plattdeutschen «Tatort» geschrieben («Watt Recht is, mutt Recht blieven»). 2001 erschien ihr erster Roman «Die Rosenbowle» (rororo 22986, Großdruck 33200), es folgten «Herbstprinz» (rororo 23396) und «Simon, der Ziegler» (rororo 23516).

Elke Loewe

Teufelsmoor

Roman einer Familie

Dem Ersten den Tod,
dem Zweiten die Not,
dem Dritten das Brot

Rowohlt Taschenbuch Verlag

3. Auflage März 2011

Ungekürzte Ausgabe
Veröffentlicht im Rowohlt Taschenbuch
Verlag, Reinbek bei Hamburg,
Oktober 2004

Umschlaggestaltung Susanne Heeder
(Foto: «Torfschiffe» von Rudolf Dodenhoff
© Archiv Atelier Dieter Weiser, Worpswede)
Satz aus der Palatino bei
Pinkuin Satz und Datentechnik, Berlin
Druck und Bindung CPI – Clausen & Bosse, Leck
Printed in Germany
ISBN 978 3 499 33214 2

Meinen alten Nachbarn in der ehemals
Findorff'schen Moorkolonie Hohenmoor
zwischen Mulsum und Elm

Im Moor friert es bis Johanni
und ab Johanni.

Lütje

Als Lütje Kähding aus Wittenmoor sich im Jahr 1862 auf das Schiff nach Amerika begab, trug er nichts weiter bei sich als einen schmalen Beutel aus Leinen um den Hals, der war leer bis auf die silberne Kette seiner Mutter und ein Messer, wie es die Bauern zum Schneiden der Klauen ihrer Schafe benutzen.

Im Kopf bewahrte er seine zweiundzwanzig Jahre im Teufelsmoor und die Geschichten seines Großvaters, dessen Vater einhundert Jahre zuvor als Kolonist ins Moor gezogen war.

Noch wusste Lütje nicht, dass die Zeit Erinnerungen plündert oder schmückt, dass sie sie niemals unverändert stehen lässt. Er wusste auch nicht, was ihm unwiderruflich bleiben würde: die Farben, die Töne und die Gerüche der Jahreszeiten.

Im Frühling der Rauch des Moorbrennens, der zum Himmel steigt und den Regen verjagt. Die warme Asche, in die der Vater den Buchweizen sät. Im Frühsommer, wenn der Brachvogel ruft, das Torfstechen. Im Sommer, wenn die Kreuzottern sich auf dem heißen Moorboden sonnen, das Ringeln der Soden. Der Geschmack der kühlen Buttermilch. Das frische Brot aus der Hand der Mutter. Das Kichern der Schwester. Im Herbst die Fahrt nach Bremen unter den schwarz geteerten Segeln des Torfkahns. Der Morgendunst über den Wiesen und dem Wasser. Im Winter das Warten auf den Frühling, wenn Regen, Nebel und Frost sich die kalte Hand geben. Das Sausen der Spinnräder und das Klappern der Stricknadeln am räuchernden Torffeuer. Die tropfenden Speckseiten unter den Balken. Das Gleiten mit den Schlittschuhen auf dem zugefrorenen Schiffgraben, unter den Füßen die Schwingungen des Eises.

Als Lütje um Mitternacht mit einem Bündel auf dem Rücken sein Elternhaus verließ, schwankte der Moorboden unter den Füßen der tanzenden Hochzeitsgäste. Am Himmel leuchteten die Sterne des Großen Wagens. Er hätte zwischen Deichsel und Schotten auch Platz für Hanne gehabt. Gleich würden die jungen Frauen Hanne den Schleier zerreißen, denn wer das größte Stück ergattert, heiratet übers Jahr. Das war schon immer so, und das wird auch so bleiben. Und welche

Frau wollte das nicht im Moor? Braut werden, Kinder empfangen und gebären, einen eigenen Hausstand führen. Fort aus den wachsamen Augen der Eltern und des Pastors, nicht zuletzt auch aus den Augen des lieben Gottes, der alles sieht und alles weiß, da oben hinter dem Großen Wagen, der auch das mit Hanne und Lütje gesehen hat zwischen den Brombeerbüschen, im Bett aus Heide und Torf.

Ein ganzes Frühjahr lang war das so gegangen, alle Sonntage nach der Kirche. Jedes Mal wurde Lütje die Zeit länger bis zu diesem herrlichen Augenblick der Erschöpfung, wenn er sich rücklings ins Heidekraut warf und Hanne ihren Kopf auf seine Brust legte und ihn mit ihren Zöpfen kitzelte, wenn er den Wolkenschiffen nachsah und träumte, mit Hanne nach China zu segeln. China! Beim Torfverkauf in Bremen hatte Lütje einen Chinesen gesehen, seitdem wollte er nur noch nach China.

«Lütje», rief die Mutter ihm leise hinterher.

Sie winkte ihn zur Hintertür wieder herein in ihre Schlafkammer. An der Hand führte sie ihn zur blauen Truhe mit dem in roter Farbe geschriebenen Namen: Katharina Auguste Funck. Sie nestelte an ihrem Schlüsselbund, steckte einen dicken runden Schlüssel in das Schloss und drehte ihn um, wobei sie den Deckel mit der einen Hand etwas anhob.

Lütje wandte seinen Blick ab. Noch nie hatte er in diese Truhe gesehen, sie war der alleinige Schatz der Mutter, und niemand hatte darin etwas zu suchen.

Die Mutter drückte den schweren Deckel nach hinten, beugte sich über die Truhe, griff mit einer Hand hinein, während sie den Deckel mit der anderen festhielt, und richtete sich wieder auf. Sie klappte den Deckel vorsichtig zu, verschloss ihn und steckte den Schlüsselbund zurück an ihren bunt gewebten Gürtel über dem weiten dunkelblauen Hochzeitsrock. Mit der einen Hand hielt sie sich ihren schmerzenden Rücken und reichte mit der anderen ihrem Sohn einen gefüllten Leinenbeutel.

«Unser Buchweizen ist erfroren in diesem Jahr», sagte Lütje.

Tibcke nickte ihm auffordernd zu, sie sagte kein Wort, nur ihre Augen verrieten, wie traurig sie war.

«Lass das, Mutter, du wirst es noch brauchen», sagte Lütje.

«Morgen nimmt Hanne die Schlüssel.»

Die Mutter suchte weiter nach Worten, aber sie fand keine. Lütje nahm den Beutel und hängte ihn sich um den Hals.

Morgen nimmt Hanne die Schlüssel.

Tibcke hatte nie viel Worte gemacht in ihrem Leben. Das also war das Ende ihrer Schlüsselgewalt auf dem Hof. Von morgen an wird Hanne die Herrscherin sein, auch über die blaue Truhe. So will es der Vertrag zwischen den Alten und den Jungen. Darüber hatte ihm sein Großvater erzählt. Einmal hatte der Großvater auch gesagt: «Du siehst aus wie mein Vater, Lütje. Der hatte ebenso einen Wirbel wie du, wo andere den Scheitel haben.»

Hanne wird den Inhalt der Truhe begutachten, das Leinen zwischen die Hände nehmen und mit ihren Fingern die Festigkeit prüfen. Später wird sie sich die Kontrakte vornehmen, die seit einhundert Jahren in dieser Truhe abgelegt werden.

Hanne kann gut lesen. Besser als Lütje. Sie kann es, ohne mit dem Finger unter der Reihe der Buchstaben entlangzufahren. An den langen Wintertagen, wenn Lehrer Bartels, täglich wechselnd in eine andere dunkle Stube, auf die Höfe kam, wenn er mit dem Rohrstock in der Hand das Lesen in der Bibel lehrte, war Hanne die Beste von allen gewesen.

Tibcke zog ein spitzenumhäkeltes, zu einem Viereck zusammengelegtes Taschentuch aus ihrem Gürtel, wollte sich über die Augen wischen und fand in diesem Augenblick die gesuchten Worte. Sie hielt in der Bewegung inne und reichte das Taschentuch Lütje, der es in seine Jacke steckte.

«Gott segne und beschütze dich, mein Sohn. Und vergiss nicht, dich von deinem Vater zu verabschieden.»

Lütje wusste, sie würde ihren neuen Platz einnehmen, ohne zu klagen.

Vergiss deinen Vater nicht. Lütje musste ihn nicht lange suchen. Am Bienenzaun saß der Vater auf seinem Stuhl. Es war ja Vollmond. Die sechs aus Stroh geflochtenen, lehmverputzten Bienenkörbe glänzten mattgelb. In der Mitte als siebenter der Bannkorb mit der Maske. Die hatte der Vater im Herbst nach dem Ereignis geschnitzt, nach dem schwarzen Himmelsstein, der seine Sinne verwirrt hatte.

Als Lütje sich neben den Vater setzte, sah der nicht auf.

«Vater, ich geh fort aus dem Moor.»

«Immen, Immen. Hört mir zu!»

«Vater, ich geh weit weg, nach China.»

«Immen, Immen, ich muss euch was sagen. Mein Sohn geht nach China.»

Jetzt wandert Lütje nach Südwesten. Das Moor zittert unter den Tritten seiner Holzschuhe. Hanne war noch zu ihm in das Bett aus Heide und Moos gekrochen, nachdem sie sich Pfingsten mit Christian verlobt hatte. Und er hatte diesen Sieg über seinen Bruder ausgekostet. Jedes Mal. Viele Male. Bis zuletzt. Als verheiratete Frau, das wusste er, würde Hanne nicht mehr kommen. Nicht, weil Christian ihr im Stroh mehr zu bieten hätte, nicht deshalb. Zu diesen Dingen ist schließlich jeder Mann im heiratsfähigen Alter imstande, jeder, sage ich, auch der dümmste. Auch nicht, weil du nicht das sechste Gebot brechen sollst. Nein, eine Frau unter der Haube, die steht auf einmal über dir, weil sie am Ende der Reihe ihrer Vorfahren einen vorläufigen – ja, vorläufigen! – Platz gefunden hat, den du, Lütje, noch nicht hast.

Glücklicherweise scheint der Mond und lässt die Torfgräben schimmern, schnurgerade Spiegelbänder. Lütje überspringt sie, und man muss sich nicht sorgen, dass er zurückfällt, wenn der

Boden nachgibt. Er hat es gelernt, das Springen über Gräben, zweiundzwanzig Jahre lang, er kann es. Als er sich einmal an einem Gagelstrauch festhält, reißt er dabei ein paar Blätter ab. Er steckt sie in die Tasche seiner schwarzen Jacke, deren Ärmel ihm zu kurz geworden sind seit der Konfirmation. Mit den Blüten und Blättern des Gagels färbte seine Mutter im Sommer die Wolle gelb. Im Herbst spannen die Frauen die Wolle zu Fäden, und im Winter strickten die Männer Strümpfe daraus. Ein Paar davon trägt Lütje jetzt an den Füßen, darüber die Holzschuhe, ein zweites Paar liegt in seinem Leinenbündel. Wer weiß schon, wie in China das Wetter sein wird.

Nach zwei Stunden erreicht er erst die Wiesen und dann das Ufer der Hamme. Das schwarze Wasser glitzert unter dem Mond. Lütje löst den Strick eines Torfkahns, er stakt zur anderen Seite des Flusses. An einem Pfahl bindet er den Kahn fest. Der Bauer wird schon wissen, wie er hinüberkommt. Und wenn er nasse Füße kriegt, was schert es den, der auf dem Weg nach China ist.

Die Wiesen werden trockener, und Lütje geht auf einem Sandweg weiter. Einer wie Lütje, der auf schwankendem Boden aufgewachsen ist, der staunt jedes Mal aufs Neue, wenn er festen Boden betritt. So ist es ihm auch in Bremen ergangen, als er das erste Mal mit Vater und Bruder in den engen Straßen den Backtorf verkaufte. Er hat das Zittern unter den Füßen vermisst, ist misstrauisch auf die runden Pflastersteine getreten, immer erwartend, sie würden unter dem Druck seiner Füße nachgeben. Wie jeder Stein, überhaupt jedes Ding im Moor versinkt. Du legst im Frühling etwas ab, und wenn du es im Herbst suchst, findest du es nicht mehr. So wird auch Hannes Liebe im Moor verschwinden auf Nimmerwiedersehen.

Lütje stapft auf den Weyerberg, diesen mächtigen Sandhügel im Moor. Den Sand hat ein Riese auf der Flucht aus seinen Stiefeln gekippt; das weiß Lütje vom Großvater.

Es ist das Einfachste auf der Welt, über Sand zu laufen. Du musst nicht wie im Moor über Schlenken auf Bulten springen, wenn dir dein Leben lieb ist. Du kriegst wohl Sand in die Holzschuhe hinein, unter die Strümpfe und in die Strümpfe, aber du kannst sie ausziehen und den Sand aus den Schuhen rieseln lassen.

Lütje lehnt sich an ein hohes Mal aus Holz, zu dessen Füßen Feldsteine liegen. Er wischt sich mit dem Jackenärmel den Schweiß aus dem Gesicht. Zum ersten Mal wagt er den Blick zurück ins

Moor. Irgendwo in der weiten, mondbeschienenen Ebene unter dem Großen Wagen brennt es.

Hanne hat sich in dieser Nacht seinem Bruder Christian hingegeben.

Lütje stößt sich von dem Mal ab und wirft sich bäuchlings auf den Sand. Keine weiche Mulde aus Torf und Heide fängt ihn auf. Der Sand ist kühl wie am Morgen Hannes Gesicht vor dem geschmückten Altar auf der Diele.

«Willst du, Jungfrau Johanne Auguste Renken, den ehrbaren Bauern Christian Wohlert Kähding zu deinem Manne nehmen, so antworte laut und deutlich mit Ja.»

«Ja, ich will.»

Die Jacke mit den zu kurzen Ärmeln stört. Lütje wirft sie fort. Von der Hose reißt er einen Knopf ab. Er beschmutzt das Taschentuch seiner Mutter. Unter dem Großen Himmelswagen schläft er ein, den Kopf auf die Jacke gelegt, die tiefe Stimme des Großvaters im Ohr.

«Einmal unternahm ein gottloser Fuhrmann aus schnöder Gewinnsucht am Sonntag eine Reise, wenn doch alle Geschäfte ruhen sollen. Er holte seine drei Pferde aus dem Stall und spannte sie hintereinander vor den Wagen. Sie hörten aber nicht auf seinen Zuruf, auch nicht, als er mit der

Peitsche dazu knallte. Da schwang sich der Fuhrmann mit einem bösen Fluch auf das Pferd in der Mitte und bearbeitete es mit den Sporen, während er das vordere und das hintere Pferd mit der Peitsche schlug. Die schnaubenden Tiere drängten und schoben den Wagen rückwärts. Doch der Fuhrmann missachtete dieses Zeichen des Himmels und setzte sein Fluchen und Schlagen fort. Da verschoben sich die Achsen des Wagens, und die Räder rollten davon. Der Fuhrmann fluchte in Teufels Namen, im Nu waren Wagen, Pferde und Fuhrmann wie vom Erdboden verschwunden. In der Nacht sahen die Menschen das Zeugnis der Gotteslästerung als Sterne am nördlichen Himmel, wo nun alles aus dem richtigen Verhältnis geschoben ist und der bespannte Wagen seitdem allabendlich rückwärts fährt.»

«Ist das wirklich wahr, Großvater?»

«Das ist so wahr, wie früher das Moor angeschwemmt wurde von den großen Fluten, Lütje.»

«Das stimmt aber nicht, Großvater, das Moor ist hier gewachsen, hat Lehrer Bartels uns gelehrt.»

«Der ist ein Klugscheißer», hatte der Großvater gesagt.

Als Lütje in der Kälte des Sandes und der Kühle

der Nacht erwacht, wird es im Osten schon hell. Er springt auf, will seine Hose zuknöpfen, merkt, dass ihm ein Knopf fehlt. Er sucht ihn im Sand. Er hat jetzt Hunger, freut sich auf Speck und Brot und Buttermilch. Die Wegzehrung hatte seine Mutter am Vorabend der Hochzeit noch in das Bündel gepackt. Seine Mutter, die alles wusste und nie darüber sprach, aber gebetet hat für ihren Zweitältesten. Mütter sehen es ihren Söhnen an, wenn da etwas geschehen ist. Sie erkennen auch das Mädchen, das nicht mehr Jungfrau ist. Mütter wissen mehr über ihre Kinder als Väter, ohne zu wissen, dass es so ist.

Sie hatte Angst vor der Herrschaft des ältesten, jähzornigen Sohnes, aber sie wusste auch, ein verwirrter Bauer, der nur noch zu seinen Bienen spricht, hat das Recht verwirkt, ein Bauer zu sein. Ihr blieb nichts anderes, als ja zu sagen zu der Hochzeit von Christian und Hanne und der Übergabe des Hofes, auch wenn sie es noch längst nicht wollte. Sie war gefangen in der Reihe, die da heißt, geboren werden, heranwachsen, heiraten, gebären, aufziehen, abgeben. Einen Altenteilervertrag machen, der alles regelt, vom Tabak bis zur Milch, von der Kammer bis zum Totenhemd.

Das Leben war Arbeit und Pflichterfüllung,

Mutter, du wurdest nicht gefragt, was du willst, du tatest, was das Leben von dir verlangte, ohne selbst zu fragen. Aber du konntest deinem Sohn etwas mit auf den Weg geben, Mutter, was du heimlich zusammengetragen, dir vom Munde abgespart hast. Dafür kommst du in den Himmel, bestimmt.

Lütje kippt den Sand aus den Schuhen, zieht seine Jacke an und will sein Bündel aufnehmen. Das Bündel ist fort. Fort ist das Brot, der Speck und die Buttermilch. Die gagelstrauchgelben Wollstrümpfe, fort. Die Unterhose, die Bibel, das graue Handtuch, die gesparten Taler, das Rasiermesser, fort. Fort ist das Taschentuch, das beschmutzte, und das Messer für Speck und Brot. Lütje sieht sich um. Auf dem Moor liegt die graue Decke des Morgennebels, niemand ist zu sehen im Halbdunkel auf dem föhrenumstandenen Berg. Auch nicht hinter dem Denkmal, zu dessen Füßen Lütje geschlafen hat. Fort ist der Dieb. Hat sich noch vor der aufgehenden Sonne davongeschlichen. Schlägt sich in seiner Hütte den Bauch jetzt voll mit Brot und Speck, trinkt Buttermilch und lässt seine Kinder hungern oder teilhaben, wie es ihm gerade gefällt.

Lütje tastet unter seinem weißen Sonntagshemd

mit den Falten vom Kragen abwärts nach dem Leinenbeutel. Der Beutel ist da. Zusammengehalten von einem geflochtenen Band aus schwarzer Wolle. Lütje löst den Knoten. Er öffnet mit Daumen und Zeigefinger den Beutel. Er öffnet ihn zum ersten Mal. Langsam, ungläubig schüttet er Taler auf den Vorsprung des Grabmals. Wieder sieht er sich um. Er zählt bis dreißig. Er schüttelt den Beutel ganz aus. Eine silberne Kette mit silbernem Kreuz fällt leise klirrend auf einen Stein, glitzernd wie das Mondlicht auf dem Wasser des Flusses.

Wie die Mutter vor ihm stand in ihrem blauen Hochzeitsrock, der barmherzig ihren von schwerer Arbeit und fünf Geburten geschundenen Körper verhüllte, wie sie, noch halb gebückt vom Suchen in der Truhe, ihn ansah, hatte Lütje sie zum Abschied in den Arm nehmen wollen. Aber er wusste nicht, wie das geht bei einer Mutter.

Lütje müsste jetzt Gott danken in diesem Moment, wo ihm genommen und wieder gegeben wurde, aber es kommt ihm kein passendes Gebet in den Sinn.

«Komm, Herr Jesus, und sei unser Gast, und segne, was du uns bescheret hast», betet Lütje, gleichzeitig denkt er daran, dass Speck und Brot ja ungesegnet fort sind. Und wie dieses Gebet mit der Einladung für den Herrn Jesus von der Mutter am Tisch gesprochen wurde, morgens, mittags und abends, daran denkt er auch. Wieso soll der Herr Jesus nun Taler segnen, wenn er auf Speck und Brot nicht aufgepasst hat? Lütje verspürt in seinem morgendlichen Heißhunger eine Wut auf Jesus in sich aufsteigen, wie die Wut auf seinen Bruder. Sofort fallen ihm weitere Gebete ein, die er ärgerlich wegschiebt. Warum ist er überhaupt wütend auf seinen Bruder, statt auf Hanne? Sie hat nicht nur Christian verraten, sondern auch ihn, Lütje. Hatte es eilig, unter die Haube zu kommen, weil er ihr keinen Hof bieten konnte. Lieb haben und an fünfzig Morgen Moorland denken! Drei Kühe und zwei Kuhkälber! Sieben Schafe, eins davon schwarz, und eine Ziege! Nirgendwo gibt es ein Gesetz, dem zufolge dem Älteren die Nachbarstochter zustünde!

Lütje streicht mit einer schnellen Bewegung die Taler vom Sockel in den Leinenbeutel. Die Kette fällt in den Sand. Als Lütje sie aufhebt, findet er auch den Knopf und steckt ihn zu den Talern. Er bindet die geflochtene Schnur sorgfältig zusammen und hängt sich den Beutel wieder um den Hals. Sein Blick fällt auf eine Eisenplatte, die auf dem Holz verschraubt ist.

«Dem königlichen Moorkommissario Jürgen Christian Findorff», buchstabiert Lütje. Er hat unter dem Denkmal von Findorff geschlafen, der die Hofstellen im Moor schuf, der Mann, von dem Großvater Friedrich nur mit Hochachtung sprach.

Es ist hell geworden. Die Sonne hat den Nebel in Dunst aufgelöst, und sie kriecht durch die Zweige der Föhren in die Tautropfen an den Nadelspitzen.

Lütje kippt den Sand aus den Holzschuhen und geht den Berg hinab nach Süden davon, über das große Moor auf Bremen zu.

Wenn einer wie Lütje geht, dann nicht nur, weil er jetzt Durst hat und einen Brunnen sucht. Der geht auch, weil er in Bremen den Chinesen gesehen hat, der mit einem Schiff über den großen Ozean gekommen ist, weit jenseits des Moores, wo die Sonne aufgeht. Einer wie Lütje geht auch, weil er nicht Knecht bei seinem Bruder und dessen Frau sein will. Er hat keine Angst vor dem Unbekannten, das sich im Morgendunst hinter dem Moor versteckt.

Zwei Sonnenaufgänge und zwei Sonnenuntergänge sah Lütje noch auf seinem Weg zum großen Hafen an der Weser. Er aß Brot und trank Milch bei einem Bauern, für den er mit einem scharfen Messer die modrigen Klauen der Schafe ausschnitt. Die schwarzzöpfige Tochter des Bauern wusch ihm nicht nur sein Faltenhemd, sie schenkte ihm auch blitzende braune Augen, die er bis kurz vor Bremen nicht vergessen konnte. Oh, wenn er es gewollt hätte, sie wäre bestimmt mit ihm nach China gegangen, wo die Männer Zöpfe tragen wie die Frauen im Moor.

Im Auswandererhaus in Bremen traf er den rothaarigen Jonni Elfers, der wohl von China keinen blassen Schimmer hatte, dafür aber bestens Bescheid wusste, wie man nach Amerika kommt. Er hatte es ziemlich eilig damit.

«Wo kommst du her?», fragte Lütje.

«Aus der Heide», antwortete Jonni. «Und du?»

«Aus Wittenmoor.»

«Und wo willst du hin?»

«Nach China will ich!»

«Nach China?»

«Und du?»

«Ich will nach Amerika!»

«Nach Amerika?»

«Ja, nach Amerika. Da gibt es Land für Weizen und Roggen, so viel du willst und alles umsonst, und niemand fragt dich, woher du kommst und wohin du gehst.»

«So viel ich will? Und alles ist frei? Keine Abgaben, keine Gesetze, nichts?»

«Sagte ich doch. Komm mit nach Amerika. Wer weiß, wie das in China mit den Abgaben geht. Und die Frauen sind dort klein, viel zu klein für dich und für mich, die haben Augen wie die Tölpel, alle, Frauen, Männer und Kinder.»

«Wann geht dein Schiff, Jonni?»

«Wenn es voll ist, du Chinese.»

So kam es, dass Lütje Kähding sich im Jahr 1862 statt nach China mit Jonni Elfers auf dem Großsegler Anna-Maria nach Amerika einschiffte.

Sie bezogen zwei harte Pritschen im Bauch des Schiffes, der allen Auswanderern zum Essen, Schlafen und einigen auch zum Lieben diente, und wenn sie mal gerade nicht spuckten, dann redeten sie. Nachdem sie den Englischen Kanal durchsegelt hatten, traf sie der Atlantische Ozean mit voller Kraft. Die Anna-Maria rollte und stampfte, mal lag sie quer zur See, mal richtete sie sich steil auf. Wenn sie quer lag, brüllten unter Deck die Auswanderer, und wenn sie sich aufbäumte, brüllten die Leute auch.

In der siebenten Nacht auf See stiegen Lütje und Jonni an Deck und atmeten tief durch. Sie sahen die letzten Möwen, die ihnen folgten, und die Sterne am Himmel über dem Meer, und Lütje zeigte Jonni den Großen Wagen.

In der achten Nacht auf See wurde Lütje der Leinenbeutel mitsamt dem Messer und dem Hosenknopf gestohlen, aber ohne die Kette mit dem silbernen Kreuz. Die trug er um den Hals, die Taler aus dem Beutel waren für die Schiffspassage sowie für Speck und Brot draufgegangen.

Lütje Kähding hatte nun nichts mehr zu verlieren als sein Leben, wenn man von der silbernen Kette und den paar Blättern vom Gagelstrauch absieht, die noch in seiner Jackentasche steckten und nicht einmal mehr zum Färben taugten.

Er stand nun in einer Reihe mit seinem Urgroßvater Johann, der einhundert Jahre vor Lütje ins Unbekannte aufgebrochen war.

Tine und Johann

Dieser Johann Kähding, ein ansehnlicher Bursche mit kräftigem Nacken und sonnenverbranntem Gesicht, über dessen Stirn der Wirbel seiner Haare wie ein lustiges Segel stand, auch der hatte nicht viel mehr zu verlieren als sein Leben, als er sich um die Kolonistenstelle im Teufelsmoor bewarb.

Allerdings gab es einen Unterschied zwischen Urgroßvater Johann und Urenkel Lütje. Johann Kähding hatte in jenem Jahr 1762 schon eine Frau und einen Sohn, obwohl er nach dem Gesetz beides nicht haben durfte. Nach welchem Gesetz? Hatte ein Gesetz darüber zu bestimmen, ob ein Mensch heiraten durfte? Ja, das Gesetz sagte, heiraten nur, wenn ein Haus und etwas Land vorhanden sind sowie ein ausreichendes Einkommen, um die sicher bald purzelnden Kinder zu ernähren. Woher aber nehmen, wenn das Land in diesem Fall Johanns Zwillingsbruder Jürn, der, Schicksal, nur wenige Atemzüge älter war als Johann, wenn also das Land einem anderen gehörte?

Jürn dachte mitnichten daran, seinem Bruder

und Knecht Johann die Landarbeit besser zu bezahlen als den anderen Knechten oder ihm ein Haus zuzuweisen, wäre dann doch Johanns Arbeitsleistung geringer gewesen und hätte nicht mehr zur Mehrung des Hofes beigetragen. Denn Jürns schweres Marschenland, fruchtbarer Schwemmboden, vom Meer in Jahrhunderten zusammengetragen, der forderte viele fleißige Hände zum Schaufeln und Graben. Und hätte jemand gesagt, dass Georg der Dritte, König im fernen England, der in Personalunion auch Kurhannover regierte, bald staatliches Moorland zu Kolonistenstellen freigeben würde, weder Jürn noch Johann hätten es geglaubt.

Die Zuversicht Johann Kähdings, Katharina Auguste Funck, genannt Tine, Mutter des fünfjährigen gemeinsamen Kindes Jakob, heiraten zu können, gründete nicht auf der Hoffnung aller Abhängigen, die da heißt, arbeiten sommers und winters von Sonnenaufgang bis Sonnenuntergang, beten morgens, mittags und abends und sonntags in der Kirche dazu und sich, das war vor allem wichtig, nichts zuschulden kommen lassen, um vielleicht irgendwann eine Familie gründen zu dürfen.

Nein, Johann Kähding wollte das ihm von Gott zugedachte Leben nicht hinnehmen wie Vieh, welches zur Tränke oder zum Schlachter geführt wird. Jeden Groschen, den er entbehren konnte, legte er beiseite in seine Kiste oben über dem Viehstall, wo einer nicht mal aufrecht stehen konnte.

Du musst dir das so vorstellen: Unter einem riesigen Dach ein Bauernhaus, darin eine große Diele, mit einem Eingangstor so hoch, dass ein voll mit Heu beladener Wagen hineinfahren konnte, direkt unter die Luke zum Dachboden. Rechts von der Diele standen die Pferde, links die Kühe. Über den Pferden lag der Hellen, ein Verschlag aus Holz mit Bettstroh für die Knechte. Jeder von ihnen hatte eine verschließbare Kiste, in der die Besitztümer verstaut wurden: das Rasiermesser, der Sonntagsstaat, die Unterhosen und -hemden, die Bibel und das Gesangbuch. Und eben auch ab und an ein Groschen in einem Leinenbeutel. Am Ende der Diele, vor der Fachwerkmauer, die Stube und Kammern des Bauern abtrennte, befand sich das Flett mit einer offenen Feuerstelle, vor der ein großer Holztisch mit Bänken für die auf dem Hof dienenden Knechte und Mägde stand.

Tine, die Frau, die Johann nicht heiraten durfte, sie arbeitete auf dem Hof als Magd, molk die Ziegen, hackte das Feld und teilte eine schmale

Kammer zwischen Pferdestall und Wohnung des Bauern mit zwei Mägden und ihrem Sohn Jakob.

Tine hatte ein helles Gesicht, dicke Haare und ein Lachen, dass die Männer in ihren Holzschuhen merklich weniger schlurften, wenn sie in der Nähe war, und sich untereinander aufführten wie die Gockel vor den Hennen. Sie sang für ihr Leben gern, steckte sich im Sommer eine Kornblume ins Haar und träumte von einem Königssohn, der sie mitnähme auf sein Schloss. Hat sich zu Tode erschrocken, die Tine, als damals ihr Bauch immer mehr anschwoll, wer denkt schon an die Folgen, wenn die Gefühle koppheister gehen.

Das war so ein Abend im Juni, wo der Rauch der Johannifeuer kerzengerade in den Himmel steigt, wo im Busch die Nachtigall schlägt, wo der Fluss wie ein Spiegel liegt, so still, wo die Hitze des Tages die Dämmerung überlistet und zur Wärme der Nacht wird. Wo alle Wünsche in Erfüllung gehen und versunkene Schätze gehoben werden. Wo die schwere Arbeit vergessen ist und die Mädchen sich schmücken und die Jungen nur auf eine Sache aus sind, ein Vergnügen, das die Beteiligten keinen Pfennig kostet, zunächst.

Hast du schon einmal gemerkt, wie viel Kinder im März geboren werden? Allemal Johannikinder, sage ich.

Also Tine und Johann. Die hat es erwischt an Johanni. Erst rannte sie ungestüm über den Deich auf die Schafweide, er ihr nach. Dann stolperte er über einen trockenen Ast und legte sich im Gras lang, und Tine hielt sich den Bauch vor Lachen, was Johann ungemein wütend sofort wieder auf die Beine brachte. Sie lief zum Fluss, schlug Haken wie ein Hase, und bevor er sie packen konnte, sprang sie hinein und er sprang ihr nach.

«Wir heiraten!», flüsterte Johann, klatschnass und außer Atem. Einfach so. «Wir heiraten.»

«Wie denn? Wir haben kein Haus und kein Land.»

«Gib mir Zeit, Tine. Fünf Sommer und fünf Winter noch. Dann werden wir ein Haus haben. Ein Haus für dich und für mich und für unsere Kinder.»

Es brauchte einige Herzschläge lang, bis Tine das Haus vor sich sah.

«Das Dach mit gelbem Flussreet gedeckt, die Balken aus Eiche und die Fächer aus roten Steinen.»

Johann war schon ein Stück weiter.

«Im Stall stehen eine Kuh, zwei Schafe, eine Ziege, und vier Hühner scharren auf dem Mist.»

«Einen Alkoven für uns allein mit bestem Stroh alle Woche und am Fenster eine Truhe voll mit frisch gewebtem Leinen.»

«Und ich pack dir alle Taler und Groschen in den Beutel, die ich verdiene.»

«Und zur Hochzeit wünsche ich mir eine silberne Kette mit einem silbernen Kreuz von dir.»

«Versprochen. Aber ich geh nur zur Hochzeit in die Kirche und sonst nie wieder.»

«Und zur Taufe und zur Konfirmation. Wir werden für immer zusammen sein, bis dass der Tod uns scheidet.»

«Sterben will ich aber noch nicht», lachte Johann und küsste Tine auf den Mund, dass sie vor Glück keine Luft mehr bekam und den Königssohn vergaß, und es kam ihr nichts von dem in den Sinn, was außer dem Tod noch alles ausgehalten werden muss im Leben.

Neun Monate später, am Tag des Frühlingsanfangs, kam Jakob zur Welt, das Johannikind, der Träumer.

Hat Tine nicht gewusst, was eine Frau wissen muss? Wie dieser Segen, der nur für verheiratete Frauen ein Segen ist, verhindert werden kann?

Sie wusste es! Frauen teilen einander mit, wie das mit den Männern geht. Das Einfachste von der Welt kannst du dir nach dem ersten Kind zu Eigen machen: Solang ich still, empfang ich nicht. Das kostet keine Ausreden und soll nur in wenigen Ausnahmen zu neuem Segen geführt haben. Besser ein Kind an der Brust, das schon läuft und Zähne hat, als ein schwerer Leib, der nicht nur bei der Feldarbeit stört. Aber was tun, um schon das erste Kind nicht zu empfangen? Nun, der Mann ist durch nichts zu bewegen, sein Vergnügen zu unterbrechen, außerdem ist kaum darüber mit ihm zu sprechen. So muss eine Frau ihn hinhalten durch Leiden vielfältiger Art, wobei sich Blasenerkältungen besonders bewährt haben. Er wird brummen und ärgerlich sein, sich aber fügen, wenn sie es geschickt anstellt. Außer bei Trunkenheit, da ist er nicht aufzuhalten. Hat sie ihre Tage hinter sich, an denen er sich, wenn es ein gemeinsames Bettstroh gibt, ohnehin auf die andere Seite dreht, muss sie ihm schnell zeigen, wie willkommen er jetzt ist, um ihn zu versöhnen.

Tine zahlte die zwanzig Groschen an die Gerichtskasse, Bußgeld für ihr uneheliches Kind. Johanns jüngerer Bruder Jost holte die Groschen aus seinem Beutel.

«Ich werde ja doch nie heiraten», sagte er zu Johann, «nimm es für Tine. Sie ist wie eine Schwester für mich.»

Beim Hauptgottesdienst saß er neben Tine und Johann, und als das Sündenkind getauft wurde, hielt Jost es über das Taufbecken, auf dem Segen des Pastors hatte Tine bestanden.

Von Jost soll später noch die Rede sein.

Tine arbeitete weiter auf dem Hof von Jürn, band das Getreide und hackte den Kohl. Jakob schlief derweil am Rande des Feldes in einem Korb. Wenn einer der Knechte Tine zu nahe treten wollte, wie eines Tages der Tagelöhner Cord Geffkens aus dem Kehdinger Moor, weil eine mit Kind ja leicht zu haben ist, dann gab Johann ihnen mit seinen Fäusten Bescheid.

Tine trug die Zöpfe aufgesteckt und den Rücken gerade, ging sonntags mit Jakob in die Kirche, Jakob als Säugling, als Krabbelkind, als Laufkind. Jeden Monat einmal wurde Johann bei seinem Bruder vorstellig, bat um etwas Land und eine Kate am Deich, jeden Monat einmal sagte Jürn: «Nein!»

Johann wurde immer mürrischer und verschlossener, und Jakob wurde über dem Warten fünf Jahre alt. Tine hütete sich, Johann an sein Versprechen zu erinnern, aber ihre wachsende Unruhe übertrug sich auch auf Jakob. Er war heiß und hustete. Sie pflückte die Blätter des Scharbockskrautes und gab sie ihm mit seinen Mehlklößen. Sie sammelte die letzten Huflattichblüten für einen Tee gegen sein Keuchen. Als sich der Löwenzahn ausbreitete, streute sie die jungen Blätter fein gehackt in Jakobs Milchsuppe.

Der letzte Sonntag im April war's, eben nach Ostern. Noch zwei Monate bis Johanni. Es ist die Zeit, wo alle Ängste versiegen und der Winter vergessen ist. Der Regen bringt grüne Blätter, und die Sonne putzt Tränen weg, bevor sie geweint werden.

Tine saß wie jeden Sonntag in der Kirche hinter dem großen hölzernen Pfeiler. Jeden Zentimeter in diesem Gotteshaus kannte sie, die bunten Fenster und das weiße Gebälk. Sie sang alle Lieder ohne Gesangbuch, betete jedes Gebet auswendig, wobei sie am Ende Johann und Jakob mit einschloss vor dem Amen. Nichts deutete zunächst darauf hin, dass dieser Gottesdienst Tines und Johanns Leben so gewaltig verändern würde, viel nachhaltiger noch als Johanni und seine Folgen.

Doch die Kirche füllte sich immer mehr, junge

Männer strömten herein, die der Herrgott sonst nie hier zu Gesicht bekommen hatte. Und was trieb die jungen Männer am helllichten Sonntagmorgen in die Kirche statt in den Dorfkrug? Jeder der Ankommenden drückte sich entweder von außen oder von innen in eine Reihe der Bänke hinein, bis nicht eine Handbreit Luft mehr war zwischen den Kirchgängern, und die letzten blieben stehen. Dies machte Tine wohl stutzig, doch da sie sich nicht so oft umdrehen konnte, weil einfach kein Platz mehr war, merkte sie nicht, dass auch Johann gekommen war. Der Pastor sah mit Wohlgefallen auf die vollen Bänke, die ihm ein kirchenfremder Anlass beschert hatte, nun sollten die jungen Männer ihre neue Frömmigkeit auch nicht umsonst haben. Die Predigt dauerte diesmal nicht zwei Stunden, sondern zweieinhalb.

Wie viel Suppen mögen angebrannt sein, wie viel Beine eingeschlafen und Hälse steif geworden, wie viel Mägen geknurrt haben am letzten Sonntag im April? Dieser Tag krempelte um, was bisher fest und unumstößlich schien. Er weckte Hoffnungen, und mancher träumte von einem unabhängigen Leben als freier Bauer, nicht ahnend, dass dieses in Wirklichkeit noch härter werden sollte als das Leben in der Abhängigkeit.

Zunächst aber predigte Pastor Kottmeier, er tat dies, wie ihn die Gemeinde kannte. Sein Bäffchen flog auf, seine Stimme schwoll an, seine Hände wiesen abwechselnd zum Himmel und zur Erde. Er kostete es aus, vor seinen Schäfchen zu stehen und die Macht seines Amtes vorzuführen, und wenn es auch nur die Macht über deren Zeit war. Sanft nickten die alten Männer ein und wurden zur Last an der Schulter ihrer alten Frauen, denen sie ohnehin schon eine Last waren mit ihrem Husten und Krächzen und ihrer zunehmenden Unbeweglichkeit. Steif hielten die alten Frauen das Gewicht der Männer und ihr Gesangbuch, in das sie umso mehr ihre Nase steckten und schnüffelten, je länger die Predigt dauerte. Eberraute, Thymian, Zitronenmelisse und Rosmarin, manchmal auch Pelargonie oder Zitronenverbene, was Garten und Fensterbank hergaben, fanden sich im Buch, dem Kirchenschlaf entgegenwirkend, es half aber nicht immer. In der voll besetzten Kirche hielten die Menschen einander in aufrechter Haltung, niemand fiel nach vorn auf die Konsole mit der Auflage für das Gesangbuch, wie es sonst immer wieder vorkam. Auch Jakob war eingeschlafen. Er lag unter der Bank zu Tines Füßen.

Eine fleißige Spinne, die, so schien es, geradewegs an einem Band vom Himmelsgewölbe herabschwebte, um die wasserblaue Säule mit den wasserblauen Bänken zu vernetzen, fesselte Tines Aufmerksamkeit fast eine Stunde, bis zum Auszug der Juden aus Ägypten. Danach verlor Tine sich im Spiel der Sonne mit den bunten Aposteln in den Scheiben der Fenster. Als zwei Stunden später die Sonne aus den Fenstern verschwand, hatte die Spinne ein filigranes Netz gesponnen und Pastor Kottmeier seine Predigt zum Abschluss gebracht.

«Wir singen den zweiten Vers des Liedes ‹O Gott, dir dank ich allezeit …›»

Bei den ersten Takten wachte die Gemeinde auf und sang laut und, wie es schien, auch erwartungsvoll:

«Der Regen macht die Felder nass,
der dünget Berg und Auen,
dann wächset Laub, Getreid und Gras,
dass wir's mit Lust anschauen.
Es wird das Land von deiner Hand
mit Reichtum angefüllet,
wodurch alsdann leicht jedermann
den Nahrungsmangel stillet.»

In die letzten Worte fiel Pastor Kottmeier ein, als könne er es nun nicht mehr erwarten, seine Gemeinde endlich von dem in Kenntnis zu setzen, was er bis zum Schluss aufgehoben hatte.

«Liebe Gemeinde!»

Einige der jungen Männer erhoben sich, die abgearbeiteten Hände in die Hüften gestemmt, andere gingen ein Stück nach vorn. Zu ihrer großen Überraschung sah Tine Johann unter ihnen, im Sonntagsstaat, der schwarzen Hose und dem weißen Hemd. Erschrocken hielt sie Jakob den Mund zu, der freudig «Vater» rief. Pastor Kottmeier fuhr fort:

«Es ist euch sicher schon zu Ohren gekommen, dass die großen wilden Moore im Bremischen zu Kultur gemacht werden sollen. Es werden fleißige Leute zu Anbauern gesucht, bei mittelmäßigem Alter und bester Gesundheit, dabei eine arbeitsame Frau und ein paar gute Kinder.»

Bei den Worten arbeitsame Frau horchte Tine auf, Johann ging vor Aufregung ein paar Schritte weiter nach vorn, bis er fast vor der Kanzel stand.

«Die Neukolonisten werden nach herrschaftlichem Meierrecht angesetzt, es sollen ihnen bei Zueignung von fünfzig Morgen wildem Moorland neun Freijahre gewährt werden. Die üblichen Abgaben und der Zins sind erst danach zu entrichten.»

Einige der jungen Männer nickten sich anerkennend zu, andere schüttelten den Kopf.

«Wer Auskunft erlangen möchte, der wende sich an mich, am besten noch heute, gleich nach dem Gottesdienst.»

«Juchhu!» Das war Johann! Der immer mürrischer gewordene Johann, dem dieses alles wie ein Wunder erschien, fünf Jahre nach seinem Versprechen, für Tine, für Jakob, für sich und für die Tiere ein Haus zu bauen, die Silberkette zur Hochzeit nicht zu vergessen.

Die Kirchgänger drängten hinaus. Tine zog Jakob zurück, der zu seinem Vater wollte. Johann stand im Mittelgang und merkte nicht, wie er den Herausströmenden den Weg versperrte, so weit weg war er mit seinen Gedanken. Wanderte er schon als freier Bauer ins Moor, fort aus der Knechtschaft seines Bruders? Richtete ein Haus, stach mit wuchtigen Hieben den Torf, mähte den Buchweizen und streckte sich am eigenen Herdfeuer aus, während Tine Torfsoden auf das Feuer legte und die Suppe im Kessel rührte?

Am Portal gab Pastor Kottmeier den letzten

Gemeindemitgliedern die Hand und wandte sich dann der Gruppe von bald fünfundzwanzig Männern zu, die auf dem rot geklinkerten Kirchhof standen, als wäre er just zum Herumstehen da.

«Seid ihr die Männer, die sich bewerben wollen?»

Entschlossen, die Sache zu beschleunigen, zog Tine Johann aus der Kirche bis vor den Pastor, Jakob im Schlepptau.

«Schnell, frag den Herrn Pastor, was du zu tun hast!»

«Herr Pastor, ich möchte wohl als Kolonist ins Moor gehen.»

«Ich auch», sagte Jakob, das Sündenkind.

Pastor Kottmeier lächelte leutselig, legte dann aber flugs ein Missfallen in seine Miene, wie es ihm nicht zu verdenken war angesichts einer solchen Fleisch gewordenen Missachtung der christlichen Ordnung.

«Am zweiten Sonntag nach Trinitatis sollt ihr euch am Amtshof in Bremervörde einfinden. Dort wird euch der königliche Moorkommissarius Findorff selbst in Augenschein nehmen. Mitzubringen ist die Referenz eures jetzigen Bauern.»

Cord Geffkens, der Tagelöhner, drängelte sich

zwischen Johann und den Pastor. «In neun Jahren fünfzig Morgen Moorland zu Kultur, Herr Pastor, so viel schafft nicht mal ein Menschenleben!»

Dies fanden einige der herumstehenden Männer wohl auch. Ohne viel Worte zu machen, verkrümelten sie sich vom Kirchhof, fort in die Abhängigkeit, die sie zumindest nicht verhungern ließ. Wer konnte ahnen, dass es mehr als vier Generationen brauchen würde, das Moorland urbar zu machen?

Pastor Kottmeier focht dies nicht an, im Gegenteil, er konnte diesem Heiden, den er niemals zuvor in seiner Kirche gesehen hatte, von dem er aber wusste, dass Leute seiner Art irgendwo am Rande des Kehdinger Moores hausten, seine Moral verkünden.

«Jedem fleißigen Mann steht dieser Weg frei. Aber unbescholten muss er sein! Die Auslese ist streng!»

Cord Geffkens lachte Pastor Kottmeier ins Gesicht. Der drehte sich empört um und eilte zwischen dem Heiden und den Sündern hindurch davon, bis Johann ihn einholte.

«Ich wollt noch etwas fragen, Herr Pastor!»

«Weitere Fragen beantwortet der Moorkommissarius Findorff!», wehrte Kottmeier ab.

«Ich mein etwas anderes, Herr Pastor! Ich will das Aufgebot für Tine und mich bestellen, Herr Pastor.»

«Bist du denn nicht gut bei deinem Bruder Jürn aufgehoben, Johann?»

«Ich will nicht länger Knecht bei meinem Bruder sein.»

«Das ist von Gott gefügt, Johann!»

«Ich will heiraten! Und als Kolonist ins Moor gehen!»

Pastor Kottmeier knurrte der Magen. Unwirsch schritt er weiter auf das Pfarrhaus zu, aber kurz vor der prachtvoll geschnitzten Tür blieb er stehen und drehte sich noch einmal um.

«Finde dich am nächsten Sonntag zum Gottesdienst ein und alle Sonntage darauf auch, bis zum ersten Sonntag nach Trinitatis. Wenn deine Bewerbung als Kolonist angenommen wird, bekommst du eine Genehmigung zum Heiraten.»

Sprach's, öffnete die Tür und verschwand, den Sonntagsbraten schon in der Nase.

Die Sonne spielte mit den ersten Lindenblättern, die Eschen am Fleet hielten sich noch zurück mit der Verkündigung des Frühlings.

Verloren standen Tine und Johann auf dem Kirchhof. Was mag in den Köpfen und Herzen der beiden vorgegangen sein, wie sie nun ihrem Johannitraum auf einmal nahe waren? Nein, Tine und Johann umarmten und küssten sich nicht. So etwas tat man nicht in der Öffentlichkeit und schon gar nicht zwischen Kirche und Pfarrhaus. Aber was dann? Wohin mit dieser Aussicht auf fünfzig Morgen unberührtes Moorland? Wohin mit der Freude, die vom Himmel über der Kirche gefallen war?

Johann wanderte mit großen Schritten um die Linde herum, einmal, zweimal, dreimal, und Jakob hüpfte auf den roten Ziegeln das Muster der Pflasterung nach. Tine hätte sich am liebsten die Ohren zugehalten, so laut drang das Klappern der Holzschuhe in ihr offenes Herz. Bis Johann beim vierten Mal wieder vor Tine stand, Entschlossenheit in den Augen und mit der Stimme, wie sie sie kannte seit Johanni vor sechs Jahren.

«Ich hab's ja gesagt, Tine! Wir werden ein Haus haben und Land für uns und unsere Kinder.»

Sie wusste nicht, warum es ihr die Kehle zuschnürte in diesem Augenblick, während sie noch in der Kirche diejenige gewesen war, die handelte und Johann herausholte. Hatte sie eine Vorahnung von dem, was auf sie zukommen würde? Nein, die konnte sie nicht haben. Hatte das Wunder, auf das sie wartete all die sechs Jahre, anders ausgesehen? Kein Schloss, aber eine Kate am Deich mit einem Blumengarten und einer Hecke aus Weißdorn gegen den ewigen Nordwestwind. Der so vertraut ist, dass man ihn vermisst, wenn er mal nicht bläst. Im Krautgarten Braunkohl, von dem jede Frau weiß, dass der im Moor nicht wächst? Und was ist mit den Apfelbäumen, die im Moor auch nicht so recht gedeihen sollen? Vor der Frühjahrsbestellung die schweren Kleischollen, die nach jedem Regen glänzen wie Silber, wenn die Sonne darauf scheint, wo das Moor bloß braun und stumpf bleibt? Die gelbe Farbe der Getreidefelder im Herbst, wenn sich die Halme im Wind wiegen, diese Farbe, die das Moor nie und nimmer hervorzubringen vermag? Und wenn, dann zeigt es sich nur in den trockenen Gräsern am Rand und den Birkenblättern im Oktober. Ja, die weißen Birken, die sind schön anzusehen. Die Blätter geben einen feinen Tee. Wenigstens die Birken. Aber das Moorgespenst?! Lauert es nicht überall in den Nebelschwaden?

Erst schossen Tine die Tränen aus den Augen, dann drehte sie sich um und lief zu Jakob. Johann sollte keine Tränen sehen, weinen dürfen nur Kinder, wenn sie vom Eschenbaum gefallen sind.

Wachsen Eschenbäume auch im Moor? Und was ist mit den Eichen? Grünt die Eiche vor der Esche, hält der Sommer große Wäsche. Grünt die Esche vor der Eiche, hält der Sommer große Bleiche.

Jakob legte seine Arme um ihren Hals.

«Warum weinst du, Mutter?»

«Ich weine nicht, Jakob.»

«Warum hast du Tränen im Gesicht, Mutter?»

«Es sind Freudentränen, Jakob.»

«Warum freust du dich, Mutter?»

«Weil die Eschen grün werden, das gibt einen warmen Sommer.»

Johann machte mit einem Blick auf die kahlen Zweige der Eschen den aufrichtigen Fragen Jakobs und den unaufrichtigen Antworten Tines ein Ende. Nichts wird ihn mehr aufhalten auf seinem Weg ins Moor.

«Was soll das, Tine?»

Tine wischte sich umständlich die Tränen mit ihrem Taschentuch ab, sie putzte ihre Nase und Jakobs Nase, bis sie sich endlich aufrichtete und Johann in die Augen sah.

«Wo ist dieses wilde Moorland, Johann?»

«Im Bremischen, Tine.»

«Wo ist das Bremische, Johann?»

«Irgendwo hinter Bremervörde, man muss

nur zwei Tage über die Geest laufen. Und nun komm!»

«Was ist die Geest, Johann?»

«Die Geest, das ist der Sand, Tine. So ein Sand wie an der Elbe, wenn das Wasser weg ist.»

«Und was ist mit deinem Bruder?»

«Jürn? Das lass meine Sorge sein!»

Tine wollte ihm glauben, aber sie konnte es nicht. Jürn, das wusste sie, würde keine Referenz schreiben.

Johann nahm Tine an die Hand und ging mit großen Schritten davon. Jakob hüpfte hinterher. Eine Weile liefen sie mal nebeneinander, mal hintereinander auf dem von vielen Wagenspuren zerfurchten Weg voran, auf dem das Wasser vom letzten Regen stand. Den Weg säumten kaum erblühte Apfelbäume, bald würden sie leuchten wie frisch gewebtes Leinen, das zum Bleichen auf der Wiese liegt.

«Könnten wir nicht», fragte Tine nach einer Zeit des Schweigens, in der auch Jakob nichts gesagt hatte, weil er damit beschäftigt war, mit seinen Holzschuhen nicht auf dem matschigen Boden auszurutschen, «könnten wir nicht auch als Kolonisten hier in unser kleines Moor gehen und nicht so viele Tage weit fort?»

Jetzt war es endlich heraus, was festsaß wie ein Mehlklüten in Tines Kopf. Sie blieb auf dem Weg stehen, der schnurgerade nach Osten lief, bis er ebenso schnurstracks wieder abknickte nach Norden, wo Jürns Hof hinter Eschen und Weidenbäumen versteckt lag. Johann lachte Tine aus. Er lachte so sehr, dass er stolperte und auf den Kleiboden gefallen wäre, wenn Tine ihn nicht am Jackenärmel festgehalten hätte, wobei sie tat, als wäre sie gestolpert. Das sind die kleinen Tricks der Frauen, die haben sie verinnerlicht, weil sie ihnen das Leben erleichtern, und Tine kannte sich bestens damit aus. Johann also hielt Tine vom Stolpern ab und behauptete einfach, genau wie er das vor fünf Jahren mit dem Haus herausposaunt hatte:

«Kolonistenstellen gibt es hier im Moor nicht, Tine! Und nun lauf zu. Sonst kriegen wir heute kein Essen mehr.»

Der Tisch im Flett, an dem nur sonntags, ich sage, nur sonntags, der Bauer mit seinem Gesinde saß, war abgeräumt. Nur Jost, der auch in der Kirche gewesen war, saß allein davor und wartete auf Jakob, mit dem er nach dem Gottesdienst immer an den Fluss ging, um den Segelschiffen nachzusehen.

Jost also. Jost war ein Krüppel. O nein, nicht im Kopf. Der hatte einen guten Kopf. Volle Haare wie Johann, nicht so schütter wie Jürn. Jost war der jüngere Bruder der beiden. Warum er nicht so laufen konnte wie die anderen, das wusste nur der Herrgott. Der hatte ihm einen Klumpfuß ins Leben mitgegeben, so einen, wie der Teufel einen haben soll, so einen, der nicht nur das eigene Leben, sondern auch das Leben der anderen erschwert. Die Wehmutter hatte Metta, der Mutter von Jost, etwas ins Ohr geflüstert nach der Geburt, aber Metta hat ihr mit einem Taler das Maul gestopft für Nachreden jeglicher Art. Später, als nicht mehr zu verheimlichen war, was Metta geschickt unter Laken und Decken gehalten hatte, sah Metta es den Verwandten und Nachbarn an, wenn sie sich auf die Zunge bissen und ihre wirklichen Gedanken über Jost nur hinter vorgehaltener Hand preisgaben. Dann keifte sie los und schickte jeden unbewirtet nach Hause.

Fortan hinkte Jost bei Johann mit, der sich daran gewöhnte, wie man sich an alles gewöhnt, was lange genug um einen herum kreucht und fleucht. Johann beschützte Jost vor den Prügeleien der anderen Kinder und lehrte ihn das Überleben in einer rutschigen Welt aus Schlick und tiefen Wassergräben. Jost wurde Knecht wie Johann. Er hütete die Schafe, und später hütete er Tines Sündenkind, schnitzte ihm Flöten aus Weiden und Schilf. Jost und Jakob saßen gemeinsam am Tisch der Knechte und Mägde, und gab es am Sonntag Speckfleisch, schnitt Jost für Jakob mit seinem Messer die Stücke klein und schob sie ihm in den Mund. Alltags aßen die Mägde und Knechte auf Jürns Hof allein. Der Topf mit den Mehlklüten stand auf dem Tisch und daneben die Speckpfanne, sie zogen ihre Löffel aus der Hose oder dem Rock und tunkten sie ein, und nach der Mahlzeit leckten sie die Löffel ab und steckten sie wieder weg.

Das Essen machte satt auf Jürns Marschenhof, soll niemand sagen, das Gesinde hätte Hunger gelitten. Was Johann davontrieb, war die Vorstellung, vor seinem schwächeren Bruder zu buckeln, ihm gehorchen zu müssen, ohne Aussicht, jemals heiraten zu können, und der Lohn gerade mal so, dass er für nicht viel mehr als ein Paar Holzschuhe im Jahr reichte. Dies alles ertrug er nun schon mehr als zehn Jahre, nun sollte es endgültig damit vorbei sein.

Ohne Jost weiter zu beachten und fest entschlossen, nur mit einer Referenz in der Hand seinen

Bruder Jürn wieder zu verlassen, betrat Johann die Diele.

In der großen Stube mit den kleinen Fenstern aus Glas saßen sie sich gegenüber. Das heißt, Jürn saß und Johann stand, wie es sich gebührte für Herr und Knecht. Aber Johann stand ganz anders vor Jürn als all die Jahre zuvor. Er hatte jetzt eine Hofstelle vor Augen, wenn auch noch nicht unter den Füßen. Seine Stimme und seine Worte ließen keinen Zweifel an dem, was er vorhatte.

«Ich brauche eine Referenz, Jürn.»

«Wozu brauchst du eine Referenz?»

«Ich will als Kolonist ins Moor gehen.»

«Ins Moor? Das ist ja grad so wie auf dem Kirchhof. Du kommst aus dem schwarzen Loch nicht mehr raus!»

Johann presste seine Zähne aufeinander und ballte die Fäuste. Nur nicht zuschlagen! Du darfst den Schwächeren nicht schlagen, auch wenn er der Stärkere ist.

«Schreibst du mir nun die Referenz?»

Erst jetzt verstand Jürn, dass sein bester Knecht verloren gehen sollte. Und die mit dem Sündenkind, bei der die Ziegen lammfromm standen und nicht wie bei den anderen zickten, die würde er auch verlieren.

«Ich gebe dir eine Kate am Deich. Dann kannst du heiraten.»

Johann bekam böse Augen. Jeden Monat einmal hatte er Jürn gefragt, fünf Jahre lang hatte der seine Bitte abgelehnt, fünf Sommer und fünf Winter, fünfmal Frühling und fünfmal Herbst. Johann drehte sich um und ging. Er riss die Tür auf und schlug sie hinter sich zu. Die kleinen Fensterscheiben klirrten, eine sprang heraus und zerfiel in Scherben. Jost stand mit großen Augen davor.

«Was lauerst du mir auf?», schrie Johann.

«Du willst mit Tine und Jakob ins Moor gehen?»

«Jawohl! Auch ohne Referenz! Und ich komm nie zurück auf diesen Hof!»

Die Tür wurde wieder aufgerissen. Diesmal von Jürn. Die zweite Scheibe klirrte heraus. Jost duckte sich.

Jürn brüllte: «Den Krüppel kannst du mitnehmen ins Moor! Den brauch ich nicht mehr!»

Jost mit ins Moor nehmen? Wo jeder falsche Tritt den Tod bedeutet? Wo ganze Kerle gebraucht wurden bei mittelmäßigem Alter und guter Gesundheit, nur unbescholten mussten sie sein?

Langsam, ganz langsam ging Johann über die

Diele. Jost humpelte ihm nach, den Kopf gesenkt.

«Komm, Jost! Du gehst mit uns!»

Als das heraus war, wurde es Johann leicht ums Herz. Er würde es schaffen, auch ohne Referenz, dessen war er sich sicher. Dass Tine einen entscheidenden Anteil am Gelingen haben würde, das konnte er noch nicht wissen.

In der Nacht zum zweiten Sonntag nach Trinitatis fuhren Johann und drei andere Männer in einem Kahn mit dem auflaufenden Wasser fast in einem Rutsch bis Bremervörde. Hell war es noch und hell blieb der Himmel, es war ja um die Sonnenwende. Sie hatten in Osten den Kahn vom Fischer bestiegen, dem sie zuvor als Gegenleistung die Fangkörbe geflickt hatten. Waren noch vor dem Stillwasser mit kräftigen Ruderschlägen losgefahren, bis sie bei Hechthausen vom Wasser eingeholt wurden. Kamen bis Gräpel, bevor das Wasser ihnen schon wieder entgegenkam. Ließen den Kahn beim Fährmann liegen und gingen zu Fuß nach Bremervörde, die Schleifen und Windungen des Flusses schnitten sie ab. Fanden sich vor dem Amtshaus ein und mischten sich unter die weiteren Bewerber, vielleicht vierzig an der

Zahl, verstaubt die Kleidung, verschwitzt die Haare vom langen Weg in die Zukunft.

Moorkommissarius Findorff trat zu den Leuten. Eine schmale Gestalt, Hose und Jacke aus schwarzem Tuch, weißes Hemd, klare Stimme.

«Anbauwillige! Ihr seid dem Aufruf des Mooramtes gefolgt, um etwas über eure Annahme und die Kultur der Moore zu hören. An Feuerstellen in der neuen Kolonie Wittenmoor sollen es vierundzwanzig sein. Jede Anbauernstelle erhält fünfzig Morgen zu Hofplatz, Garten und Saatland, ein Morgen gleich einhundertzwanzig Quadratruten, jede Rute zu sechzehn Fuß calenbergischen Maßes gerechnet. Davon sind acht Morgen Saatland, zwölf Morgen Torfstich, zwei Morgen zur Hofstelle und achtundzwanzig Morgen zu Wiesenland anzubauen. Es werden neun Freijahre eingeräumt, erst danach wird ein jährlicher Zins nach Meierrecht fällig. Als Unterstützung wird gewährt: die Anlage des Schiffgrabens durch die königliche Regierung und Holz zum Hausbau. Die Werkzeuge, welche zur Moorkultur gebraucht werden, sind mitzubringen. Spaten zum Grabenschießen und Dämmemachen, zur Anlegung und Pflege der Saat sowie Spaten zum Torfstich.»

Amtmann Wittenberg, der neben Findorff stand, breitete eine Karte auf dem Tisch aus.

«Dieses hier ist der Riss für die Anbauernstellen eins bis vierundzwanzig in Wittenmoor. Seht ihn euch an und legt mir dann eure Referenzen vor.»

Johann tat so, als ob er in seinen Taschen suchte. Er versuchte Wittenberg abzulenken und zeigte auf die Karte mit dem Grundriss.

«Wie lang muss ich dafür laufen, Amtmann Wittenberg?»

«Die Maße sind hier verzeichnet.»

«Ich mein», sagte Johann so treuherzig er konnte, er wollte nichts als Zeit gewinnen, «ich mein, wie lang ich laufen muss, um einmal um mein Land zu sein?»

Amtmann Wittenberg lachte. Alle Stellen waren vergeben bis auf eine. Und die sollte dieser kräftige Kerl bekommen. Es war ja auch eine feine Sache, Kolonisten ins Moor zu schicken, um damit, zwar noch in fernerer, aber doch absehbarer Zeit den Nutzen für den Staat zu mehren. Wie hatte es der König im fernen England gesagt? «Mit der Melioration soll so lange fortgefahren werden, bis alles Land unter Kultura ist!»

«So lang, wie du die Zehn Gebote aufsagst, musst du laufen!», sagte Amtmann Wittenberg.

Johann schritt vor dem Amtshof sein Land ab. Er sagte die Zehn Gebote auf, so recht und schlecht er sie noch von der Konfirmation in Erinnerung hatte. Immer wieder sah er zu Wittenberg, ob noch Bewerber am Tisch standen. Endlich ging der letzte. Daniel Kück hieß er.

«Wir werden Nachbarn», sagte Kück zu Johann. «Ich habe die Stelle Nummer neunzehn.»

Findorff blickte Johann neugierig an.

«Was hast du da eben abgeschritten?»

«Meinen Hof», sagte Johann.

Amtmann Wittenberg zog Findorff beiseite und flüsterte mit ihm. Findorff, der Mann, der wenig zu lachen hatte, der ohne Arbeit nicht leben konnte, begann lauthals zu lachen.

«Nun, dann zeig mal dein Zeugnis, Johann. Damit du im Frühjahr deine eigene Hofstelle abschreitest und nicht den Amtshof», sagte Amtmann Wittenberg.

«Im Frühjahr? Nein, Herr Amtmann, wir wollen noch in diesem Jahr los.»

«Im Herbst sollte kein vernünftiger Mensch ins Moor gehen», sagte Findorff.

«Wir schaffen das schon», sagte Johann, steckte entschlossen seine Hände tief in die Taschen und zog, völlig fassungslos, einen versiegelten, verknitterten Brief heraus, wobei ihm ein «Teufel nochmal!» gleich mit entfuhr. Streng sahen die beiden Herren zu Johann und dann auf den Brief mit dem Siegel der Kirche zu Osten. Johann kratzte sich verlegen den Kopf, dass seine Haarwirbel noch mehr abstanden.

Wittenberg öffnete das Siegel und las.

«Das Zeugnis deines Pastors ist in Ordnung», sagte Wittenberg, «du bekommst den Kontrakt.»

Spät in der warmem Sommernacht beichtete Tine es ihm am Fluss, nachdem er, zurück aus Bremervörde, mit den anderen aus dem Kahn gestiegen war und schon von weitem das amtliche Papier geschwenkt hatte.

Am Sonntag zuvor war sie bei Pastor Kottmeier gewesen. Ohne Jakob, der sollte es nicht mitbekommen, dass Frauen über den Kopf der Männer hinweg Dinge regeln, die Männersache waren. Hatte sich den feinen Spitzenkragen umgelegt und den Pastor angelacht.

«Wir brauchen ein Zeugnis für die Stelle im Moor, Herr Pastor!»

«Das ist Sache eures Bauern», hatte der Pastor geantwortet.

«Er schreibt uns aber keins.»

«Dann kann ich Johann auch nicht helfen», sagte der Pastor.

«Von der Kanzel wurden die Anbauwilligen aufgefordert, sich zu melden, Herr Pastor. Also bitte ich in Gottes Namen um ein Zeugnis der Kirche für uns.»

«Schick Johann selbst vorbei, Tine!»

«Bin ich vor unserem Herrgott nicht ebenso gut für eine Bitte? Sagt er nicht, alle Menschen sind gleich?»

Pastor Kottmeier war so schnell keine Erwiderung eingefallen. Er hatte sich an seinen Sekretär gesetzt und ein Zeugnis für Johann geschrieben. Und weil er gerade dabei war, auch noch das Aufgebot für die Hochzeit angenommen. So hatte Tine im Stillen alles bestens eingefädelt.

In der hellen Kirche wurden sie vor Gott ein Paar, Tine und Johann. Sie knieten vor dem Altar, Jakob kniete neben ihnen. Auf der Kirchenbank saßen Jost und Metta, die alte Mutter. Pastor Kottmeier gab dem Paar den Segen, der ihm all die Jahre verweigert worden war.

«Ich frage dich, Knecht Johann Heinrich Kähding aus Hüll, willst du die Jungfrau …», da fiel sein Blick auf den knienden Jakob und Pastor Kottmeier verbesserte sich schnell.

«Willst du die Magd Katharina Auguste Funck zu deinem Weibe nehmen, sie versorgen und achten und ihr treu sein, bis dass der Tod euch scheidet, so antworte laut und deutlich mit Ja.»

«Ja», sagte Johann mit fester Stimme.

«Desgleichen frage ich dich, Katharina Auguste Funck aus Hüll, willst du den Knecht Johann Heinrich Kähding zu deinem Mann nehmen, ihn versorgen und ihm treu sein, bis dass der Tod euch scheidet, so antworte laut und deutlich mit Ja.»

«Ja, ich will», sagte Tine.

«Ich auch», sagte Jakob.

Johann lachte und bekam nur deswegen keinen strengen Blick vom Pastor, weil der sich gerade schnäuzte, ob aus Rührung oder weil ihn gar ein Schnupfen plagte, das bleibt dahingestellt.

Metta drückte Tine und Johann die Hände, ihre Stimme hallte in der Kirche nach.

«Was wollt ihr bloß in dem wilden Moor?»

Am siebenten Sonntag nach Trinitatis zogen sie ins Bremische Moor. Die Warnung Findorffs vor dem Herbst hatte Johann verschwiegen. Er ging mit großen Schritten vorweg, die Kuh am Halfter, welche den voll gepackten Leiterwagen zunächst noch munter hinter sich herzog. Neben dem Wagen lief Tine, und wenn sie nicht sang, dann lachte sie vor Freude. Leichtfüßig ging sie, trotz der schweren Holzschuhe, sie trug einen weiten blauen Rock, eine weiße Bluse, ein rotes Mieder darüber und ein silbernes Kreuz an einer silbernen Kette um den Hals, Johanns Hochzeitsgeschenk.

Angebunden an den Wagen trotteten eine trächtige Ziege und ein Schaf, das Jost mit der Buddel aufgezogen hatte, hinter dem Wagen humpelte er selbst. Und wie ein kleiner Hund lief Jakob vor und zurück, er setzte alles daran, sich genauso vorwärts zu bewegen wie Jost, was aber eher einem Hüpfen gleichkam, wobei er alles neugierig ansah, was es am Weg zu sehen gab. Die großen Windmühlen für das Korn und die kleinen Windmühlen für das Wasser aus den Gräben.

Auf dem Leiterwagen lag in schweren Bettsäcken aus Leinen das Stroh. Es stand darauf ein Tisch, der hatte eine Schublade, und drei von den ochsenblutfarbenen gedrechselten Stühlen, deren Sitze Jost aus Binsen geflochten hatte. Es gab irdene Krüge und eine Schüssel für den Brotteig, Holzlöffel zum Essen und ein Holzlöffel zum Rühren. Dazu eine Wanne zum Waschen für Mensch und

Wäsche, voll gepackt mit einem Sack Mehl und zwei Speckseiten. Ein Sieb für das Mehl, ein hölzernes Butterfass, eine Milchkanne und ein Melkschemel mit drei Beinen. Es gab zwei funkelnagelneue Torfspaten, einen zweischarigen Pflug mit zwei guten Holzgriffen. Es gab Zimmermannswerkzeug für den Bau des Hauses, ein Messer zum Schneiden des Backtorfs und ein Messer zum Ausschneiden der Schafklauen. Über allen diesen Dingen thronten Tines Spinnrad sowie ein Korb mit zwei Hennen und einem Hahn. Und ordentlich zusammengelegt eine Plane aus geteertem Leinen, die sollte gegen den Regen sein. Für diese wunderbaren Dinge waren die mühsam gesparten Groschen und Taler dahingegangen wie das Eisen in der Schmelze.

Und noch etwas befand sich auf dem Wagen. Eine blaurot bemalte Truhe. Mit einem prächtigen eisernen Schloss und dem fein gepinselten Namen Katharina Auguste Funck. Die hatte Jost an allen Sonntagen vor der Reise für Tine gezimmert und bemalt, hatte sein Glück und seine Dankbarkeit in jeden Zapfen und jedes Brett gepackt. Er war gerade fertig geworden, als die Reise losging. Voller Stolz hatte Tine sie mit Bettleinen und Handtüchern gefüllt. Und sorgfältig dazwischen gelegt ruhten in der Truhe das Taufzeugnis von Jakob, der Ehekontrakt und der Kontrakt für die Stelle in Wittenmoor, Nummer achtzehn.

Mit dem ersten Licht im Osten waren sie aufgebrochen und nach Westen gezogen, bald wärmte die Sonne ihre Rücken. Apfelbäume mit kleinen roten Früchten säumten ihren Weg, Eschen, Erlen und Weiden reckten sich an den verschilften Gräben in den Himmel. Es war das vertraute Bild der Heimat, an dem sie vorüberzogen, die zukünftige Heimat hatte wohl einen Namen, aber noch kein Gesicht.

Als sie mit dem Fährprahm über den großen Fluss Oste setzten, fragte der Fährmann: «Wohin des Weges?»

«Ich geh als Kolonist ins Bremische Moor», antwortete Johann.

«Ins Bremische Moor?», fragte der Fährmann und zog die Augenbrauen zusammen. «Bleibt lieber auf dem Sand, im Moor sitzt der Teufel. Davon hat es seinen Namen. Das ist das Teufelsmoor.»

Vier Menschen unterwegs, die Sonne von vorn in den Gesichtern. Es war die Hoffnung, die die Füße so leicht auf dem zerfahrenen Weg laufen ließ, aber ungetrübt war sie nicht. So liefen sie schweigend dahin.

«Wohnt der Teufel wirklich im Moor?», fragte Jakob.

«Vielleicht wohnt er im Moor», antwortete Jost.

»Kann er mir und dir denn nichts tun?»

Jost brauchte eine Weile, um zu antworten. Er hatte Angst vor dem Moor, von dem die Leute erzählten, man könne darin versinken bis zum Sankt-Nimmerleins-Tag. Und wenn man dann gefunden wird, sieht man aus wie ein lebender Mensch. Alles ist noch da, das Wams, die Haare und sogar die Augen, nur ganz braun ist alles vom Moorsaft geworden, aber man wacht niemals wieder auf.

«Mir kann der Teufel im Moor nichts anhaben», sagte Jost ernst, «der Teufel hält mich für seinen Bruder.»

Dies verstand Jakob wohl nicht, aber er wollte noch mehr wissen.

«Und was ist mit Mutter und Vater, sind die auch mit dem Teufel verwandt?»

«Er kann uns allen nichts anhaben, dir nicht und mir nicht und deinen Eltern auch nicht», sagte Jost tapfer. «Wir müssen aber fleißig dafür beten.»

«Vater betet nicht», sagte Jakob.

«Dann beten wir für ihn mit.»

«Jetzt gleich?»

«Erst heute Abend vor dem Einschlafen.»

Jakob gab sich damit zufrieden und begann Brombeeren zu pflücken. Schwarz wie der Teufel und süß wie ein Engel. Er schluckte sie vergnügt.

Die Marschenlandschaft mit dem schweren Boden hatten sie hinter sich gelassen. Zwei Stunden ging es weiter nach Westen, dann erreichten sie einen breiten ausgefahrenen Weg, dessen Fahrspuren nach Süden sie sich anschlossen. Der Boden, auf dem sie gingen, war gelb und manchmal grau.

«Wo kommt nur nur all der viele Sand her?», fragte Tine.

«Der wächst hier umsonst», lachte Johann, «der wächst hier wie bei uns der Schlick.»

«Sand kann nicht wachsen», sagte Tine.

«Aber wehen», sagte Johann, «und wenn er irgendwo fortweht, dann wächst er an einer anderen Stelle wieder an.»

«Und die vielen Felsen, wo kommen die her?»

«Die Felsen haben die Riesenmädchen aus den Steinbergen geworfen und damit gespielt», sagte Jost.

«Nein», sagte Tine ernst, «das ist nicht wahr. Alles, was du auf der Erde siehst, hat Gott geschaffen. Die Marschen, den Sand und das Moor.»

«Das Moor wurde von den großen Fluten angeschwemmt», sagte Johann.

So hatte Tine das Gottvertrauen und Johann das Sich-selbst-Vertrauen, Jost das Vertrauen in seine Phantasie und Jakob das Vertrauen in alle drei. Zusammen war dies nicht die schlechteste Voraussetzung für den Weg ins Moor, an dessen Rand viele Steine lagen, die andere schon vor langer Zeit beiseite geräumt hatten. Rechts und links wuchsen dunkelgrüne Wacholder in der blühenden Besenheide, dazwischen standen weiße Birken. Mächtige Riesen und tanzende Elfen, so wird Jost es gesehen haben.

«Hier möchte ich aber kein Haus haben», sagte Tine müde. «Das ist ja alles bloß hartes Strauchzeug, und nichts ist grün wie bei uns.»

Jakob war auf den Wagen geklettert. Jost schleppte sich nur noch mühsam voran. Johann ging unbeirrt weiter. Er sah nicht, wie die Heide in der Abendsonne zu glühen begann, bis Jost ihm die dicken grauen Felsen zeigte, die wie Fundamente eines Hauses in der Heide lagen, die Zwischenräume ausgefüllt mit feinem weißen Sand.

«Das ist ein Hünengrab», sagte Jost. «Darunter

liegen die Riesen, die früher hier gewohnt haben.»

Jakob fasste vom Wagen herab nach der Hand von Jost.

«Hier will ich nicht bleiben», flüsterte er.

«Es gibt schon lange keine Riesen mehr», flüsterte Jost.

«Bald geht die Sonne unter», sagte Tine. «Wir brauchen einen Platz zum Schlafen.»

Johann verlangsamte seine Schritte. Die Sonne war eine Verbündete. Auf die hölzernen Wegkreuze konnte sich kein vernünftiger Mensch verlassen. Noch hatte er nicht eins entdeckt, das nach Bremervörde zeigte, wohin er nur den Wasserweg kannte. Und mit dem Lesen, das war auch so eine Sache. Lesen, das war was für Pastoren und Schulmeister.

Hinter dem Hünengrab stand ein strohgedeckter Schafstall, neben dem ein Bach in einer tiefen Rinne floss. Uferschwalben flogen aus ihren Sandhöhlen heraus und jagten tief über den Wagen hinweg.

«Hier bleiben wir über Nacht», sagte Johann. «Wo es Schwalben gibt, geht es auch den Menschen gut.»

Johann und Jost trugen Steine für eine Feuerstelle zusammen. Tine nahm einen Eimer, molk die Ziege und goss die Milch in einen eisernen Topf. Johann schnitt mit seinem Messer das Schwarzbrot in Stücke, das sie nun alle vier in die warme Ziegenmilch tauchten.

Wie Ziegenmilch schmeckt, willst du wissen? Oh, frisch mundet sie noch köstlicher als Milch von der Kuh. Wenn sie dann aber stehen bleibt, dann riechst und schmeckst du den verdammten Bock: Bloß gut, wenn du es magst, sonst ist sie dir ein Gräuel.

Diesen vier Menschen auf dem Weg ins Teufelsmoor schmeckte die fette Ziegenmilch mit dem schwarzen Brot so gut, dass nicht ein Tropfen im Topf zurückblieb.

Das Feuer brannte herunter, Johann breitete Stroh zum Schlafen aus, und Tine holte die Betten vom Wagen, die mit Schafwolle gefüllt waren. Jost zeigte Jakob den Großen Wagen und sagte, der würde auch im Moor jede Nacht am Himmel fahren, aber rückwärts und nicht vorwärts wie sie.

«Breit aus die Flügel beide», betete Jost, «o Jesu, meine Freude, und nimm dies Küchlein ein, will Satan mich verschlingen, so lass die Engel singen, dies Kind soll unverletzet sein.»

«Ich wünsche mir ein Pferd aus Holz», flüsterte Jakob, als er eine Sternschnuppe am Himmel sah.

«Wünsche darf man nicht aussprechen», flüsterte Jost, «sonst gehen sie nicht in Erfüllung.»

So war Jakob still eingeschlafen, den Blick fest auf die Sterne gerichtet.

Tine legte ihren Kopf auf Johanns Brust.

«Schlaf man gut, Tine», sagte Johann leise. «Wir sind nun freie Bauern, und niemand hat uns mehr etwas zu sagen.»

«Ich kann mir gar nicht denken, dass wir nun für immer zusammen sind», flüsterte Tine.

Nichts unter diesem Sternenhimmel im August wollte Johann schlafen lassen. Nicht die Käuzchen, die auf Mäusejagd gingen, nicht die Fledermäuse, die auf Insekten aus waren, nicht die Grillen, die lärmten, und schon gar nicht die Mücken. Immer wieder drängte sich, kaum war er eingenickt, die Stimme Findorffs vor. «Im Herbst sollte kein vernünftiger Mensch ins Moor gehen. Du bekommst die Stelle Nummer achtzehn, Johann.»

Tines Zöpfe hatten sich im Schlaf geöffnet. Johann strich ihr die Haare aus dem Gesicht, und es wurde ihm warm ums Herz.

«Wann sind wir im Moor?», fragte Tine schlaftrunken.

«Morgen sind wir im Moor, Tine. Schlaf man weiter.»

«Gibt es im Moor auch eine Kirche?»

«Im Moor gibt es keine Kirche», flüsterte Johann. «Die würde versacken.»

Seine letzten Worte hörte Tine nicht mehr, da war sie schon wieder eingeschlafen.

Zum sonntäglichen Gottesdienst würde sie ihn nicht bekommen! Nur, wie versprochen, zur Taufe des jüngsten Kindes, das Tine am zweiten Sonntag nach Trinitatis empfangen hatte, als er mit dem Wasser zurückgekehrt war aus Bremervörde und sie am großen Fluss auf ihn wartete. Als sie ihm dann die Sache mit dem Zeugnis gebeichtet hatte, war es über ihn gekommen, da hatte Johann ihr gezeigt, dass er ein ganzer Kerl ist. Friedrich sollte er heißen. Niemals würde er zulassen, dass Friedrich und Jakob sich entzweiten. Jakob sollte später den Moorhof übernehmen, den er, Friedrich, in prächtigem Zustand übergeben würde. Für Johann würde sich eine neue Kolonistenstelle finden, das Moor war riesengroß und hatte Platz genug für freie Bauern, die Arbeit nicht scheuten.

Endlich, gegen Morgen, schlief auch Johann ein, tief und fest, und baute im Traum sein Haus.

Als Tine ihn weckte, hatte Jost mit Zunder und Schwamm Feuer gemacht und sie schon die Kuh gemolken. Jakob hatte Brombeeren gesammelt und etwas mitgebracht, das er erst fest in beiden Händen versteckte und dann vor den Eltern in zwei Hälften aufklappte. In der einen Hand lag ein runder grauer Stein mit Linien, Zacken und Punkten, in der anderen Hand der haargenaue Abdruck davon. Es war das Wunder der Welt aus Sand und Steinen, das Jakob entdeckt hatte, das später den Wundern der Welt aus Wasser und Moosen weichen würde, von denen Jakob noch nichts ahnte. Dieser Stein sollte die Generationen überdauern und das Haus vor Unwetter und Gewitter schützen, nur Feuer von Menschenhand zu verhindern, dazu fehlte ihm die Kraft.

«Was ist das für ein Stein, Vater?»

«Das ist ein Gewitterstein, Jakob.»

«Macht der Gewitter, Vater?»

«Nein, der Stein schützt vor Gewitter.»

«Woher weißt du das?», fragte Tine.

«Unsere Mutter kam vom Sand», sagte Jost. «Sie hatte zur Hochzeit auch so einen Stein mitgebracht und ihn auf das Dach des neuen Hauses in der Marsch gelegt. Vater hatte sie ausgelacht, aber sie bestand darauf, ihn liegen zu lassen. So hat sie es mir erzählt.»

Jakob hörte mit großen Augen zu.

«Hat der Stein geholfen?», fragte Tine.

«Ja», sagte Johann. «Der Feuerteufel hat unser Haus verschont.»

Da war er wieder, der Teufel. Der überall lauerte.

«Dann nehmen wir den Stein mit und legen ihn auf unser neues Haus», sagte Tine entschlossen.

Und so geschah es auch. Vorerst aber wurde der Gewitterstein von Tine in die blaurote Truhe zwischen die Leinentücher neben Gesangbuch und Bibel, Taufschein, Ehekontrakt und den Kontrakt für die Hofstelle gelegt. Jakob suchte weiter nach Gewittersteinen, aber er fand keinen mehr.

Ein endloser Sandweg zog sich vor ihren Augen hin. Die Kuh schleppte den Wagen mühsam hinter sich her, immer wieder durch einen Klaps von Johann angetrieben. Sie sahen stattliche Bauernhöfe, mit großen Eichen umstanden, und Schnitter auf den Feldern, die den Roggen mähten.

Johann war unruhig geworden. Hölzerne Wegkreuze hatte er keine mehr gesehen, aber er hatte die Karte im Kopf, die Amtmann Wittenberg vor den zukünftigen Kolonisten ausgebreitet hatte.

«An Bremervörde westlich vorbei, immer auf dem hohen Geestrücken nach Süden, über Oerel und Basdahl bis nach Vollersode. Dort biegt ihr auf einem besandeten Damm nach Südosten ab ins Moor. Nach einer halben Stunde auf dem Damm erreicht ihr einen frisch ausgehobenen Schiffgraben. Hier liegen die vierundzwanzig neuen Stellen, mit Pflöcken und Ziffern bezeichnet, das Holz für das erste Haus liefern die Bauern von der Geest.»

Als sie einen alten Mann mit einer Kiepe auf dem Rücken trafen, hielt Johann die Kuh an.

«Guten Tag auch», sagte Johann, sagte Tine, sagte Jost, sagte Jakob.

Der Mann blickte sie an.

«Ich bin auf dem Weg nach Wittenmoor», beeilte sich Johann mit einer Erklärung.

Der alte Mann stand kopfschüttelnd da und besah sich die Fuhre, die ihm den Weg versperrte.

«Wittenmoor? Kenne ich nicht.»

«Wir sind Neukolonisten», erklärte Johann.

«Das Moor gehört uns», sagte der alte Mann. «Und da, wo es uns nicht mehr gehört, da haust der Teufel.»

Jakob drückte sich ganz fest an Jost, und auch an Tine gingen diese Worte nicht einfach so vorüber.

«Es gibt dort einen neuen Schiffgraben», sagte Johann.

«Ja, wenn das so ist», sagte der alte Mann. «Gleich hinter dem letzten Hof findet ihr den Damm ins Moor. Wenn ihr den verfolgt, gelangt ihr dorthin. Aber wozu das alles gut sein soll, was der König und Kommissarius Findorff mit dem Moor machen, das weiß der Kuckuck. Das ist zum Leben zu wenig und zum Sterben zu viel.»

Ob es daran lag, dass er einen mitleidigen Blick auf die vier Menschen warf oder dass er Jakob lobte, wegen der vielen Brombeeren in seinem Korb, Tine jedenfalls fasste Vertrauen zu ihm. «Wir haben keine Angst», sagte sie gefasst, «wir schaffen das schon. Was der Staat seinen Leuten zur Kultur übereignet, das kann nicht zum Sterben sein.»

«Wer ins Moor geht, der muss alles für das Leben noch einmal lernen, wie ein Säugling», sagte der alte Mann, «bloß dass er man nicht mehr so unschuldig ist. Aber vor dem Gesindel, das kommen wird wie das Amen in der Kirche, das sich immer findet, wenn es etwas umsonst gibt, da habt Acht. Gesindel lernt nur, wo es was zu holen gibt! Gesindel wollen wir hier nicht!»

Als der alte Mann davonging, sah Tine in seiner Kiepe Zweige mit gelbgrün ledrigen Blättern stecken. Sie lief ihm schnell nach und fragte, was es damit auf sich habe, denn sie wollte beherzigen, was der alte Mann gesagt hatte, und so viel wie möglich lernen.

«Das ist der Gagel», sagte der alte Mann.

«Und wozu braucht ihr den?», fragte Tine.

«Für unser Bier und gegen die Mücken, junge Frau», sagte er. Und als der alte Mann sich dann endlich bequemte, noch etwas Aufmunterndes zu sagen, waren alle vier erleichtert.

«Na, dann wünsch ich euch viel Glück auf eurem Weg und immer ordentlich Torfrauch unter dem Dach.»

Es ist gut, wenn man auf einem fremden Weg eine Wegmarke hat, auf die man zuhalten kann. Man kann sagen: Sieh, hier ist der Damm. Oder der Schiffgraben. Oder der Pflock Nummer achtzehn.

Hinter dem letzten Hof des Dorfes begann der Damm als zunächst sandiger Weg, beiderseits mit viel Gehölz bewachsen, und der Gagelstrauch verströmte einen Duft, wie Tine ihn noch nie wahrgenommen hatte. Sie pflückte einige Zweige ab und nahm sich vor, sie nicht nur gegen die Mücken zu benutzen, sondern die Blätter für die gewiss auch hier üblichen langen Predigten in ihr Gesangbuch zu legen, an Bier war ja noch nicht zu denken. Das Wollgras sah aus wie frisch geschorene weiße Wolle, Rosmarin- und Glockenheide prangten zwischen vereinzelt stehender Besenheide. Tine pflückte Moosbeeren, Jost sammelte Blaubeeren, und Jakob warf zu all den anderen Früchten die dicken schwarzen Brombeeren, die ihm willkommen waren, weil sie den Korb so schnell füllten.

Es war eine Pracht an roten Blütenfarben in allen Abstufungen und an tiefroten und schwarzblauen Früchten, die Tine aus der Marsch nicht kannte und deswegen auch nicht erwartete. Das Land hatte ein fröhliches Gesicht und vielerlei Stimmen aus Vogelgesang und Bienengesumm, aus Blättergeraschel und den surrenden Geräuschen der Bekassinen, die über den Damm flogen und einander riefen.

Diese Vielfalt versöhnte Tine mit allem Schlimmen, was sie sich über das Moor ausgemalt hatte, auch mit den Reden des Alten. Noch ahnte sie nicht, dass ihre neue Heimat, die nur noch wenige Minuten vor ihnen lag, so ganz anders aussehen würde.

Rechts und links stand nun Torf zum Trocknen, gleich runden Hütten. Schwarze, wassergefüllte Kuhlen zeigten die Stellen, aus denen der Torf gegraben war. Johann war genügend damit beschäftigt, die Kuh mit dem Wagen so zu führen, dass sie nicht vom Damm abkamen, sodass er den langsamen Übergang von der Geest zum Moor nicht wahrnahm. Ihm war die Verantwortung für diese Menschen hier übergeben worden, für immer und ewig, er wünschte sich nichts sehnlicher, als endlich anzukommen auf der ihm zugewiesenen Hofstelle Nummer achtzehn in Wittenmoor. Die er vor Augen hatte als einen Ort des himmlischen Friedens, den er sich durchaus vorstellen konnte als einen von Gott für die Kolonisten geschaffenen Ort, ohne Kirche und Staat dazwischen.

Johann bemerkte plötzlich, wie still die anderen geworden waren, und blickte auf. Der Damm vor ihnen führte in eine endlose, in der Mitte gewölbte Ebene, ohne Häuser, ohne Bäume, ohne Sträucher, ohne Gras sogar, nur eine grünbraune Decke aus Torfmoosen mit winzigen Blüten, die über allem lag, zeugte von Leben auf dem Moor. Schnurgerade zog sich der neue, breite Schiffgraben nach Süden, bis er am Ende den Himmel berührte. Braunes, fast schwarzes Wasser strömte dahin, von beiden Grabenseiten her floss weiteres Wasser hinein. Der frische Aushub markierte den Moordamm links vom Graben, ein tiefschwarzer nasser Brei, nicht eine Spur von Sand war mehr zu erkennen. Eine ausgefahrene Wagenspur folgte dem Graben bis in den Himmel, der in der abendlichen Augustsonne rot aufglühte und den blühenden Torfmoosen Farben gab, die bald darauf alles umgaben und alles einschlossen, was sich an Lebendigem auf dem Damm vorwärts bewegte. Das Moor zu den Seiten des Grabens und des Damms lag noch unberührt. Kein Menschenfuß schien es je betreten zu haben.

Johann zerrte die Kuh, die Kuh schleppte den Leiterwagen, Schaf und Ziege trabten tief im schwarzen Brei. Tine und Jost drückten den Wagen nach, sogar Jakob schob tapfer mit. Die Füße in den Holzschuhen sanken ein und mussten nach jedem Schritt wieder hochgezogen werden. Je dunkler die rote Dämmerung verglühte, desto einsilbiger wurden die Gespräche.

Als der Pflock mit der Nummer eins, schon lange als Zeichen im Abendhimmel sichtbar, endlich am Weg neben ihnen greifbar war, gab er sprachlos Auskunft: Noch siebzehn weitere Pfähle würden sie passieren müssen, um Nummer achtzehn zu erreichen. Ein Viereck aus Grenzgräben umschloss die erste Hofstelle, zeigte an, wo das Haus stehen würde. Das Wasser aus den kleinen Grenzgräben rings um den Hofplatz floss vor ihnen in den breiten Schiffgraben, eine Brücke aus rohem Holz führte auf die andere Seite, gerade so breit, dass ein Fuhrwerk dort hinüberfahren konnte.

Sie liefen schweigend weiter. Tine schob Jakob zwischen Spinnrad und Truhe auf den fahrenden Wagen. Als Johann bei der Stelle Nummer sieben auf die andere Seite der Kuh wechselte, weil ihm das Halfter Riefen in die Hand geschnitten hatte, blieb die Kuh stehen. Erschöpft schloss Tine ihre Augen. Dann spürte sie, wie sie langsam mit beiden Füßen einsank. Nur nicht schreien. Nur nicht schreien! Sie zog die Füße aus den Holzschuhen, sie zog die Holzschuhe aus dem Moor, genauso tat es Jost. Langsam begann der Wagen nach hinten abzusacken.

«Die Schaufel!», brüllte Johann.

Tine warf die Holzschuhe auf den Wagen und zerrte die Schaufel herunter. Johann schaufelte den Dreck vor den Hinterrädern weg. Jost zog die Kuh.

Wo Johann schaufelte, stand gleich das Wasser.

«Das Stroh, Tine!»

Tine warf einen Bettsack mit Stroh vom Wagen. Johann streute das Stroh vor die Räder, den Sack warf er auf den Kutschbock.

«Los!», schrie Johann.

Jost zog an der Kuh, die Kuh brüllte. Johann und Tine drückten den Wagen nach vorn.

«Vater unser der du bist im Himmel geheiliget werde dein Name dein Wille geschehe wie im Himmel also auch auf Erden unser täglich Brot gib uns heute und vergib uns unsere Schuldigkeit wie wir vergeben unseren Schuldnern führe uns nicht in Versuchung sondern erlöse uns von dem Übel dein Reich komme in Ewigkeit Amen.»

Da zog die Kuh den Wagen aus dem Dreck.

Johann führte wieder das Tier, während Jost und Tine den Wagen schoben. Tine lief barfuß, der weiche nasse Boden kühlte ihre heißen Füße.

Bei Pflock Nummer vierzehn begann die Dunkelheit die letzte Farbe im Moor auszulöschen. Nur ein heller Streifen, den sie nicht wahrnahmen, weil es nur noch um das Vorwärts ging, blieb noch lange tief unten am Himmel stehen. Kurz bevor sie Pflock Nummer achtzehn neben sich ahnten und dann auch mit ihren schwieligen

Händen fühlten, verschwand barmherzig dieses letzte Licht des Tages, um die Schrecken der unendlichen Einsamkeit dem Morgen zu überlassen. Ein fahler Mond stand über dem schwarzen Land, das von nun an ihre Heimat sein sollte.

Johann ließ das Halfter der Kuh los. Er nahm seine Mütze ab und legte sie mit der rechten Hand über die linke. So blieb er viele Herzschläge lang stehen. Wer weiß schon, was in einem Menschen vorgeht, der seinen Traum erreicht und nun keine Stimme mehr hat, sein Juchhu zu rufen, der aber noch die letzte Kraft aufbringen muss, um seine Pflicht als Bauer und Hausvater zu verrichten.

Er löste das Geschirr von der Deichsel und band den Strick der Kuh am Rad fest, sodass sie sich hinlegen konnte. Er tastete sich zu der Ziege vor, an deren Rücken Jost sich klammerte, und half Jost auf den Kutschbock, auf dem ein Strohsack lag. Die Ziege und das Federvieh ließ er frei. Er hob Tine auf den Wagen, die, an die Schotten gelehnt, im Stehen eingeschlafen war. Ihre Füße steckten tief im Moor. Er schob sie neben Jakob, der längsseits an die Truhe gelehnt leise atmete. Erst dann fiel ihm auf, dass Tine schwerer war als sonst, obwohl sie keine Holzschuhe trug. Er kletterte hinterher und fand keinen Platz mehr, auf den er sich hätte betten können. Er öffnete die Truhe und legte Jakob hinein, der schlaftrunken seine Knie anzog bis an den Hals, dass er klein war wie ein Säugling. Danach drückte Johann sich auf Jakobs Platz, nur für seinen Kopf fand er keine freie Stelle, so saß er mit offenen Augen an die Truhe gelehnt. Tine richtete sich im Schlaf auf, legte ihre Arme um Johann und zog ihn zu sich herunter.

Die Stille überfiel ihn mit einer solchen Gewalt, dass er das Blut in seinen Adern rauschen hörte, aber er hielt es für das Fließen des Wassers im Schiffgraben.

Als Johann seine schlafverklebten Augen wieder öffnete, saß Tine aufrecht neben ihm, dieses Staunen im Gesicht, das er an ihr so liebte.

Über dem Moor schwebte dichter Nebel, durch den die Sonne ein gleißendes Licht schickte, sodass sie von blendend weißer Helligkeit umgeben waren. Er zog in leichten Schwaden in den Himmel und gab den Blick auf eine rotbraune Ebene frei, die ohne jegliche Begrenzung schien. Über allem lag feiner weißer Reif.

So und nicht anders muss es vor der Schöpfung gewesen sein, wird Tine staunend gedacht haben. Und aus einem solchen Stoff machte Gott das Paradies, das wir Menschen verloren haben. Wir aber werden unser Paradies nicht verraten, wir werden es hegen und pflegen, es ist nun unser Land, von Gott gegeben. So wird sie gedacht haben, und sie begann zu singen.

«Die güldne Sonne bringt Leben und Wonne,
die Finsternis weicht.
Der Morgen sich zeiget, eine Röte aufsteiget,
der Mond, der verbleicht.»

Johann sah etwas ganz anderes als Tine.

«Es hat gefroren.»

Ein Schauder lief über Tines Rücken, aber sie zeigte es Johann nicht.

«Frost über dem Moor? Im August?»

Johann sah noch mehr. Frisch behauene, ästige, fast weiße Balken lagen aufgeschichtet auf einem Haufen, krumm und schief, wie sie der Wind hatte wachsen lassen, aber bereit, in die Hände genommen zu werden. Der König hatte sein Versprechen gehalten, das Holz zum Hausbau zu stellen. Rings um den Hofplatz das Viereck der ersten Gräben, die ihr Wasser in den tiefen Schiffgraben auf der anderen Seite des Weges führten, der es mitnahm in einen Fluss hinter der Himmelsgrenze. So war alles bestens vorbereitet, nun galt es, mit dem Tagwerk zu beginnen.

Mit diesem Vorsatz sprang Johann vom Wagen, Johann, der in der Nacht nicht einmal seine Holzschuhe ausgezogen hatte. Gleich steckte er wieder tief im Moor. Aber was soll's! Man kann die Füße aus den Holzschuhen ziehen und die Holzschuhe aus dem Schlamm, die Holzschuhe ausschütten und wieder hineinfahren und nun vorsichtig damit loslaufen und erst mal sein Wasser abschlagen. Auch Tine kletterte vom Wagen, barfuß. Nur, sie wusste nicht, wohin mit dem Wasser. Weit und breit kein Strauch, kein Baum. So hockte sie sich hinter den Wagen. Ihr nächster Gedanke an diesem göttlichen Morgen galt der frischen warmen Milch der Ziege, die sie gleich melken wollte, Jost könnte schon mal das mitgebrachte Schwarzbrot schneiden.

«Tine!», rief Jost. Er stand nicht weit entfernt. Sein Gesicht verhieß nichts Gutes.

«Was ist los, Jost?»

«Die Ziege ist weg!»

Tine sah sich um. Sie sah nur Johann, der mit großen Schritten geradewegs auf die Sonne zulief, um seinen Hofplatz an den Gräben entlang abzuschreiten. Ob er dabei die Zehn Gebote aufsagte und ob mit oder ohne Erklärung, das konnten Tine und Jost nicht wissen, das kümmerte sie in diesem Moment auch überhaupt nicht.

«Die Ziege kann nicht weg sein!», sagte Tine fest überzeugt. «Du kannst hier im Moor alles sehen, was sich bewegt.»

«Sie ist aber weg», beharrte Jost.

«Mutter! Mutter!»

Das war Jakob. Aber Jakob schrie nicht vom Wagen herunter. Jakob schrie von einem nahen Irgendwoher, das nicht auszumachen war. Tine jagte der Schrei das Blut durch den Körper.

«Johann!»

Sie stapfte los, an laufen oder gar rennen war gar nicht zu denken.

«Such du auf der andere Seite», rief sie Jost zu.

«Mutter!»

Tine brauchte nicht lange zu suchen. Jakob stand bis zum Bauch eingesunken im Moor, in der Hand das Band der Ziege, die mit den Beinen feststeckte. Tine griff nach Jakobs Hand und versuchte, ihn herauszuziehen, aber es gelang ihr nicht, sie begann selbst einzusinken.

«Johann! Johann! Einen Dachbalken, Jost!»

Jost brauchte lange, unendlich lange, wie es Tine vorkam, bis er den Dachbalken herbeischleppte. Sie warfen ihn gemeinsam auf das Moor. Tine kroch auf den Balken und zog Jakob mit all ihrer Kraft hinauf und kroch mit ihm zu Jost. Mütter entwickeln übermenschliche Kräfte, wenn es um ihr Kind geht, sie können nicht nur Berge versetzen. Sie können sie auch, wie Tine, aus einem saugenden Moorloch herausziehen, wenn sie es denn früh genug gewahr werden.

Jakob zitterte, das Wasser lief an ihm herunter, aber er schrie nicht mehr. Er starrte nur auf die Ziege, die immer tiefer versackte.

Johann kam mit großen Schritten, einen zweiten Dachbalken in den Händen. Er legte den einen quer, schob den anderen darüber und senkte ihn vorsichtig unter den Bauch der Ziege. Auf dem Balken kroch er voran wie zuvor Tine.

«Alle rauf am Ende!», brüllte er.

Tine und Jost setzten sich auf das Ende des Balkens und drückten ihn herunter. Johann zerrte im letzten Moment die Ziege aus dem Moor.

Als sie meckernd auf dem Balken lag, stiegen Blasen aus dem Loch, das schon gänzlich mit braunem Wasser gefüllt war. Zerfetzte Torfmoose schwammen obenauf und schlossen sich wieder zu einer trügerischen grünbraunen Decke.

Düstere Gedanken schwirrten in den Köpfen, die sie einander aber nicht mitteilten. Wer macht schon viel Worte, wenn Worte nur im Moor versacken und nichts bewirken.

Johann wusste nun, er würde diese seine Hofstelle nicht einfach nur übernehmen können und sie mit seinem Wissen als Bauer entwässern, abbrennen für den Buchweizen, beackern und Früchte tragen lassen, er wusste, er würde sie sich erarbeiten müssen. Was er an Erfahrung aus der Marsch mitbrachte, hatte hier keine Gültigkeit.

Tine nahm sich vor, Jakob nicht mehr aus den Augen zu lassen, aber das war unnötig. Neben seinem Vater erkundete Jakob in diesem Herbst das Land, die gebotene Achtung vor dem tückischen Moor sollte ihn nie mehr verlassen. Es zu lieben, lernte er sein Leben nicht.

Jost hatte die Fratze des Teufels in dem Moorloch gesehen, aber er versteckte seine Angst so gut, dass er sie selbst manchmal nicht wiederfinden konnte.

Zunächst aber wurden Jakob, die Ziege, die Kleider und die Holzschuhe mit dem braunen Wasser des Schiffgrabens abgewaschen. Tine steckte Jakob in einen Sack, in dem er hüpfte und sprang, sie seihte das Wasser des Schiffgrabens durch das Mehlsieb, wodurch es nur unwesentlich klarer wurde, aber danach sah es aus wie frischer Zichorienkaffee. Und sie meinte sogleich, damit könne man gut die Wolle der Schafe färben, die sie gewiss nach der ersten Ernte dazu kaufen würden. Welcher Ernte? Im August? Wenn nichts gesät wurde im Frühling?

Die Ziege mochte nach diesem Unglück nur wenig Milch geben, dafür die Kuh aber umso mehr, die sich in der Nacht über das heruntergefallene Bettstroh hergemacht hatte. Jakob wollte Steine für die Feuerstelle sammeln. Er hüpfte zwischen Moordamm und Wagen hin und her und zog stattdessen einen nassen schwarzen Stamm hinter sich her, den Jost neben anderem Holz am Aushub des Schiffgrabens aufgesammelt hatte.

«Warum gibt es keine Steine im Moor?», fragte Jakob.

«Steine können nicht schwimmen, Jakob», antwortete Tine.

«Können Bäume schwimmen?»

«Bäume können schwimmen. Hier war bestimmt mal ein großer Wald, der ist bei einem Sturm umgeweht und ins Wasser gefallen.»

Mit dieser Auskunft hatte Jakob sich zufrieden gegeben. Johann nahm eine Eisenplatte vom Wagen und legte sie neben dem Wagen flach auf das Moor. Er schichtete von dem wenigen mitgebrachten Holz einen kleinen Haufen und steckte etwas Stroh dazwischen. Mit Zunder und Schwamm entfachte er ein Feuer, auf das Tine das Gestell für den eisernen Milchtopf stellen konnte. Das Moorholz stapelten sie zum Trocknen um die Feuerstelle, daneben stellten sie die Holzschuhe, und die nassen Kleider hängten sie über die Schotten des Wagens, in dessen Schutz sie nun auf den mitgebrachten Stühlen am Tisch saßen.

«Komm, Herr Jesus, und sei unser Gast, und segne, was du uns bescheret hast», betete Tine.

Die warme Milch rann durch ihren Körper bis zu den eisigen Füßen, die rot und warm wurden.

Das harte Schwarzbrot zwischen den Zähnen, berichtete Johann, was er gesehen hatte, und machte schon Pläne für den Tag. Die Gräben ringsum hatten den Platz für die Hofstelle leidlich entwässert. Dort würden sie als Erstes das Haus errichten. Als Nächstes musste der Grenzgraben um das Land gegraben, mussten weitere Gräben der Länge nach gezogen werden. Der Aushub musste auf die Mitte der Beete geworfen werden, die durch die Gräben entstünden, sodass das Land in kürzester Zeit höher und trockner würde.

«So haben sie das in der Marsch auch zur Entwässerung gemacht», erklärte Johann weiter, «und so werden wir das hier auch machen. Und wenn wir fertig sind, dann ist jedes Stück unseres Landes einmal auf der Schaufel gewesen!»

Johann wusste, wie man der Wasser Herr wird, die in diesem Land zu allen Jahreszeiten vom Himmel herabstürzen, ob du es willst oder nicht. Er hatte schon immer geschaufelt und später auch gesät, als sein Bruder ihm dieses Amt verantwortlich übergeben hatte. Ein Säer braucht Augenmaß und den richtigen Schwung in den Armen, damit das Korn später auch gleichmäßig aufgeht und nicht an einigen Stellen bloß dünn hervorsprießt.

«Und wo soll unser Haus stehen?», fragte Tine, den Blick fest auf den Wagen mit dem Hausrat gerichtet, der immer noch auf dem Damm stand und inzwischen fast bis zu den Achsen versunken war.

«Komm, Jost!», sagte Johann.

Das Erschrecken in Josts Augen sah er nicht. Würde er Johann genügen, er, der Krüppel? Weit fort waren die Ziegen auf den Marschweiden mit den Glöckchen um den Hals, die Schilfflöten im Sommer und die Flechtarbeiten im Winter. Jost schob die Gedanken und den Stuhl weg, er stand auf, bereit, sich nun zu beweisen, ein ganzer Kerl, wie er im Moor gebraucht wurde.

Zuerst hoben sie den Hausrat vom Wagen und stellten ihn zum Tisch an die Feuerstelle. Darüber legten sie das geteerte Leinen und darunter die Säcke mit dem Stroh und die Betten aus Schafwolle, in die Jakob kroch, um in einen tiefen Schlaf zu versinken.

Aus den krummen und frisch geschlagenen Hölzern bauten die beiden Männer das Haus, sie brauchten sieben Tage, bis es stand. Die Arbeit dauerte an jedem dieser sieben Tage von Sonnenaufgang bis Sonnenuntergang, unterbrochen nur durch die Mahlzeiten aus warmer Ziegenmilch mit Schwarzbrot und so knappe Zurufe von Johann an Jost, dass man meinen konnte, dieser Hausbau hätte ihm die Sprache verschlagen. Aber jedes weitere Wort hätte nur die Kraft aufgezehrt, die für die Arbeit gebraucht wurde. Johann teilte die Arbeit ein, er war der Bauer, er hatte zum ersten Mal in seinem Leben das Sagen.

Den längsten und geradesten Balken suchte er

heraus, der sollte der Firstbalken werden, der bestimmte die Länge des Hauses.

«Heb an!», rief Johann.

Sie legten vier lange und starke Balken in einem Rechteck auf den flachen Boden. Da, wo einer zu kurz war, ließen sie einen anderen anstoßen.

«Die Axt!», rief Johann.

Er verpasste den beiden kurzen Balken mit je einem wuchtigen Hieb eine Kerbe mit der Axt, sodass sie sich ineinander verschränken konnten. Das war der Grundriss mit den Schwellbalken.

Sie legten den Firstbalken der Länge nach in diesen Grundriss hinein.

«Die Säge!», rief Johann.

Sie sägten fünfmal zwei Balken auf gleiche Länge und legten sie in einem steilen Winkel zueinander auf den Boden zwischen die Schwellbalken, die letzten Enden übereinander, sodass sie kreuzweise lagen, prüften vorher, ob sie gute Astansätze hatten, um sich gegenseitig halten zu können.

«Die Seile!», rief Johann.

Sie verzurrten einen nach dem anderen mit den Strohseilen, die zuunterst im Wagen gelegen hatten. Das waren die seitlichen Dachbalken.

«Nun hoch!», rief Johann.

Sie hoben das erste Balkendreieck etwas an und

verzurrten mit ebendiesen Strohseilen den Firstbalken mit kräftigen Knoten. Danach verbanden sie auf die gleiche Weise mit einem zweiten Dreieck das andere Ende des Firstbalkens.

Sie verfuhren mit den anderen drei Balken ebenso auf dem weichen Boden, indem sie alles nach Augenmaß unter dem Firstbalken anordneten. So bauten sie ihren Dachstuhl.

An den vorderen und hinteren Firstbalken banden sie je ein Seil.

«Zieh an!», rief Johann.

Sie richteten, jeder an einer Seite ziehend, das Dach auf.

«Schlag rein!», rief Johann.

Die Seile klopften sie, gehalten von einer Astgabel, stramm gezogen in den weichen Boden, wozu sie nicht einmal einen Hammer brauchten. Sie befestigten die Dachlatten quer zu den Dachbalken, und da stand nun ein Haus, auf dessen festgetretenem Moorboden die Sonne Schatten warf.

«Lass gut sein!», rief Johann.

Jost hatte während der Arbeit dieser sieben Tage kaum ein Wort hervorgebracht, er war nur damit beschäftigt, alles richtig zu machen. Verschwitzt und zufrieden löffelten sie danach die Suppe, die

Tine zur Richtfeier aus Wasser und Grütze gekocht hatte.

«Nun fahren wir auf die Geest und holen uns Schilfgras für das Dach», sagte Johann.

«Wie denn?», fragte Tine.

«Wir schaffen das», sagte Johann. «Die Kuh muss nur den Wagen ziehen.»

Mit kräftigen Hölzern hebelten sie den Wagen aus dem Moorboden, und Tine blieb allein mit Jakob, einen Tag lang, aber sie fürchteten sich nicht. Sie schleppten weiteres Moorholz herbei und stapelten es zum Trocknen um das Feuer, und Jakob fand eins, das sah aus wie ein Pferd, damit ritt er vergnügt um die Flammen.

Kurz vor Anbruch der Dunkelheit sah Tine in der Ferne den Wagen herankommen und ging ihm mit Jakob entgegen. Das noch grüne Schilfgras mit den breiten Blättern duftete wie frisches Heu im Sommer. Tine drückte ihr Gesicht hinein, ihr Heimweh sollte Johann nicht sehen.

Im Feuerschein begannen Johann und Jost von unten her das Schilfgras aufzulegen, und sie hörten nicht eher auf, bis die eine Hälfte des Daches fertig war. Im ersten Tageslicht machten sie weiter, bis eine prächtige Hütte auf dem Moor stand. Johann, der die meisten Jahre seines Leben in dem Knechteverschlag oben auf den Hellen zugebracht hatte, musterte sein Werk und befand es für gut. Das Dach ging bis zum Boden. Tine holte Jakobs Gewitterstein aus der Truhe und schob ihn hoch oben in das Schilfgras hinein. Sie lehnte sich an Johann, und er legte seinen Arm um ihre Schultern. Jakob schob seine Hände in Tines und Josts Hand. Vielleicht war dies der Moment, in dem Jakob beschloss, dass er Zimmermann werden wollte.

«Lieber Gott, bewache dieses Haus und alle, die da gehen ein und aus, es steht in deiner Hand, beschütze es vor Sturm und Brand», betete Tine.

Johann musste sich bücken, wenn er zur Tür hineinging, aber was machte das Buckeln schon, wenn es für das eigene Haus war. Es besaß eine Feuerstelle und seitlich davon zwei Verschläge aus Holz. In dem einen schliefen von nun an Tine und Johann, und in dem anderen fanden Jost und Jakob ihr Bett. Kuh und Ziege standen auf der gegenüberliegenden Seite und wärmten das Haus zusammen mit der Feuerstelle, deren Rauch aufstieg und sich unter dem Dach kräuselte, bis er es durch die Ritzen im Schilf verließ.

Johann und Jost hoben einen Graben nach dem

anderen aus, das Land sollte noch vor dem Winter so viel Wasser loswerden, wie es machbar war. Tine grub hinter dem Haus ein kleines Stück Moor um und friedete es mit Holz vom Grabenaushub ein, das sollte im Frühjahr ein Garten werden.

Nur Jost verzagte manchmal, besonders wenn er nach guten Tagen Tines Seufzen und Johanns Vergnügen hörte. Solange Tine ihm nicht beharrlich den Rücken zudrehte, ließ Johann es sich nicht nehmen. Und Tine? Sie wusste, ein Mann macht nicht viel Worte über seine Gefühle, sie ist eben seine Frau, was bedarf es da noch der großen Reden? Aber wenn sie ihn in sich spürt, ist er wirklich ihr Mann, dann gehört er ihr ganz allein. Er braucht sie des Nachts, wie sie ihn am Tag braucht. Gebet, so werdet ihr nehmen.

Jost wusste, dass er das nie erleben würde, keine Frau würde ihn, den Krüppel, zum Mann nehmen. Er presste seinen Kopf tief in das Stroh neben Jakob, der von all diesen Dingen noch nichts ahnte.

Es kam ein Sonntag, an dem Tine in die Kirche gehen wollte. Aber sie wusste nicht, wohin.

«Ich will wissen, wo unser Kind getauft wird», sagte Tine.

«Das zeige ich dir», sagte Johann. «Wenn die Gräben fertig sind.»

An diesem Spätherbstmorgen schaufelten sie einen Erdeinbruch am Schiffgraben aus.

«Kommt Besuch», sagte Johann, als sie einen Moment Pause machten.

«Ich seh nichts», antwortete Jost.

«Ich spür das», sagte Johann.

«Du bist doch sonst kein Spökenkieker», wagte Jost zu sagen. Weil die Arbeit so gut von der Hand ging. Weil der Rauch aus der Hütte so kerzengerade in den Himmel stieg.

Ich spür das, hatte Johann gesagt. Vielleicht meinte er die Schwingungen des Moorbodens, die sich weit übertragen, wenn du ganz still stehst. Die sogar unter dem Kanal durchschwingen oder unter der Hütte. Überall ist Moor.

An diesem Spätherbstmorgen sah Tine die erste Spinne. Sie hatte sich wohl auf der Reise im Stroh versteckt und bezog nun die Hütte. Also hinaus mit ihr.

Für die junge Frau mit hochgewölbtem Leib und den etwas älteren Mann, die zu dieser Morgenstunde einen Handwagen mit Hausrat auf dem Damm hinter sich herzogen, für die muss dieses Bild der Garten Eden gewesen sein.

Rauch steigt aus einer kleinen Hütte, davor steht eine junge Frau mit einem Federwisch in der Hand, den sie ausschüttelt. Hühner kratzen um sie herum, eine Ziege springt umher, ein Junge hüpft vergnügt auf einem Holz herum. Der Boden federt. Der Bauer und sein Knecht schaufeln einen Mooreinbruch am Schiffgraben aus. Auf allem liegt Sonnenglanz.

Tine lächelte die Ankömmlinge freundlich an.

Und auch Johann und Jost hörten mit der Arbeit auf und stützten sich auf ihre Schaufeln.

«Guten Tag auch!»

Für die uralte Frau, die schaukelnd hinter dem Paar humpelte, zwei magere Ziegen am Band, gab es nichts, was sie hätte aufhalten können. Sie lief weiter, ohne Tine anzuschauen.

«Ich bin Daniel Kück, und meine Frau heißt Geesche. Ich habe Nummer neunzehn zugewiesen bekommen. Kennst du mich wieder?»

«Vom Amtshof», sagte Johann. «Du warst vor mir an der Reihe.»

Er gab den beiden die Hand.

«Habt ihr was zu essen gehabt?»

Die Alte stand regungslos auf dem Damm, die Ziegen am Band. Tine holte sie in die Hütte. Sie saß da, wiegte den Körper vor und zurück und sagte kein Wort. Tine bewirtete sie mit Milch und Brot.

«Mutter heißt Trina», sagte Geesche. «Sie weiß es nicht mehr.»

Frauen und Männer dieser Art hatte Tine im Armenhaus gesehen, als sie ihre eigene Mutter dort abliefern musste. Sie hatten leere Augen, in denen nichts mehr zu lesen war, nur noch der Tod, von dem sie aber nichts wussten.

«Ist es bald so weit?», fragte Tine leise. Sie meinte nicht den Tod, sie meinte die bevorstehende Niederkunft Geesches. Aber sie wusste dabei, ein Mensch verlässt die Erde und kommt in den Himmel, dafür schickt der Herrgott einen Engel auf die Erde.

Geesche Kück hob kaum merklich die Schultern an.

«Das liegt in Gottes Hand», sagte sie erschöpft.

Tine legte ihre Hand auf Geesches Hand. Nun würde sie eine Nachbarin haben, die Kinder könnten zusammen aufwachsen, und wenn es ein Mädchen wird, umso besser, Nachbarskinder sind immer die besten Eheleute, sie kennen einander von klein auf und wissen, was sie kriegen.

«Wir helfen euch beim Hausbau, wir halten gute Nachbarschaft.»

Das war wieder Johann. Wie gut sie es mit ihm hatte, dachte Tine. So zogen die neuen Nachbarn wieder davon.

«Im Spätherbst sollte man nicht ins Moor gehen», sagte Johann. Und dann, nach einer Pause: «Zwei Frauen und ein Mann, das ist ein Mann zu wenig im Moor! Umgekehrt ist schon besser.»

Jost freute sich insgeheim über das Lob.

Johann half Daniel Kück beim Bau des Hauses, während Jost weiter Gräben aushob. Ohne Johann fühlte er sich frei, und er arbeitete stets so lange, bis er vor Erschöpfung beinahe umfiel. Dann lag er auf dem Moor und sah in den Himmel und suchte das Antlitz Gottes in den Wolken, bis er meinte, seine Stimme zu hören. Aber es war nur Johann, der zurückkehrte. Dann sprang Jost schnell auf.

Daniel Kück half Johann, einen Backofen zu bauen. Die Steine dafür hatte Daniel bei einem verlassenen Haus auf der Geest entdeckt. So halfen sie sich gegenseitig und waren froh, Nachbarn zu sein.

An einem nebeldunklen Abend zerriss ein Schrei die Stille. Jakob und Jost schraken zusammen.

«Nach so einem Schrei stirbt übers Jahr in der Verwandtschaft ein Mensch», flüsterte Tine.

«Glaub so einen Spökenkram nicht», sagte Johann.

Vor Jost stand der Teufel, den er lange nicht gesehen hatte. Dann kam wieder so ein Schrei.

«Das ist ein Käuzchen», sagte Johann.

«Hier im Moor gibt es keine Käuzchen», flüsterte Jost.

«Es ist wahr, was ich gesagt habe», flüsterte Tine.

«Das werden wir ja sehen, ob das wahr ist», sagte Johann lachend, aber es lag ein unbekannter Ton in seiner Stimme, der Tine aufhorchen ließ.

«Sag so etwas nicht, Johann!»

Johann stand auf. «Komm man ins Bett.»

«Vater unser, der du bist im Himmel», betete Tine.

Es sollten nur ein paar Tage vergehen, bis sich Tines Vorahnung bewahrheitete, wenn es auch nicht in der Verwandtschaft war. Trotz allen Leids tröstete sich Tine bei dem Gedanken, dass dieser Schrei nicht einem von ihnen gegolten hatte, die Vorsehung nimmt es nicht immer so genau. Am Morgen war Daniel Kück vorbeigekommen, er wollte die Wehmutter holen.

Tine backte vergnügt singend dicke runde

Buchweizenpfannkuchen in der eisernen Pfanne auf dem Feuer. Sie rief Jakob zu sich.

«Nimm den schönen Pfannkuchen und bring ihn zu Geesche, die liegt im Bett und wartet auf ihr Kind.»

Jakob nahm den Pfannkuchen in beide Hände und rannte davon. Den Damm am Schiffgraben hatten Johann und Jost glatt geschaufelt und Jakob lief leicht dahin. Über ihm am Himmel flogen die ersten Gänse. Sie kamen von Nordosten und zogen nach Südwesten, eine hinter der anderen, und manchmal flog eine aus der Mitte an die Spitze und die an der Spitze blieb zurück, und es war ein Schwingen und Flügelsausen in der Luft, dass auch Jakob fliegen wollte. Er hob seine Arme, Geesches Pfannkuchen fiel in den Dreck. Er hob ihn auf, schleckte ihn ab und flog weiter, den Pfannkuchen nun mit beiden Händen vor sich haltend, wie die Gans an der Spitze ihren Schnabel reckte. Jakob flog an der alten Trina vorbei, die auf der Deichsel des Wagens saß und nicht anderes mehr wusste, als ihren Körper vor und zurück zu wiegen, und da ihm dieses Bild vertraut war, flog er an Trina vorbei bis in Geesches Hütte hinein.

«Tante Geesche, Tante Geesche!»

Und flatterte fröhlich vor ihrem Bett.

Geesche lag da, steif und mit offenen Augen. Unter dem Federbett wölbte sich ihr Leib.

»Mutter hat einen Pfannkuchen für dich gebacken!», flüsterte Jakob.

Er stand still vor ihr, legte den Pfannkuchen auf Geesches hohen Leib und rannte davon zu seiner Mutter.

Tine wusste, was sie zu tun hatte. Sie ging zu der Nachbarin und drückte ihr die Augen zu.

«Geesche ist nun im Himmel», sagte sie zu Daniel.

«Geesche ist nicht im Himmel», sagte Daniel. «Geesche ist tot.»

«Und die Toten sind im Himmel, Daniel.»

«Dann will ich auch in den Himmel gehen, Tine.»

«Wenn wir uns auf Erden nichts zuschulden kommen lassen, dann kommen wir alle in den Himmel.»

«Das will ich auch.»

Tine schickte Daniel hinaus und wusch Geesche. Sie zog ihr ein weißes Hemd an, das Geesche bereitgelegt hatte für die Zeit nach der Geburt. Sie flocht ihre Zöpfe und legte sie ihr um den Kopf. Sie legte Geesche ein frisches Laken über den Leib und faltete ihre Hände darauf. Dann öffnete sie das Fenster, damit die Seele von dannen zöge.

So kam es, dass Tine noch vor dem Frühling die Kirche sah, in der ihr zweiter Sohn getauft werden sollte, denn dass es ein Sohn werden würde, das wusste sie von Anfang an.

Bei Söhnen, sagen die Frauen, geht es ihnen schlecht, die Übelkeit will kein Ende nehmen, aber die Haare werden schöner von Tag zu Tag. So war es auch bei Tine, doch da sie diesen Zustand schon von Jakob kannte, achtete sie nicht darauf. Bei Jakob, dem Sündenkind, hatte sie den Leib fast bis zum Schluss verbergen müssen, auch die Übelkeit, das brauchte sie dieses Mal nicht. Aber sie klagte nicht, wem hätte das Klagen auch etwas genützt. Johann wollte mit all diesen Dingen nichts zu schaffen haben, das war Frauensache.

Gemeinsam mit der alten Trina gingen sie am Schiffgraben entlang zur Geestkirche. Die anderen Kolonisten würden erst im Frühjahr kommen.

«Befiehl du deine Wege und was dein Herze kränkt, der allertreuesten Pflege, des, der den Himmel lenkt», sangen Tine, Johann und Jost. Auch Jakob sang mit, so gut er konnte. Sie begleiteten den Sarg auf den Kirchhof. Die Glocken läuteten, als der Sarg von Johann, Jost und zwei Kirchendienern in das breite Loch gesenkt wurde und der Pastor das Grabgebet sprach. Daraufhin gingen die Männer zur Seite, holten einen zweiten Sarg und ließen ihn neben dem ersten in das Grab.

«Warum läuten die Glocken nicht mehr?», fragte Jakob.

«Pscht!», flüsterte Tine.

Johann hatte Daniel am Tag nach Geesches Tod gefunden. Er lag am Ufer des Schiffgrabens, einen vom Hausbau übrig gebliebenen Balken hinter seinem Hals, den er benutzt hatte, um sich mit beiden Händen den Kopf unter Wasser zu drücken.

Trina schaukelte auf dem Kirchhof hin und her. Einer der Kirchendiener packte sie auf eine Schubkarre und schob sie ins Armenhaus. Es war der letzte warme Tag im Herbst.

Bevor der Regen einsetzte, zog Johann mit der Kuh und einem Wagen voll trockenem Moorholz zweimal auf die Geest und tauschte es in der Mühle gegen Buchweizen- und Roggenmehl. Er hatte Glück. Der Müller war im Frühjahr beim Instandsetzen des Mühlrades vom Riemen erdrückt worden, als jemand versehentlich das Stauwehr geöffnet hatte. Danach hatten die Frauen vergessen, Holz für den Winter zu besorgen. Ähnlich ging es zu beim Bauern am Rand des Moores. Die Frau war beim Einfahren von Heu vom Wagen gefallen und mit ihrem aus der Haube gerutschten Zopf ins Wagenrad geraten, was ihr das Genick gebrochen hatte. So war der Torf am Rand des Moores nicht gestochen worden. Johann tauschte schwarzes Moorholz gegen Speck und ein ungeschorenes schwarzes, trächtiges Schaf, das niemand in der Unglücksfamilie mehr haben wollte.

Jost holte die beiden Bienenkörbe von Daniel Kück und baute einen Stand dafür. Er schoss mit einer Eisenzinke und einer Zwille zweimal eine Ente vom Himmel, bis die Zinke mit der dritten Ente auf Nimmerwiedersehen in einem Moorloch verschwand.

Immer wieder aufs Neue schritt Johann sein Land ab und vermaß so die anzulegenden Felder für die Zeit nach dem Winter. Dann begann es unaufhörlich zu regnen, und an ein Herausgehen aus der Hütte war nicht mehr zu denken. Wenn Johann nach dem Schiffgraben sah, umwickelte er seine Holzschuhe mit Stroh, damit er nicht einsank.

Tine wusch weiter die Wäsche mit dem kaffeebraunen Wasser.

«Im Frühling werde ich sie bleichen», sagte sie.

Jost schor das schwarze Schaf mit Tines einziger Schere und achtete darauf, dass es von nun an in der Hütte blieb. Tine wusch auch die Wolle mit dem braunen Wasser, und sie freute sich, dass es kein weißes Schaf gewesen war.

Tine hütete das Feuer, das nun Tag und Nacht schwelte. Johann sorgte für Holz.

Er schürte den Backofen. Sie backte das Brot.

Als sie zum ersten Mal eine Bewegung des Kindes in ihrem Bauch fühlte, zeigte er auf die Wildgänse, die laut rufend in großen Keilen nach Südwesten flogen.

«Es wird einen frühen und kalten Winter geben», sagte er dann. Oder: «Diese Nacht hat es wieder gefroren.» Oder: «Heute war der Frost den ganzen Tag auf dem Moor.»

Bis zur Heiligen Nacht hatte Tine die Wäsche für den Winter gewaschen und sogar trocken bekommen. Die einzelnen Teile hatten überall an den Astzinken gehangen und wurden nun sorgfältig zusammengelegt und in der Truhe verstaut, denn bis Neujahr durfte nicht gewaschen werden, das hätte Unglück gebracht. Tine und Jost hatten die

Wolle gekratzt und gekämmt, das Werkzeug dafür hatte Jost bei Kücks gefunden. Sein schlechtes Gewissen beruhigte er mit ein paar Gebeten.

In der Heiligen Nacht erzählte Tine die Geschichte von der Geburt Jesu in der Krippe im Stall zu Bethlehem.

«Und Maria gebar Josef ihren ersten Sohn und wickelte ihn in Windeln und legte ihn in eine Krippe, denn sie hatten sonst keinen Raum in der Herberge.»

Sie sangen, auch Johann sang mit.

«Es ist ein Ros entsprungen, aus einer Knospe zart, wie uns die Alten sungen, von Jesu kam die Art.»

Und: «O du fröhliche.»

In dieser Nacht schlief Jakob bei den Tieren. Es war die erste Heilige Nacht, die er mit Jesus und Maria und mit Josef, dem Zimmermann, mit Vater und Mutter, mit Jost und mit der Kuh, den Schafen und der Ziege sowie dem gesamten Federvieh in der Hütte erlebte. Er fühlte sich reich und geborgen in der Wärme, die alle umschloss.

Diese Heilige Nacht sollte für Johann die erste und die letzte mit seiner Familie sein, und hätte es ihm jemand vorausgesagt, er hätte nur gelacht.

Nach der Wintersonnenwende wurden die Tage

heller. Nun lag der kahle Frost auf dem Moor und ließ es nicht mehr los. Er kroch in die Hütte, er steckte in allen Ecken fest und ließ das Wasser gefrieren, wenn es nicht am Feuer stand. Er machte den Atem weiß wie Schnee, wenn man aufwachte, und die Hände und Nasen rot wie Blut, wenn man von draußen hereinkam. Das Moor schimmerte schwarz wie Ebenholz, wochenlang. Die Untätigkeit mochte Johann kaum noch ertragen, die Enge der Hütte schon gar nicht.

Tine saß fast die gesamte Zeit am Spinnrad, und als die schwarze Wolle fertig über den Stühlen hing, wickelte Jost Knäuel auf. Johann und Jost strickten vier Paar schwarze Strümpfe daraus, eine Weste für Jakob und ein Tuch für das Kind, das im Frühling kommen sollte. Als dies getan war, las Tine im Schein des Feuers aus der Bibel vor. Fast jeder Tag glich dem anderen, die einzige Veränderung machte Tines Bauch durch, neugierig betrachtet von Jakob, wenn Tine sich am Feuer wusch und Jost und Johann vor die Tür gingen.

«Mutter, warum hast du so einen dicken Bauch?»

«Im Bauch wächst Friedrich heran wie das Zicklein in der Ziege.»

«Wie ist Friedrich in deinen Bauch gekommen, Mutter?»

«Friedrich wurde uns vom lieben Gott geschenkt.»

So lernte Jakob beizeiten die Allmacht Gottes, aber auch dessen Ohnmacht kennen.

Alle überfiel ein blökender Husten, als der Frost kurzfristig verschwand und die nasse Kälte seinen Platz einnahm. Tine verbrauchte ihre Vorräte an getrocknetem Huflattich und Salbei, sie kochte einen Sud aus den letzten Zwiebeln, die Johann zusammen mit dem Speck von dem Geestbauern bekommen hatte. Das Brot begann zu schimmeln. Frost und Nässe wechselten sich von nun an ab, und oft lag dichter Nebel über dem Moor.

An einem klaren, sonnigen Tag wanderten Johann und Jost schon frühmorgens mit einer Schubkarre auf die Geest, um Buchweizensamen zu holen, die ihnen ein Bauer versprochen hatte, wofür er eine Fuhre Torf im kommenden Herbst erhalten sollte. Als sie auf dem Sanddamm zurückgingen, gruben sie junge Birken aus, die sollten um die Hütte herum gepflanzt werden.

Trotz seines anhaltenden Hustens pfiff Johann,

und Jost sang, bis ihnen einer aus dem Moor entgegenkam, den sie kannten.

«Vögel, die am Morgen singen, holt am Abend die Katze», lästerte Cord Geffkens, dann erst sagte er «Guten Tag auch», wie es üblich war unter Menschen, die sich begegneten.

«Halt dein Maul, Cord Geffkens», brüllte Johann, der nicht vergessen hatte, dass der sich einmal an Tine herangemacht hatte.

«Cord Geffkens ist ein Teufel», sagte Jost, als die Begegnung schon eine Meile hinter ihnen lag, «wir sollten ihm lieber mit Besonnenheit gegenübertreten.»

Da brüllte Johann alles heraus, den langen Winter zu viert in der engen Hütte, wo er sich immer wieder zurückgenommen hatte, Tine zuliebe.

«Halt du auch dein Maul!», schrie Johann. «Es gibt keinen Teufel! Cord Geffkens ist vielleicht ein armer Teufel, aber sonst nichts! Ich habe hier zu bestimmen, nicht du! Und lass in Zukunft deine Blicke von Tine ab! Vergiss nicht, dass ich dich mit ins Moor genommen habe! Tine ist meine Frau, und der Bauer bin ich! Wenn dir das nicht passt, kannst du gehen.»

Jost zuckte zusammen, sein Körper wurde klein, dann richtete er sich wieder auf.

«Ich dank dir dafür, dass du mich mit ins Moor genommen hast. Ich möchte im Moor bleiben. Aber ich arbeite auch dafür.»

Die Antwort war Schweigen. Kein Blick der Versöhnung für Jost. Johann stapfte voran und wurde zum Ende des Weges hin immer schneller. Hatte Jost vielleicht doch Recht? Hatte Cord Geffkens nicht teuflische Augen? Und wo war er hergekommen? Johann begann zu laufen, sodass Jost ihm nicht mehr folgen konnte. Er hustete und keuchte und lief, bis er vor Tine stand und sie schüttelte. Tine nickte mit dem Kopf, ohne seine Frage abzuwarten.

«Cord Geffkens war hier!»

«Und? Was hat er dir getan?»

«Er hat mir nichts getan», sagte Tine.

«Lüg mich nicht an!», brüllte Johann.

«Er kam von Kücks Seite her», sagte Tine ruhig. «Er hatte Durst und fragte nach Milch.»

«Und, hast du ihm etwa Milch gegeben?»

«Ja», sagte Tine. «Wenn einer kommt und er hat Hunger oder Durst, weise ich ihn nicht ab. Auch wenn er Cord Geffkens heißt.»

«Du öffnest niemals wieder die Tür für so ein Gesindel», brüllte Johann, «er ist ein Teufel, hast du mich verstanden?»

Bis es dunkel wurde am Abend, pflanzte Johann die jungen Birken um die Hütte herum, die sollten ersten Schutz vor dem Wind geben und Schatten im Sommer.

Am nächsten Tag brannte das Moor. Der Rauch stieg in den Himmel, er vertrieb Nebel und Regen und Johanns schlechte Laune gleich mit. Gemeinsam mit Jost hielt er das Feuer mit Schaufeln im Zaum, ließ es nur von einem Grabenrand zum anderen brennen, der Länge nach wohl dreihundert Fuß, dies sollte das Buchweizenfeld werden.

Nun war Johann wirklich Bauer geworden, nicht nur Grabenzieher! Er hielt die warme, weißgraue Asche in seinen Händen und ließ sie durch die Finger rieseln. Was für einen wundersamen Boden dieses nasse Moor an seiner Oberfläche jetzt hergab, ein weiches Saatbett für den Buchweizen würde es sein. Mit weiten Schwüngen säte Johann aus einer hölzernen Mulde in die warme Asche hinein. Er unterdrückte seinen Husten, wenn seine Arme schwangen, um ja den Samen nicht in Haufen zu vergeuden.

Von diesem Tag an wartete er auf das Aufgehen des Samens wie Tine auf ihr Kind.

Am ersten Frühlingstag wurde Friedrich geboren. Johann hatte mit der Schubkarre die Wehmutter geholt, weil der Weg ins Moor zu beschwerlich für sie war.

Zu Jost hatte er gesagt: «Du bleibst hier und achtest auf das Feuer!» Er sagte nicht: auf Gesindel, oder: Cord Geffkens, darüber sprach er mit Jost nicht mehr. Aber er war froh, einen Mann bei Tine zu wissen, wenn er aus dem Haus ging. Das sagte er Jost natürlich nicht. Johann hatte seine Vorsätze, die er einhielt, meistens.

Die Wehmutter kreischte auf, wenn er die Karre schief fuhr, sie juchzte, wenn die Karre in die Höhe sprang, sie wünschte ihm Tod und Teufel an den Hals, als er sie fast in den Schiffgraben gekippt hätte. Sie warf ihn, Jost und Jakob aus der Hütte, während sie schon die Wärme des Wassers zum Baden des Kindes prüfte.

Tine machte das gut und schnell. Sie hatte alles schon einmal erlebt, nahm die Schmerzen als von Gott gegeben hin, und nur einmal dachte sie an Geesche dabei, dann presste sie Friedrich, den Gottessegen vom zweiten Sonntag nach Trinitatis des Vorjahres, heraus.

Johann besah sich sein Kind und wusste hustend nichts weiter zu sagen, als dass der Buchweizen schon keimte. Die Freude über seinen zweiten Sohn konnte Tine in seinen Augen lesen.

Als im Mai der Buchweizen blühte, leuchtete es auf den grünen Halmen so weiß, viel weißer als die Wäsche, die draußen zum Bleichen lag.

Sie standen beide vor ihrem Haus, Tine und Johann, das Staunen wich nicht aus ihren Gesichtern. Für einen Moment lächelte er sie an, sie lehnte sich, auch nur für diesen einen Moment, an ihn, dann gingen sie auf das Feld zu. Nein, er hatte nicht den Arm um sie gelegt. Aber in ihrer schwarzen Moorwelt, in der sie nun lebten, konnte ein blühendes Buchweizenfeld so etwas wie Glück in Gesichter zaubern, und es war gar nicht nötig, dass sie darüber redeten. Jost sah es von weitem, es gab ihm einen gewaltigen Stich ins Herz.

Es war das schönste Frühjahr, das man sich denken konnte, denn sogar Bonifatius, Servatius und Pankratius, die drei Eisheiligen, hatten sich abgesprochen, es diesen Menschen im Moor nicht schwer zu machen. Einzig die kalte Sophie hielt sich im Juni nicht an diese Vereinbarung, doch sie schickte einen nur so kurzen Frosthauch über das Feld, dass er dem Buchweizen nicht mehr gefährlich wurde.

Wenn Tine mit den Männern auf den Torfstich

ging, hütete Jakob in der Hütte das Kind. Er zog die Wiege an einem Band, um sie zum Schaukeln zu bringen, er freute sich, wenn Friedrich schlief, und er konnte es nicht erwarten, bis er wieder aufwachte. Wenn er Holz auf das Feuer legte, sah er, wie der Rauch nach oben unter das Dach stieg und sich einen Weg in den Himmel suchte, und er lernte, dass es viele Wege nach draußen gab.

In den neuen Gräben floss das Moorwasser zum Schiffgraben und ließ das Moor oberflächlich abtrocknen. Johann wusste, das erste Jahr war entscheidend für die zukünftigen, und so schaufelten die beiden Männer auf einer Fläche so groß wie ein Haus die obere Schicht des vertrockneten Torfmooses ab, sie war mullig und leicht. Tine fuhr den Boden mit der Schubkarre dahin, wo das Gras für Kuh, Ziegen und Schafe eingesät werden sollte. Sie ging langsam, der Unterleib schmerzte. Nach drei Stunden auf dem Moor begann die Milch überzulaufen. Sie rann heiß durch das dreifache Leinen, das Tine sich um die Brust gewickelt hatte. Schon am Bauchnabel kühlte sie sich ab, und Tine fror trotz der schweren Arbeit. Dann lief sie zur Hütte, wickelte sich aus den nassen Tüchern und stillte Friedrich. Die Tücher hängte sie rings um das

Feuer über die Stühle. Wenn sie stillte, lief Jakob für kurze Zeit hinaus. Dann hüpfte er auf dem Hofplatz auf und ab, um den Boden unter sich zum Schwingen zu bringen.

Der Augenblick des Stillens war für Tine die Pause, die sie sich auf dem Moor nicht gönnte. Sie schlief unter dem schmatzenden Saugen von Friedrich ein.

Auf dem freigelegten Torfstich zeigte sich bald der helle junge Weißtorf, der sollte zuerst abgegraben werden.

Johann war wie im Rausch. Torf abstechen und die Soden sorgfältig auf die Karre legen, Tag für Tag, Torf abstechen und auf die Karre legen. Torf, den er im Herbst schon auf der Geest verkaufen wollte. Das Geld dafür in die Truhe legen, bis im nächsten Jahr genügend da war für ein eigenes Boot. Damit nach Bremen fahren und gute Groschen bekommen, mehr als von den Geestbauern, die oft noch ihren eigenen Torfstich am Rand des Moores besaßen.

Wenn genügend Soden auf der Karre lagen, schob Jost sie davon, und Tine legte die Soden in langen Reihen zum Trocknen aus, eine neben der anderen. War eine Reihe voll, kam die nächste dran, und Tine achtete darauf, die Soden schön gleichmäßig zu packen, grad eine Handbreit sollte dazwischen bleiben. Für Jost war jede Karre, die er bewegte, ein Beweis, dass er ein ganzer Kerl war. Weiter, weiter, weiter. Egal, wie die Hände und der Rücken schmerzten, und egal, wie das Bein zog, das gute, das alle Kraft mit aufnehmen musste, die das schlechte Bein nicht hatte. Worte gewechselt wurden wenig auf dem Moor, aber die Reihen der Soden wuchsen, bis ein großes Feld ausgelegt war, Tausende schwarzer Brote.

Wenn die Sonne ihren höchsten Stand erreicht hatte, ging Tine zur Hütte, nass und schwer von der Milch. Sie brockte das Schwarzbrot in die Milch im Kessel über dem Feuer, rührte Mehl dazu ein und stillte das Kind. Sie wickelte sich die eben getrockneten Tücher wieder um die Brust, die nassen versteckte sie in einer Schüssel.

«Morgen stechen wir den Schwarztorf», sagte Johann.

«Heute hat Friedrich gelacht», sagte Jakob.

«Gestern habe ich einen Schwarm Spatzen am Schiffgraben gesehen», sagte Jost.

«Komm, Herr Jesus, und sei unser Gast», betete Tine.

Hatten alle gegessen, brach Johann schon wieder auf. Jost ging ihm wortlos nach. Tine hängte die Tücher zum Trocknen auf. Abends, bevor die Männer vom Torfstich kamen, hatte sie schon die Tücher des Tages in der Wanne ausgewaschen, und nun hingen sie in der Hütte an den vorstehenden Ästen, bewegten sich leicht in dem warmen Rauch, der vom Feuer aufstieg, durften nur zusammen mit den leinenen Handtüchern sein, weil ihnen niemand den Zweck mehr ansehen konnte. Männer mögen die Dinge nicht sehen, die mit den Geheimnissen der Frauen zusammenhängen.

Nach dem Abgraben des jungen Weißtorfs begann das Stechen der älteren, stärker zusammengepressten und harten Schicht des Schwarztorfs. Sauber zog Johann seine Schnitte mit dem Torfspaten und legte die Soden auf die Karre, die Tine davonfuhr. Ebenso sauber stach auch Jost, aber Johann war immer schneller als er. Eine große Kuhle entstand, in die Johann und Jost sich immer tiefer hineinarbeiteten. Jost gelang es nur noch mit Mühe, nach oben auf den Rand zu klettern. Er musste sich mit beiden Händen in den Torf krallen und erst das eine, dann das andere Bein hinaufziehen. Oben warf er sich manchmal ganz kurz auf den Boden. Ohne aufzusehen sagte Johann: «Geh nach Haus, Jost, ich mach das allein.»

Jost sprang wieder auf und machte weiter. Als die Reihen der Torfsoden die gesamte abgeräumte Fläche bedeckten, ließen die Männer die Arbeit ruhen, um die Soden abtrocknen zu lassen. Der helle Weißtorf und der dunkle Schwarztorf lagen auf dem Moor, jeden Morgen in der Frühe stand Johann davor und ließ seinen Blick darüber wandern, und was er sah, gab ihm Kraft für den Tag.

Die ausgehobene Torfkuhle lief langsam voll Wasser. Manchmal pickte ein Birkhuhn auf dem Hofplatz, oder eine Drossel verirrte sich und sang in einer der jungen Birken, dass Tine ihr Heimweh spürte. Aber sie sprach nicht darüber.

Nach ein paar Wochen begannen sie, die abgetrockneten Soden aufzuringeln. Tine und Jost setzten einen Grundkreis aus Torfsoden und stapelten die nächsten auf Lücke darüber, bis sich oben in Mannshöhe die Soden wieder trafen und der erste Torfringel gebaut war. Am Ende standen vier davon fest auf dem Land, rund und braun, aus der Erde, auf der sie lebten, von der sie leben wollten.

Jakob kroch in einen der Ringel, die Sonne drang in vielen Strahlen zwischen den Torfsoden hindurch. Er war der König von Hannover in seinem goldenen Schloss in England, von dem

Jost ihm erzählt hatte. Er speiste von goldenen Tellern und trank aus goldenen Bechern, und es gab jeden Tag Reis und Hammelfleisch, so viel er wollte.

Unter dem hohen Himmel über dem Moor lag Friedrich in einem Weidenkorb. Schäfchenwolken zogen vorüber, eine nach der anderen, und manchmal standen sie auch still in der Sonne.

Dachte irgendjemand von diesen Menschen noch an den Winter mit seiner dunklen klammen Kälte und dem Schimmel auf dem Brot? Jahreszeiten sind Verführer, sie tragen Hoffnung in die Herzen, gaukeln dir etwas vor. Der kühle Frühling verspricht dir einen heißen Sommer, der verregnete Sommer trägt die Aussicht auf den goldenen Herbst, der stürmische Herbst kann nur einen milden Winter bringen, und im eisigen Winter schimmert immer schon das Licht des Frühlings.

Wo die Soden zum Trocknen gelegen hatten, warf Johann nun die untere Schicht der nassen schwarzen Moorerde hin, die sollte durch die Wärme der Sonne zum Backtorf werden, wie der Teig im Ofen zum Brot.

Aus den schwarzen Wänden der Moorkuhle, die durch das Abgraben entstanden war, tropfte das Wasser und lief in Rinnsalen nach unten, wo Johann im Wasser stand und den Spaten schwang. Oben platschte die schwere Masse auf und verband sich mit jedem Spatenwurf mehr zu einem zähen schwarzen Teig, der zuerst floss, dann liegen blieb. Und wenn die Schultern nicht mehr wollten, wenn Johann den Spaten nicht mehr heben konnte, dann dachte er an seinen neuen Kahn, mit dem er bis nach Bremen segeln würde, und das gab ihm Kraft für den nächsten Wurf.

Mit ihren nackten Füßen trat Tine den Moorteig fest. Bei manchen Spatenwürfen hörte sie Johann husten, und sie nahm sich fest vor, beim nächsten Kirchgang auf der Geest den Huflattich zu suchen, den es im Moor nicht gab. Jeder Fußtritt brachte sie dem lieben Gott näher, denn Johann hatte den Kirchgang nach dem Torfpetten, wie er das nannte, versprochen. Der Torf war am Morgen eisig und am Mittag heiß, am Nachmittag warm und am Abend wieder kalt. Wenn das Tagwerk beendet war, spürte Tine ihre Füße nicht mehr. Sie tat weiter ihre Pflicht, bereitete die Suppe und stillte das Kind.

Allabendlich betete Jost mit Jakob.

«Allmächtiger Gott, hilf uns, dass der Torf bald

trocken wird, und hilf uns, gesund zu bleiben. Amen.»

Wenn Jakob schlief, betete Jost: «Allmächtiger Gott, wache über uns, dass der Teufel keine Macht über die erhält, die in diesem Hause wohnen. Amen.»

Wenn Tine sich nach der Hausarbeit neben Johann legte, hörte der es schon nicht mehr. Beim Beten vor dem Einschlafen schlief auch sie ein.

Der aufgeworfene Moorteig trocknete ab. Mit einem großen Messer schnitt Johann gerade Linien hinein. Er zog das Messer quer über die ganze Fläche, einen Schnitt nach dem anderen in der Breite von Torfsoden, bis er am Ende angekommen war. Danach setzte er oben wieder neu an und schnitt senkrechte Linien in den Teig, immer eine Sode lang. Der schwarze, schon feste Brei trug seine Füße in den Holzschuhen, die zähe Masse war so fest, dass die Schnitte in ihrer Schärfe blieben. Als geschlossene Decke lag das Moor auf dem Land, die Sonne holte die Feuchtigkeit heraus und trocknete die Soden, bis sie fest und schwarz und hart wie Moorholz waren. Und selbst der Regen, der zwei Tage lang vom Himmel fiel, ließ die Soden nicht mehr zusammenwachsen.

An einem Sonnentag mähte Johann mit großen Schwüngen den Buchweizen und schmeckte voller Vorfreude schon den dicken runden Pfannkuchen, den Tine daraus backen würde. Dann spürte er es.

«Kommt Besuch», sagte er zu Jost.

Auf dem Moordamm versuchten zwei Herren, deren neue Holzschuhe nicht so recht zu ihrer Kleidung aus schwarzem Tuch und weißem Leinen passen wollten, den Wasserlöchern und Pfützen auszuweichen, sodass ihr Gang eher einem Hüpfen glich. Sie hatten die Arme erhoben, um das Gleichgewicht zu halten. Amtmann Wittenberg und der Landvermesser Bansch wollten das gute Wetter nutzen, um den Kolonisten einen Besuch abzustatten. An die Fahrt mit einer Kutsche war auf dem Moordamm nicht zu denken gewesen. Ihre Begrüßung war freundlich und ihre Mienen voller Wohlwollen, denn sie hatten einen Plan. Und was sie sahen, erfreute sie.

Hunderte schwarzer Soden lagen zum Trocknen in der Sonne. Jede einzelne trug die Kraft in sich, nach dem Trocknen stundenlang zu glimmen, in den Öfen der Städter und der Handwerker. Besonders die Bäcker und Schlachter wussten diesen Backtorf zu schätzen. Vier Torfringel standen nebeneinander aufgeschichtet, rund und behäbig. Aus der Hütte stieg Rauch in den Himmel, davor lag Friedrich im Korb, und Jakob schaukelte ihn. Tine forkte den Mist auf das Gartenland, wo Pastinaken und Wurzeln wuchsen, Kuh, Ziege und Schafe lagen vor der Hütte und käuten wieder. Johann stellte die Sense an das Dach, putzte seine Hände an der Jacke ab und ging auf die Herren zu.

«Guten Tag auch, Johann!», sagten sie.

«Was verschafft mir die Ehre, Herr Amtmann?», fragte Johann verwundert.

«Wir besichtigen die neuen Stellen in Wittenmoor, und wir wollen auch deine ansehen, Johann.»

Johanns Handbewegung, mit der er einen großen Bogen über Haus und Hof und Land beschrieb, reichte bis zum Amtmann. Johanns Stolz brauchte keine Worte.

«Wie du vielleicht schon gehört hast», sagte Geometer Bansch, «bauen wir einen großen Kanal von der Hamme bis zum Ostefluss, der soll die schnellste Verbindung zwischen Hamburg und Bremen werden.»

«Für den Bau dieses Kanals brauchen wir fleißige Leute wie dich, die auch einen guten Lohn bekommen sollen. Das würde dich in die Lage versetzen, einen Torfkahn zu kaufen und obendrein alles, was du sonst noch für den Winter brauchst.» Das sagte Amtmann Wittenberg.

Jost kam dazu, bevor Johann antworten konnte.

«Herr Amtmann, ich möchte am Kanal arbeiten. Johann hat viel Arbeit auf dem Hof, und Tine hat das nicht gern, wenn er so lange Zeit nicht zu Haus ist.»

«Wir brauchen ganze Kerle im Moor», sagte Amtmann Wittenberg.

Eine Stichflamme schoss Jost mitten ins Herz, und sie glühte lange in seiner Brust.

Der Amtmann reichte Johann die Hand.

«Na, Johann? Schlag ein!»

Johann zögerte nicht.

Der Verdienst und die Aussicht auf das Boot noch in diesem Jahr, wer hätte es ihm verdenken können? Vor Arbeit scheute er sich nicht. Und schaufeln, das konnte er. Was hätte Tine schon dazu sagen sollen? Versuchen wollte sie es jedenfalls, aber schnell gab sie wieder auf.

«Und dein Husten?»

«Ach, der Husten!»

«Die Arbeit auf dem Hof?»

«Kann Jost machen.»

Sie trug Friedrich in ein Tuch auf den Rücken gebunden, sammelte Gagelblätter und Löwenzahn.

Er schaufelte den neuen Kanal aus, mit zwanzig, dreißig weiteren Kolonisten.

Sie betete, dass er immer wieder heil und gesund zurückkommen möge.

Er hustete jeden Abend stärker.

Sie molk und stillte, kochte und wusch.

Er fiel bei Einbruch der Dunkelheit in den Hütten der Arbeiter sofort in einen tiefen Schlaf.

Dann erhielt er seinen Lohn und zwei freie Tage. Nach fünfunddreißig Tagen Moor abstechen, hochwerfen, Moor abstechen, hochwerfen, mit den Füßen in Holzschuhen im Wasser. Am Tisch des Zahlmeisters konnte er sich kaum auf den Beinen halten.

«Viereinhalb Groschen für fünfunddreißig Tage. Kommst du wieder?»

«Jawohl.»

Neben dem Zahlmeister stand Cord Geffkens.

«Ich brauch auch Arbeit!»

«Woher kommst du?»

«Aus Wittenmoor.»

«Wie heißt du?»

«Ich bin Daniel Kück», flüsterte Cord Geffkens.

«Gut, du kannst arbeiten.»

Johann griff Cord Geffkens und drückte ihn vom Tisch fort bis zum Kanal.

«Daniel Kück ist tot!», brüllte er.

«Ich bin jetzt Daniel Kück!», flüsterte Cord Geffkens.

«Wenn du noch einmal in Wittenmoor bei meiner Frau aufkreuzt, bist du auch tot!»

Cord Geffkens riss sich los und rannte davon.

«Der Teufel soll dich holen», brüllte Johann ihm nach. Dann ging er über das Moor davon, der sinkenden Sonne nach. Er war ein Teil der weiten Fläche vor ihm, schwarz wie sie. In seinen Augen spiegelte sich ein Kahn voller Torf mit einem schwarz geteerten Segel, der fuhr nach Bremen.

Beim Bootsbauer hatte Johann den Kahn bestellt. Aus Eichenholz.

«Und wie soll er heißen?», hatte der gefragt.

«Tine soll er heißen», sagte Johann, «so wie meine Frau.»

«Das bringt Glück», sagte der Bootsbauer.

Nun dampfte das Wasser im Waschzuber. Der Dampf verwob sich mit dem Rauch der Torfsoden von der Feuerstelle. Weiß und schwarz stiegen beide zum Dach, vermischten sich zu einem Grau und verschwanden durch das Reet in den Himmel. Tine schrubbte Johann den Rücken.

«Noch zwei Wochen am Kanal, dann ist der Kahn bezahlt.»

«Noch zwei Wochen?», fragte sie erschrocken.

«Was sind schon zwei Wochen, Tine», sagte er, «wenn du noch ein ganzes Leben vor dir hast.»

Tine nahm ein frisches Leinentuch. Johann stieg aus dem Zuber, und sie trocknete ihn ab. Das Flackern des Feuers auf seinem Körper, vergessen die Schinderei am Kanal, die Geborgenheit der Hütte. Johanns Worte klangen warm.

«Und dann kaufen wir von dem Geld, das uns der Torf bringt, Mehl und Saat und eine junge, trächtige Kuh.»

Sie hätte gern ihren Kopf an seine Brust gelehnt, an die nassen Haare. Wie Feuer brannte der Johanniabend am Fluss in ihr, sie hatte ihn fast vergessen, nun war er da und ließ sich nicht vertreiben. Nicht durch Blinzeln, nicht durch Tränen, nicht durch Reiben der Augen. Sie wusste nicht, wohin mit dem, was sie überfiel, nicht, wie sie ihm ihre Flammen zeigen konnte.

Johann öffnete seinen Beutel und gab Tine vier Groschen. Sie nahm die Groschen, öffnete die Truhe und legte das Geld in einen Beutel unter dem Leinen. Sie lachte Johann an. Sie sagte nicht, du hustest immerzu. Sie sagte nicht, Jakob hustet auch so viel. Sie sagte nicht, wie soll das alles weitergehen.

Sie sagte: »Ja, das wollen wir tun.»

Dann drehte sie sich um und ging langsam hinaus. Erschrocken blieb sie stehen. Die Kuh hatte nur Kopf und Beine. Aus dem Moor kroch der Nebel. Tine hatte Angst, und sie wusste nicht, warum.

In der Frühe des Morgens drehte Johann sich zu ihr um.

«Komm zu mir, Tine», flüsterte er.

Da war ihre Hitze schon abgekühlt, aber das sagte sie Johann nicht. Sie legte die Arme um ihn und vergaß ihre Angst.

Im ersten Licht des Morgens ging Johann wieder zur Arbeit an den Kanal. Vier Tage noch, dann sollte der Durchstich sein und mit dem Lohn die letzte Rate für den Torfkahn bezahlt werden.

«Was ihr hier geschaffen habt zu eurem und unser aller Nutzen, das lasst euch von niemandem mehr fortnehmen!»

Der das laut über die neue Schifffahrtstraße rief, das war Christian Findorff. Mit Amtmann Wittenberg und Geometer Bansch stand er auf einem Damm, der das Wasser des schon fertigen

Kanals von dem Teilstück trennte, das die Leute in den letzten vier Tagen ausgeschaufelt hatten. Unten warteten die Kolonisten mit den Füßen im Wasser, schwer auf ihre Schaufeln gestützt. Stolz sahen sie nach oben zu Findorff, dem Mann, der ihnen das Land gegeben hatte. Nur Cord Geffkens ließ unruhig den Blick schweifen, und was er da plötzlich sah, das ließ ihn seitlich die Böschung hinaufklettern, unbemerkt von den anderen. Durch den Damm, auf dem die Herren standen, bahnte sich ein schwaches Rinnsal seinen Weg.

«Pflegt und erhaltet diesen Kanal, denn er wird Teil einer großen und schnellen Wasserstraße zwischen den Hansestädten Hamburg und Bremen sein!», rief Findorff.

Die Männer nickten Beifall, zum Klatschen fehlte ihnen die Kraft, aber sie zogen ihre Hände aus den Taschen.

«Ich rufe euch zu, liebe Moorkolonisten, schaffet und arbeitet, damit ihr am Ende eurer Tage wisst, wofür ihr gelebt habt!»

Da brach der Damm.

Findorff, Wittenberg und Geometer Bansch stürzten mitsamt dem Boden unter den Füßen zu den aufschreienden Männern herab. Cord Geffkens stand auf sicherem Grund, und als er sah, wie Johann von den Fluten fortgespült wurde, lief er über das Moor davon.

Johann steckte bis zum Hals im Wasser, er griff nach Findorffs Jacke, krallte sich daran fest und zog ihn durch die Fluten, schwer keuchend. Immer wieder versanken beide unter den nachstürzenden Wassern.

Wittenberg und der Geometer hatten sich schon auf den Aushub des Kanals retten können. Sie streckten Findorff die Hände entgegen, bis sie ihn gepackt hatten und nach oben zogen. In Decken vom Quartiermeister gehüllt, flohen die drei Herren in ihrer Kutsche aus dem Moor. Triefend und hustend standen die Kolonisten beim Zahlmeister und empfingen ihren Lohn.

Johann machte sich auf den Heimweg. Der Ostwind griff unter seine nassen Kleider und nach seinem Körper und ließ beides erstarren. Fuß vor Fuß setzend, von Bulten zu Bulten, schleppte er sich voran, als triebe ihn eine Peitsche vorwärts. Nur nicht stehen bleiben. Nicht den falschen Weg nehmen. Kein Gedanke, nur die Füße in den schweren Holzschuhen in Bewegung halten, Stunde um Stunde in der Nacht.

In der Hütte stand Tine mit Friedrich und Jakob im Arm und starrte in die Flammen, Tränen liefen über ihr Gesicht. Das Feuer warf flackernde Schatten und glühte mit dem Luftzug auf, als Jost zur Tür hereinkam, den Kopf tief gesenkt.

«Wo ist Cord Geffkens?», fragte Tine hastig, ihre Stimme war voller Furcht.

Jost sagte nichts, er setzte sich an das Feuer und begrub sein Gesicht in den Händen.

«Ich habe das fünfte Gebot gebrochen, Tine.»

«Hilf uns, Herr im Himmel», flüsterte Tine.

Jost sah auf seine Hände, auf seinen klobigen Fuß.

«Der Teufel ist in mir, Tine, schon von Geburt an. Er wird mich nie mehr verlassen.»

«Lass uns beten, Jost.»

Jost hob seinen Kopf nicht, sein Körper zitterte.

«Beten darf ich nicht mehr. Ich habe die größte Schuld auf mich geladen. Morgen gehe ich von hier fort und sage es dem Pastor.»

Tränen liefen über Tines Gesicht, Tränen, die Jakob mit der Hand zu trocknen versuchte.

«Dann muss ich auch gehen, Jost. Allein kann ich nicht im Moor bleiben.»

Tine legte Friedrich Jost in die Arme, nahm Jakob an die Hand, bettete ihn in das Stroh und betete mit ihm. Sie kam zurück und legte Friedrich an ihre Brust. Während er saugte und schluckte, gab es nur noch eine Frage, die sie sich immer wieder stellte, weil sie das Ungeheuerliche nicht begreifen konnte.

«Warum musste Johann am Kanal sterben, warum?»

Sie legte Friedrich in die Wiege und starrte stumm in das Feuer. Zu sagen gab es nichts mehr.

Trauer drückte alles nieder, nur das Feuer bezwang sie nicht. Es brannte und züngelte, leckte und loderte aus den Torfsoden, bis sie fast gänzlich zu weißer Asche zerfallen waren. Ein kalter Luftzug, der von der Tür her wehte, ließ den Rest aufglühen. Tine schrie auf, als Johann durch die Tür wankte, seine Füße und seine Kleidung hinterließen eine nasse Spur. Freude und Entsetzen mischten sich in ihren Augen. War es ein Geist, den sie da schluchzend umschlang?

«Johann! Du lebst?!»

Jakob kroch aus dem Stroh und klammerte sich an die nasse Kleidung des Vaters. Jost stand auf und schürte das Feuer, dass es aufloderte.

Johann spürte nichts, regte sich nicht, sagte nichts. Tine schälte ihm die nassen Kleider vom

Leib. Er ließ es zu. Er aß nicht, er trank nur noch einen Becher voll mit warmer Milch. Erst dann fand er ein paar Worte.

«Der Damm ist gebrochen. Alles war unter Wasser. Es ist niemand zu Schaden gekommen.» Und dann grinste er: «Aber die hohen Herren hatten mehr als eine nasse Büx.»

Er gab Tine das Geld, sie verstaute es in der Truhe. Johann kroch in sein Stroh, sie wickelte das Bett aus Wolle um ihn, unter dem er sich schüttelte und zitterte, bis er nach einem Hustenanfall einschlief.

Als Tine ans Feuer zurückkehrte, an dem Jakob eingeschlafen war, sah Jost sie nicht an. Das Feuer brannte herunter, Tine bückte sich und legte ein großes Holz nach.

«Hör zu, Jost. Cord Geffkens hat gesagt, Johann ist ertrunken. Er hat mich belogen. Er wollte mir etwas antun. Du bist zur rechten Zeit gekommen. Du hast Schuld auf dich geladen, aber du hast es für mich und die Kinder getan.»

Jost sah immer noch nicht auf.

Er sieht sich selbst, wie er den vollen Bienenkorb nimmt und hinter der Tür in Stellung geht. Wieder und wieder hört er sich laut rufen. Schnell, Johann! Cord Geffkens ist bei deiner Frau.

Dann, mit Johanns tiefer Stimme: Cord Geffkens? Den schlag ich tot! Cord Geffkens kommt zur Tür herausgelaufen, und Jost drückt ihm den Korb mit den Bienen über den Kopf. Cord schreit gellend auf, er läuft davon, geradewegs in die Moorkuhle hinein, denn er kann ja nichts sehen. In wenigen Augenblicken hat ihn das Moor verschlungen. Nur ein paar Bienen summen noch heimatlos über dem schwarzen Wasser.

«Johann hätte ihn davongejagt», flüsterte Jost. «Und nicht so wie ich, hinterrücks, Johann ist ein Mann, ich bin ein Feigling.»

Jost stand auf.

«Bleib hier, Jost.»

«Johann schlägt mich tot, wenn er erfährt, was ich getan habe.»

«Wo ist er geblieben?»

«In der Torfkuhle», flüsterte Jost.

«Dann wird er von den Toten nicht auferstehen», sagte Tine entschlossen. Sie faltete die Hände und betete zum zweiten Mal an diesem Abend das Vaterunser. Das erste Mal hatte sie es gebetet, als Cord Geffkens in der Hütte vor ihr stand und sie in seine Arme riss.

«Und vergib uns unsere Schuld, wie wir vergeben unseren Schuldigern.»

Tine sah zu Jost. Sie sah auf seinen Kopf, seine nass geschwitzten Haare, seine zitternden Hände.

«Johann wird mir nicht vergeben», sagte Jost leise.

«Johann weiß nichts davon. Aber Gott kann vergeben. Sieh mich an, Jost.»

Da sah Jost sie an. Er sah ihr in die Augen, wie er es noch niemals vorher gewagt hatte. Tines Augen hielten seinem Blick stand, und Jost wusste, dass Tine mit ihm gemeinsam die Schuld tragen würde.

Auf dem schwarzen Wasser am Torfstich schwamm am nächsten Morgen der Bienenkorb. Mit einem Haken zog Johann ihn heraus. Laut schimpfend trug er den triefenden Korb zur Hütte. Tine sah ihn kommen, und ihr flatterte das Herz. Sie ahnte nun, wie Cord Geffkens seinen Tod gefunden hatte.

«Was soll das denn?», fragte Johann.

Tine holte tief Atem und sah Johann fest an.

«Cord Geffkens war hier.»

«Cord Geffkens? Nein, der war mit am Kanal.»

«Er kam und wollte den Bienenkorb von Kücks holen.»

«Das sind jetzt unsere Bienen! Hast du ihm das gesagt?»

«Jost hat ihn vertrieben. Und Cord Geffkens hat vor Wut den Korb in die Moorkuhle geworfen.»

Johann drehte sich zu Jost um. Jost drehte das Butterfass, ohne aufzusehen.

«Gut gemacht, Jost! Ich wusste es, auf dich kann ich mich verlassen.»

Jost hörte nicht auf, das Fass zu drehen. Sein Kopf drehte sich mit, und Tines Stimme sagte ihm: «Und vergib uns unsere Schuld, wie wir vergeben unseren Schuldigern.»

Sieben Tage später holte Johann den neuen Torfkahn. Schwarz und schmal und lang, eine große Ladefläche von vorn bis hinten, und eine Kajüte mit einer Luke drauf. Am Mast hing schlaff das schwarze Segel, es verströmte den Geruch von Teer, den Johann vor Freude einsog, bis es ihm schwindlig wurde.

Gemeinsam mit Jost hängte er die Schotten der Staustufen ein. Die hielten das Wasser in einem Abschnitt des Schiffgrabens fest, damit der voll beladene Torfkahn darin schwimmen konnte. Und war dieser Teil durchfahren, wurde der nächste Teil geflutet.

«Im nächsten Jahr kommst du mit nach Bremen, Jost.»

Seitdem Jost Cord Geffkens vertrieben hatte, war Johann wieder gut auf seinen Bruder zu sprechen. Jost schob eine Karre voll mit schwarzem Backtorf nach der anderen heran. Tine warf den Torf Johann zu, und der stapelte ihn auf der Ladefläche. Jakob half ihm dabei.

«Hier sind die Ruder, Jakob. Und das ist die Kajüte.»

Johann öffnete die Luke.

«Das ist ein Ofen aus Eisen. Wenn es Frost gibt, kommt Torf hinein. Das ist mein Segel, da soll der Wind hineinblasen. Und das hier», Johann nahm eine Hand voll Torf von Tine entgegen, «das sind meine Taler.»

«Taler?», fragte Jakob verwundert.

«In Bremen können sie zaubern», lachte Johann, «da machen sie aus Torf Taler.»

Tine strich frische Butter in einen irdenen Topf. Sie füllte einen Krug mit Buttermilch. Sie backte zwei dicke Buchweizenpfannkuchen aus dem Mehl von der ersten Ernte und legte sie in eine Schüssel. Das alles trug sie in einem Korb zum Kahn. Johann hustete.

«Bleib hier heut Nacht, Johann. Noch sind

schwere Wolken am Himmel, aber der Wind wird sie vertreiben. Dann kommt der volle Mond, der bringt den Frost.»

Er lachte sie aus.

«Je früher ich fahre, desto eher komm ich zurück.»

Jost sagte: «Nimm mich diesmal schon mit. Ich kann mit anpacken.»

Johann lachte wieder.

«Du bleibst hier. Wenn ich nicht da bin, bist du der Mann im Haus.»

So zog er los. Das heißt, so zogen sie los. An zwei Stricken aus Hanf treidelten sie den Kahn, Tine und Johann. Sie öffneten dafür zweimal die Schotten für den Wasserstau. Dann floss genügend Wasser, dass Johann staken konnte. Sie nahm ihn in den Arm zum Abschied, er lachte und drückte sie fest an sich.

«Was du nur hast, Tine! Morgen bin ich wieder zu Hause.»

Sie sah ihn in der letzten Helligkeit des Tages, schwarz hoben er und sein Kahn sich vom Himmel ab, als er vorwärts stakte. Seinen Husten meinte sie noch lange zu hören.

Tine lief zurück, den so vertrauten Weg, den sie nach ihrer Ankunft im Moor schon oft gegangen war. Sieben weitere Kolonisten hatten nun schon ihre Häuser fertig, fünf andere bauten noch. Als sie die Hütte erreichte, glühte sie im fahlen Licht. Kurz darauf begannen die schweren Wolken zu brechen. Tine legte sich in das Stroh und betete für gutes Wetter und für Johann.

Tiefe Furchen hatte die Torfkarre in den Weg zum Schiffgraben gefahren. Tine und Jost sahen bis zu dem Punkt, wo der Graben sich als feine helle Spitze in den Horizont bohrte. Nein, noch konnte Johann nicht zurück sein. Aber da kam jemand näher.

Es waren zwei Kolonisten. Sie zogen an Stricken Johanns Kahn hinter sich her. Als sie vor Tine standen, nahmen sie stumm ihre Mützen ab.

Der Torfkahn hatte ihnen frühmorgens den Weg versperrt, berichtete der Ältere der beiden. Das Segel im Wind geflattert. Sie hatten gerufen, ob er rauf fährt nach Bremen oder runter ins Moor. Er hatte nicht geantwortet. Da hatten sie angelegt und die Luke geöffnet. Zuerst hätten sie gedacht, er schliefe, ja, so hat es ausgesehen, wie er da lag. Aber dann hat er immer noch nicht geantwortet. So haben sie den Torfkahn hinter sich her gezogen bis hier. Und ob sie noch etwas tun könnten, fragte der Jüngere der beiden. Sie wären ja auch auf dem Weg nach Bremen gewesen. Da müssten sie nun noch hin.

«Fahrt hin», sagte Tine. «Ich dank euch.»

Die Männer setzten ihre Mützen auf und gingen davon. Der Wind bauschte ihre Jacken. Tine fühlte Jakobs Hand in ihrer Hand.

«Ist Vater nun im Himmel?», fragte Jakob.

«Ja», sagte Tine.

«Willst du nun auch in den Himmel gehen?»

«Nein, Jakob, der Torf muss doch nach Bremen.»

«In Bremen machen sie aus Torf Taler», sagte Jakob.

Da liefen Tine die Augen über.

«Hol Jost», sagte sie. Jakob rannte los.

Das Segel des Torfkahns hing schlaff herab. Tine öffnete die Luke. Sie kniete nieder und sah Johann in die Augen, die nichts mehr sahen. Sie wollte tapfer sein. Und so stark wie er.

«Alles hat seine Zeit. Empfangen hat seine Zeit, und Gebären hat seine Zeit. Säen hat seine Zeit, Ernten hat seine Zeit. Lieben hat seine Zeit, Hassen hat seine Zeit. Leben hat seine Zeit, und Sterben hat seine Zeit.»

Sie wollte ihm die Augen zudrücken, aber sie

konnte es noch nicht. Es war noch etwas zu sagen.

«Ich bin wieder gesegneten Leibes, Johann, das will ich dir mit auf den Weg geben. Lena soll sie heißen.»

Die Furcht schnürte ihr die Kehle zu. Sie zog Johann die Lider über die Augen, warf sich über ihn und weinte, während das Wasser des Schiffgrabens unter dem Torfkahn weiterfloss.

Als Tine sich aufrichtete, stand Jost am Schiffgraben. Er wischte sich die Augen mit seinem Jackenärmel aus.

«Hilf mir», sagte Tine.

Gemeinsam hoben sie Johann aus dem Boot und trugen ihn in die Hütte. Tine zog ihm die Sachen vom Leib, wusch ihn und kleidete ihn in seinen Sonntagsstaat, die schwarze Hose und das weiße Hemd mit den schönen Falten. Sie nahm Friedrich auf den Arm, damit er sich von seinem Vater verabschiedete, und legte ihn wieder in die Wiege. Mit dem schlafenden Jakob im Arm wachte sie die Nacht an Johanns Bett und trauerte.

Immer wieder schoben sich Bilder vom Fluss in ihren Kopf, an dem sie Jakob und Friedrich empfangen hatte, sie wechselten sich ab mit dem Weg ins Moor, und immer wieder sagte Johann lachend: Sterben will ich aber noch nicht, Tine. Und als es am Morgen hell wurde, hörte sie ihn laut sagen: «Wir schaffen das schon, Tine.»

«Ja, das will ich dir versprechen, Johann», sagte Tine.

Drei Tage später verabschiedeten sich in der Geestkirche die Kolonisten von Johann.

Der Pastor sprach: «Ich bin die Auferstehung und das Leben. Wer an mich glaubet, der wird leben, ob er gleich stürbe; und wer da lebet und glaubet an mich, der wird nimmermehr sterben.» Und die Gemeinde sang:

«O Welt, ich muss dich lassen,
ich fahr dahin mein Straßen
ins ewig Vaterland.
Mein Geist will ich aufgeben,
dazu mein Leib und Leben
setzen in Gottes gnädige Hand.»

Johann Kähding wurde von vier Kolonisten, Nachbarn, die sich noch kaum kannten, zur letzten Ruhe getragen. Es war ein milder Spätherbsttag, und auf den Bäumen rund um den Kirchhof sammelten sich die Schwalben.

Die beiden Kolonisten, die Johann gefunden hatten, leisteten Nachbarschaftshilfe und fuhren am nächsten Tag gemeinsam mit Jost den Torf nach Bremen. Als Jost zwei Tage später am Abend zurückkehrte, gab er Tine die Taler, die sie in den Beutel in der Truhe legte. Er ging zu seiner Schlafstelle und packte ein Bündel zusammen. Das Feuer auf der Herdstelle brannte herunter.

«Das Feuer geht aus, Jost.»

Er ging mit dem Korb aus der Hütte. Als er zurückkam, den Korb voller Torfsoden, und das Feuer schürte, funkte und flammte es auf.

«Das ist nun deine Arbeit, Jost.»

Jost verstand nicht, was Tine gesagt hatte.

«Ich wollte dir sagen, Tine, ich dank dir, dass du so gut zu mir gewesen bist, so gut wie eine Schwester. Ich bin nun so weit.»

«Was willst du, Jost?»

«Ich muss jetzt gehen.»

«Wohin denn, Jost?»

Er drehte sein Bündel in den Händen.

«Ich weiß es nicht, Tine.»

«Bleib hier, Jost. Sonst muss ich mit den Kindern auch gehen.»

Er sah Tine an, wusste keine Antwort, drehte sein Bündel, wieder und wieder.

«Und was sagt Johann dazu?»

«Johann ist nun im Himmel, Jost.»

«Johann sieht aus dem Himmel zu uns herab, wie kann ich dann hier bleiben?»

«Sollen wir seine Hofstelle aufgeben und zu deinem Bruder Jürn zurückgehen?»

Eine Frau und ein Hof. Eine Frau aus Fleisch und Blut. Jost spürte siedende Hitze in seinem Kopf, er bückte sich und legte Torfsoden auf das Feuer. Sein Gesicht verbarg er dabei.

«Und wenn wir auch gestorben sind, was ist nach der Auferstehung? Dann fordert Johann sein Recht.»

«Heiraten ist etwas von dieser Welt, Jost», sagte Tine. «Ein Jahr müssen wir noch warten, dann kannst du mein Mann werden, vor Gott und auch vor den Menschen.»

Am nächsten Tag war das Moor weiß vom Frost. Jakob lief unter den ziehenden Wildgänsen dahin und wünschte sich Flügel wie sie. Weil ihm aber keine wachsen wollten, rief er ihnen nach, sie sollten den Vater im Himmel grüßen. Da wechselten sie laut rufend die Spitze, und er wusste, sie hatten ihn gehört.

Ein Jahr später heirateten Tine und Jost in der Geestkirche. Tine hatte Lena im Arm, die sie empfangen hatte, obwohl sie Friedrich noch stillte. Jakob und Friedrich standen Hand in Hand dabei, und dieses Mal sagte Jakob vor dem Altar nicht «ich auch».

«Jesu, geh voran auf der Lebensbahn», sang die Gemeinde.

Die Jahre vergingen, eins wie das andere. Die Arbeit blieb immer die gleiche, nur das Wetter änderte sich. War Johann für das Herz gewesen, das heiße Johanniherz vom Fluss, so war Jost für den ruhigen Pulsschlag des Lebens und der Arbeit. Er war das Opfer, das Tine für Johann brachte. Sie wollte seinen Traum von einem Leben als freier Bauer erfüllen, seinen Kindern einen Hof auf eigener Erde hinterlassen.

Tine tat ihre Pflicht als Frau und gebar Jost noch zwei Mädchen. Eins starb bei der Geburt, das andere heiratete, wie auch Lena, später einen Kolonisten. Jost und Jakob bauten gemeinsam die erste Hütte um, sie erhielt zwei Giebel aus Fachwerk und Lehm, dazu ein hohes Tor für Menschen und Tiere, dessen oberer Teil zu öffnen war. An der Westseite gab es nun eine Stube, nach Süden und

Norden zwei Alkoven zum Schlafen und eine feste Wand mit einer Tür zur Herdstelle auf dem Flett, das weiterhin zur Diele, wo die Tiere ihren Platz hatten, offen war. Auf den Balken über dem Dielentor schrieb Jost in feiner schwarzer Schrift einen Spruch, wie Tine es wollte.

«Herrgott, bewache dieses Haus und alle, die da gehen ein und aus, es steht in deiner Hand, beschütze es vor Sturm und Brand.»

In die Mitte kam die Jahreszahl 1780. Links davon schrieb Jost: «Tine Kähding, geborene Funck», rechts davon: «Johann Kähding».

Tine hatte die Farbe genommen und die letzten vier Buchstaben übergestrichen. Es stand nun «Jo Kähding» da. Tine war eine gerechte Frau und praktisch war sie auch. Den Gewitterstein legte Jakob auf das Dach, und er erzählte seinem Bruder Friedrich dabei, wie er ihn als Kind auf dem Weg ins Moor gefunden hatte.

Anna-Maria

Wenn ich Papier hätte, Mutter, würde ich dir jetzt schreiben, ich würde schreiben, das Schiff ist grau wie das Meer, das Meer ist grau wie der Himmel. Es gibt nichts, an dem du die Augen festmachen kannst, wenn du von der Gischt absiehst, die der Wind hervorbringt. Am Tag sollst du schlafen, weil das Deck für dich verboten ist. Wenn das Geklimper der Wanten in dein Ohr dringt, das Reden der Frauen, das Quäken der Säuglinge, das Kartenspiel der Männer, das Klappern der Blechteller, das Lärmen der Kinder, wenn dies alles zusammen mit dem Rollen und Stampfen der Anna-Maria sich zu einem einzigen Getöse vereinigt, dann kannst du schlafen. Du unterbrichst den Schlaf nur für die eine warme Mahlzeit am Tag aus Reis und Feldbohnen, wenn sie denn den Ofen gesehen hat, dann wickelst du dich wieder in die eine lausige Decke auf der Pritsche und hältst darunter fest, was dir gehört, auch deine Nase musst du festhalten, sonst würde sie abfallen von dem Gestank. Aber in der Nacht, sag ich dir, in der Nacht hast du das Deck für dich, die Nacht ist für die Augen und für das Herz. Wenn du Glück hast, siehst du die Sterne, wenn du noch mehr Glück hast, siehst du auch den Großen Wagen. Jonni Elfers kannte die Geschichte vom Großen Wagen nicht. Da habe ich sie ihm erzählt. Ich kann das nicht so gut wie Großvater Friedrich, aber Jonni hat es nicht gemerkt, und zu Großvater da oben habe ich gesagt, er soll man nicht so genau hinhören. Jonni ist seit Bremen mein Freund. Wenn wir nachts an Deck auf den Tonnen sitzen, reden wir über alles, was unser Herz bewegt. Dabei vergessen wir den Hunger. Jonni will alles wissen von früher, er sagt, er hat keine Geschichte. Ich weiß nicht, was er damit meint. Ich erzähle Jonni, was Großvater Friedrich mir erzählt hat. An Großmutter Engel kann ich mich nicht erinnern, ich glaube, sie hat noch gelebt, als ich geboren wurde. Wenn ich nicht mehr weiterweiß, erfinde ich einfach etwas dazu, vielleicht hat Großvater Friedrich das auch so gemacht. Jonni sagt, er kann sich das jetzt genau vorstellen, wie das war, als die ersten Kolonisten ins Moor zogen. Über das Land, das vor uns liegt, reden wir nicht. Wie soll man auch über etwas reden, von dem man noch nichts weiß?

Engel und Friedrich

Im Alter wurde Tine die Hüterin des Feuers. Wenn die anderen auf dem Torfstich arbeiteten, legte sie die Soden nach. So hatte sie eine Pflicht, die es ihr auferlegte, zu leben.

Tine bewahrte auch die Lieder. Sie sang den lieben langen Tag alles, was sie in ihrem Leben gesungen hatte. So hatte sie etwas für sich, was ihr half, nicht zu sterben.

Tine wartete. Sie wartete auf ihren Sohn Jakob. Der war nach seiner Lehrzeit als Zimmermann auf Wanderschaft gegangen, im Herbst aus dem Moor davongezogen wie ein Zugvogel, aus der Kälte in die Wärme. Er war kaum siebzehn Jahre alt, und er blieb es für immer. Wie sollte einer älter werden, dessen Gesicht und dessen Lachen immer noch im Moor steckten, ohne zu versinken, wo alles sonst im Moor versackt.

Als Jakob in seiner schwarzen Hose und seinem weißen Hemd vor ihr gestanden hatte, den breitkrempigen dunklen Filzhut auf dem Kopf, den Jelängerjelieber-Stock in der Hand, das Bündel über dem Rücken, hatte Tine die silberne Kette mit dem Kreuz aus der Truhe geholt, wo sie, sorgfältig in ein Leinentuch gewickelt, aufbewahrt wurde, die Kette, die sie seit ihrer Hochzeit mit Johann zu allen feierlichen Anlässen getragen hatte.

«Nimm sie mit und trage sie», hatte sie gesagt, «sie wird dich wieder ins Moor zurückbringen.»

Jakob lachte sie aus.

«Mutter», sagte er, «die brauch ich nicht! Ich komm auch so zurück.» Und: «Mutter, das ist eine Frauenkette!»

Das hatte Tine verstanden. Aber einer, der geht, der muss etwas von zu Hause mitnehmen, das einem anderen lieb und teuer ist. So hatte sie ihr Gesangbuch aus der Truhe geholt, das er gewissenhaft in das Hemd in seinem Bündel gelegt hatte, zwischen die Wollstrümpfe, das leinene Handtuch und die wollene Unterhose.

«Wann kommst du wieder zurück, Jakob?»

«Nach drei Sommern.»

«Warum erst nach drei Sommern?»

«Das ist unser Zunftgesetz, Mutter.»

«Was habt ihr für strenge Gesetze?!»

«Darüber darf ich nicht sprechen.»

«Und du willst wirklich nicht den Hof übernehmen?»

«Nein, Mutter, auch wenn ich der Ältere bin, Friedrich ist der bessere Bauer von uns beiden.»

Als im vierten Frühling nach seinem Weggang die Schwalben auf der Diele brüteten, wartete Tine zum ersten Mal auf ihn. Sie wartete beim Torfstechen, und sie wartete beim Ringeln der Torfsoden. Als sie älter geworden war, wartete sie beim Rühren der Suppe, als sie nicht mehr arbeiten konnte, wartete sie auf der Deichsel des Wagens hin- und herschaukelnd. Sie wartete seit jenem vierten Jahr, jeden Frühling, alle Jahre, während sie das Feuer und die Lieder hütete. Später waren es nicht nur die Frühjahre, in denen sie wartete, es waren auch die Sommer, die Zeit des Herbstes und die Winter. Das Warten auf Jakob hatte die Jahreszeiten aufgelöst.

Der Regen klatschte von Westen her an die kleinen Scheiben der Stubenfenster. Er lief außen und innen in Rinnsalen herunter und tropfte auf den Holzdielen der mittleren Stube zu einer Wasserlache zusammen, in der ein Eimer stand für die undichte Stelle im Dach. In das laute Tropfen des Regens mischte sich Tines Singsang aus der kleinen Kammer neben der Stube, er nahm den Rhythmus der Tropfen auf, schob sich darüber, wurde schneller und verebbte wieder. An der

Wand der Stube zum Flett standen zwei Spinnräder und die Truhe mit dem Namen Katharina Auguste Funck. Die gehörte seit der Hochzeit Engel, der Frau von Tines Sohn Friedrich. Eine saubere Decke mit Häkelspitzen war über die Truhe gebreitet. Auf den Holzdielen der Stube lag die frisch geschorene Wolle der Schafe zum Trocknen ausgebreitet, in gebührender Entfernung von Eimer und Wasserlache.

Tines Enkelsöhne Wohlert und Ewert hatten die drei Schafe gerade von ihrer Winterwolle befreit. Als Erstes war das schwarze Schaf mit einem Strick außen an die Dielentür gebunden worden. Dann gingen sie mit der einzigen Schere der Mutter an die Arbeit. Zuerst auf dem Rücken zu beiden Seiten die Wolle herunter, das war die beste, dann behutsam auf den Schinken gesetzt und den trächtigen Bauch von seinen Wollflusen befreit. Das Euter war schon angeschwollen. Die Bauchwolle hatten sie extra gepackt, die musste besonders gewaschen werden. Dann die vier Beine kahl gemacht und das Schaf wieder hingestellt. Da stand es dann zitternd, nackt und mager, nur der Bauch hing schwer herab.

«Die Schwarze kommt nicht wieder zum Bock», sagte Wohlert, als er sich aus der gebückten Haltung aufrichtete, «die schafft das nur noch dies letzte Mal.»

«Ich freu mich schon auf Weihnachten», sagte Ewert und leckte sich die Lippen.

Als sie mit den Schafen fertig waren, beschnitten sie noch mit einem Messer die Klauen und holten das wild gewachsene Fleisch heraus.

«Wird Zeit, dass der Regen aufhört», sagte Wohlert, «sonst kriegen die noch Moderhinke.»

Danach lief Ewert zu den kuhmistverschmierten geflochtenen Bienenkörben, die in einer Reihe auf einem Brett standen, das von vier Pflöcken getragen wurde. Er setzte sich auf einen Holzklotz davor und freute sich am Summen der Bienen und wie sie aus- und einflogen.

«Immen, Immen», flüsterte er, «ich will euch was sagen. Der Regen lässt nach, denn heute haben wir die Schafe geschoren.»

Tine schleppte sich aus ihrer Kammer, schwer auf zwei Holzkrücken gestützt, die Friedrich ihr aus Astgabeln geschnitzt hatte, und sie sang im Rhythmus des Aufstoßens der Krücken auf den Holzdielen. Ihr kurzer grauer Zopf baumelte auf dem Rücken, als sie auf das Flett hüpfte, der gestampfte Boden aus Lehm verschluckte das Tak-Tak der Krücken. Sie nahm den eisernen Feuerstülper von der Herdstelle, legte zwei feste braune Torfsoden nach und stellte den Feuerstülper wieder darüber. Sie beugte sich über die große Schüssel mit der Dickmilch, die nah am Feuer stand, tauchte den Finger ein, schleckte die Sahne ab und verschwand wieder in ihrer Kammer.

Sie hatte alle überlebt, bis auf zwei Töchter und Friedrich, ihren jüngsten Sohn. Zuerst ihren Mann Johann begraben, dann ihren Mann Jost. Im Bremer Torfhafen war er auf dem nassen glatten Torfkahn ausgerutscht und ins Wasser gefallen. Niemand hatte es bemerkt. So wurde der Torfkahn ihren beiden Männern zum Verhängnis, der eine starb innen, der andere draußen. Tine begrub sie nebeneinander auf dem Kirchhof. Nach dem Tod von Jost und dem Weggang von Jakob übernahm ihr zweiter Sohn Friedrich den Moorhof. In den Übergabevertrag ließ Tine hineinschreiben, dass Jakob bis an sein Lebensende freie Unterkunft und Kost auf dem Hof haben sollte. Friedrich heiratete Engel, eine aus dem Moor, die alle paar Jahre ein Kind austrug, auch in der größten Not. Sie sagte immer: «Wir sind reich an unseren Kindern, Friedrich.»

Zur Hochzeit schenkte Tine der Braut die silberne Kette mit dem Kreuz, die Jakob verschmäht hatte. Die trug Engel seitdem an Feiertagen.

Noch vor der Hochzeit baute Friedrich mit Hilfe seiner Nachbarn das Haus um. Statt der Alkoven bekam es rechts und links von der Stube zwei kleine Kammern mit je einer Tür darin, sodass Tine ihr eigenes kleines Reich erhielt. In der anderen Kammer schliefen Engel und Friedrich und zeugten dort in stillem Einverständnis ihre sechs Kinder, von denen sie zwei schon wieder begraben hatten.

Als Wohlert, der älteste Sohn von Engel und Friedrich, in das Alter kam, in dem Jakob auf Wanderschaft gegangen war, begann Tine die beiden zu verwechseln. Wenn der Tag verbraucht und die Kraft ihrer Augen aufgezehrt war, fragte sie ihn: «Jakob, mein Junge, sag, wo bist du so lange gewesen?»

«Ich bin Wohlert, Großmutter, dein Enkelsohn Wohlert!»

«Du willst mir bloß nichts erzählen», jammerte Tine dann.

Wenn sie sich in ihre Kammer geschleppt hatte und ihr Singsang das Knistern des Feuers auf dem Flett begleitete, sagte Engel: «Lass Großmutter den Glauben, dann ist sie zufrieden.»

So gab Wohlert es auf, die Großmutter zu berichtigen, obwohl es ihn jedes Mal ärgerte. Tine gab das Warten nicht auf. Sie verwechselte die beiden ja auch nicht immer.

Der Regen hatte nachgelassen. Zuerst kam Engel vom Torfstich, den Bauch gewölbt für das siebente Kind, die Haare zum Kranz aufgesteckt, darüber den Schleierhut, den sie gegen die Sonne und den Regen trug. Danach rannte Geesche aus der Schule herbei, die in diesem Frühjahr bei Nachbar Renkens in der Stube abgehalten wurde.

«Mutter, Mutter, Lehrer Dammann sagt, die Großen müssen mit den Franzosen in den Krieg ziehen. Mutter, was ist Krieg?»

«Im Krieg schießen die Leute sich gegenseitig tot», sagte Engel.

«Warum schießen sie sich tot?», fragte Geesche.

«Im Krieg will immer eine Seite das haben, was die andere Seite hat.»

«Und dafür muss man sich totschießen?»

«Ja, Geesche. Freiwillig gibt niemand etwas von seinem Land ab.»

«Doch. Großvater Johann hat unser Land von König Georg geschenkt bekommen.»

«Ja, das stimmt, Geesche.»

«Mutter, du hast gesagt, freiwillig gibt niemand etwas ab.»

«Ja, Geesche. Aber nun müssen wir auch dafür bezahlen. Mit den Talern von unserem Torf und unserem Buchweizen. Und vielleicht auch mit deinen Brüdern.»

«Werden die jetzt totgeschossen?»

«Nein, Geesche, so Gott will, werden sie nicht totgeschossen.»

Engel faltete ihre Hände zu einem kurzen Gebet und rührte dann die Suppe auf dem Feuer. Geesche nutzte den Augenblick und schleckte mit dem Finger Sahne von der Dickmilch.

«Großmutter hat schon wieder genascht, Mutter», rief sie.

«Lass Großmutter man», sagte Engel.

Wohlert, Ewert und Marten, der Jüngste, polterten in ihren Holzschuhen herein, alle drei nass und hungrig. Sie hängten ihre Jacken an den Ästen der Balken auf und fuhren sich mit den Fingern durch die Haare.

«Dass du mir jetzt nicht vom Krieg anfängst», flüsterte Engel Geesche schnell zu.

Wohlert schnipste an Geesches Nase und sagte: «Wo ist deine kleine Nase?» Geesche lachte über das vertraute Spiel, er zeigte ihr seinen Daumen zwischen den Fingern und sagte: «Hier ist deine kleine Nase.»

Als Friedrich seine Jacke an einer Astgabel aufhängte, stand die Buttermilchsuppe mit der Buchweizengrütze schon auf dem Tisch. Geesche schickte verstohlene Blicke zu ihren Brüdern.

«Komm, Herr Jesus, und sei unser Gast», betete Engel.

Kaum war das Gebet beendet, langten alle mit ihren Holzlöffeln in die Suppe hinein, auch Tine aß hastig mit.

«Wo bist du bloß all die Zeit gewesen, Jakob?», fragte sie Wohlert, nachdem sie den Löffel abgeleckt und in ihre Schürzentasche gesteckt hatte. Sie fragte es zum ersten Mal am helllichten Tag, denn die Dielentür stand weit offen.

«Bei Renkens sind schon die Schwalben da», rief Geesche, eh die Großmutter weitere Fragen stellen konnte.

Tine stand schwerfällig auf, nahm sich ihre Krücken und hüpfte aus der Dielentür hinaus. Friedrich schüttelte den Kopf.

«Bleib sitzen, Mutter.»

«Lasst Mutter man», sagte Engel, «eine Mutter vergisst ihre Kinder nicht. Weder die lebenden noch die toten.»

«Vielleicht lebt Onkel Jakob ja noch», sagte Wohlert zu seinem Vater.

«Der lebt nicht mehr, Junge.»

«Heute kannst du mit der Post von weit her eine Nachricht bis zum Pastor schicken», sagte Ewert.

«Das hätte Jakob bestimmt getan.»

«Ich will später mal Postkutscher werden», sagte Ewert.

«Und deine Bienen?», fragte Wohlert.

Darauf wusste Ewert keine Antwort.

Wohlert fragte seinen Vater: «Seh ich wirklich so aus wie dein Bruder Jakob?»

«Das mag wohl so sein», antwortete Friedrich. «Aber so genau weiß ich das nicht mehr. Jakob war ja ein paar Jahre älter als ich.»

Und Geesche fragte: «Warum haben wir kein Brot, Mutter?»

Engel antwortete: «Wir wollen Gott dankbar sein für die Suppe.»

Dies gab Friedrich einen Stich ins Herz, er stand auf, streckte seinen Rücken gerade und ging mit seinen Söhnen wieder auf den Torfstich. Es kümmerte ihn, dass es ihm nicht gelang, so viel zu erwirtschaften, dass alle satt wurden, aber er wusste nicht, wie er es besser anstellen sollte.

Der Regen hatte nachgelassen. Vor der Dielentür stützte Tine sich auf ihre Krücken und sang. Sie sah den Schwalben zu, die nun mit Kuhmist, Gräsern und Moos in den Schnäbeln aus- und einflogen, um ihre Nester für die erste Brut an die Balken zu kleben. Gab es einen guten Mai, in dem Regen und Sonne sich abwechselten, dann tanzten auch die Insekten, dann zogen die Schwalben oftmals noch eine zweite Brut auf, bevor sie sich wieder für den Weg in den Süden sammelten. Wie viele Schwalben gekommen und wieder weggeflogen waren, seit Jakob gegangen war, hatte Tine mit der Zeit vergessen.

Wartete sie noch auf ihn, oder wartete sie schon auf ihren Tod? Verwechselte sie die Schwalben nun auch schon mit ihrem verlorenen Sohn? Wer wusste schon, was im Kopf der alten Frau vor sich ging, und wer wollte es auch wissen? Man nahm es, wie es ist. Jedes Leben geht einmal zu Ende, das Sterben schließt den Kreis, da muss man nicht viel Aufhebens drum machen. Die Gnade des ewigen Lebens nach dem Tod ist dir gewiss von Geburt an, wenn du nur fleißig gebetet hast, sonst verbrennst du im Höllenfeuer.

Engel und Friedrich plagten weltliche Sorgen, und das Beten wollte auch nicht helfen. Ein kaltes Frühjahr hatte das Moorbrennen und die Buchweizenaussaat verzögert, der nachfolgende Regen ließ den Moorboden aufquellen, dass jeder Fußtritt ein Loch hinterließ. Die Torfkuhlen standen unter Wasser. So konnten sie auch erst jetzt mit dem Torfgraben anfangen, aber im Herbst waren die Abgaben fällig, da gab es keinen Aufschub. Jeden Groschen, den Engel nicht ausgab, hütete sie in der Truhe, an Roggenkauf für Brot war nicht zu denken. Nur von einem waren sie bisher verschont geblieben: von der Einquartierung. Und bis ins Moor, so hofften sie alle, würden Napoleons Soldaten auch nicht kommen. Noch fühlten sie sich sicher und geborgen, trotz aller Not.

Das Moor verströmte den Geruch des Frühlings, wie er aufsteigt, wenn der tiefe Frost von der Sonne herausgesogen wird. Wochenlang hängt er über dem braunen Land, bis die Eiseskälte sich in der Luft verflüchtigt und fast übergangslos vom Hitzeflimmern über dem Torfstich abgelöst wird. Noch war die Zeit des Kuckucks. Er flog über die gebeugten Rücken der Torfstecher und rief. Geesche lief dem Kuckuck nach, sie formte ihre Hände zu einem Trichter an den Mund.

«Kuckuck, Kuckuck, wie viel Jahre leb ich noch?»

Der Kuckuck rief und rief, und Geesche kam

nicht nach mit dem Zählen, denn sie konnte es nur bis zehn. So war ihr ein langes Leben gewiss.

«Kuckuck, Kuckuck, wie viel Jahre leb ich noch?»

Der Kuckuck rief und rief.

«Kuckuck, Kuckuck, wie viel Jahre lebt Marten noch?»

Der Kuckuck rief und rief.

«Kuckuck, Kuckuck, wie viel Jahre lebt Ewert noch?»

Der Kuckuck rief und rief.

«Kuckuck, Kuckuck, wie viel Jahre lebt Wohlert noch?»

Geesche sah Wohlert erschrocken an und sagte nichts mehr.

«Lass das Rufen», sagte Engel ernst, «man soll das Schicksal nicht herausfordern.»

«Ist doch alles Spökenkram», lachte Wohlert, aber seine Stimme klang rau.

«Geh Buttermilch holen», sagte Engel zu Geesche.

So hörte Geesche sie zuerst. Und dann sah sie sie auch. Zehn junge französische Soldaten marschierten laut singend am Schiffgraben entlang, die Gewehre umgehängt, die Mützen zurückgeschoben.

«Sur la route de Montpellier
y avait un petit cantonnier.
Qui cassait des tas d'cailloux,
des tas d'cailloux, des tas d'cailloux,
pour gagner, gagner des sous.»

Geesche lief ihnen geradewegs vor die Füße, und als die Soldaten «Bonjour, ma petite», riefen, rannte sie schnell davon. Ihr Herz klopfte bis unter den dicken Zopfkranz, und sie suchte Schutz unter Großmutter Tines Schürze.

«Großmutter, sie sind da!»

Auch Engel und Friedrich sahen die Franzosen, aber sie hielten nicht inne in ihrer Arbeit. Aus den Augenwinkeln verfolgten sie den Marsch der Soldaten.

«Nun haben sie doch zu uns ins Moor gefunden», sagte Friedrich leise.

«Sie gehen auch wieder», murmelte Engel voller Zuversicht.

«Wollen's hoffen», sagte Friedrich ohne Überzeugung.

«Das Moor ist kein Land für Soldaten. Da finden sie sich nicht zurecht.»

«Bald werden wir Kontribution zahlen müssen», sagte Friedrich, «auch wir im Moor. Auf der

Geest zahlen sie schon! Und sie werden Soldaten von uns fordern.»

«Das glaube ich nicht. Im Moor werden alle Hände gebraucht, wie sollen wir sonst die Abgaben erarbeiten?»

Friedrich lachte laut auf.

«Danach fragt uns keiner! Wenn der Befehl kommt, müssen sie gehen.»

«Unsere auch?»

«Unsere auch!»

«Aber noch nicht Ewert?!»

«Warum nicht?», sagte Friedrich, «da gibt es noch ein paar im Moor, denen das Soldatentum gut stehen würde.»

Engel faltetete ihre Hände zum Beten. Und sie hoffte, dass ihr Gebet erhört würde.

Auch Ewert und Marten hatten die Franzosen gesehen. Und sie hatten nichts Besseres zu tun, als den Marschschritt nachzumachen, im Gänsemarsch hintereinander, und das unverständliche Lied zu grölen, aber erst als die Franzosen aus Hör- und Sichtweite fortmarschiert waren.

«Wollt ihr wohl an die Arbeit gehen», brüllte Friedrich.

Beschämt bückten sich die beiden und stachen

mit ihren Spaten in die Torfwand, dass das Moor zitterte.

Ob sie wohl gern mitmarschiert wären? Sie wussten noch nicht, was es bedeutet, fern der Heimat zu kämpfen, sie ahnten nicht, dass auch einer von ihnen bald aufgerufen würde, zu Napoleons Waffen zu eilen. Noch hatte der Krieg keine Fratze, aber er hatte blaue Uniformen und fremde Lieder. Wofür das alles und warum Napoleon marschieren ließ, darüber war in der Moorhütte bisher nicht gesprochen worden.

Marten ließ es keine Ruhe.

«Willst du als Soldat zu den Franzmännern gehen?», fragte er Wohlert, den großen Bruder.

Wohlert schüttelte den Kopf.

«Ich werde Bauer», sagte er. «Wer soll sonst den Hof übernehmen?»

«Und du, Postkutscher Ewert?», fragte Wohlert.

Auch Ewert schüttelte den Kopf.

«Wer soll dann die Immen versorgen?»

«Ich möchte Soldat werden», sagte Marten.

«Schluss mit dem Gerede!», brüllte Friedrich. «Hier wird gearbeitet!»

Er stellte seinen Torfspaten ab und nahm den letzten Schluck aus der Branntweinflasche, mit der er in letzter Zeit immer häufiger herunterspülte, was ihn beschäftigte.

«Das ist nicht gut so», sagte Engel leise.

Wer vermag zu sagen, ob sie den Branntwein meinte oder den Ton ihres Mannes, mit dem er seinen Söhnen den Mund verbot. Friedrich nahm die leere Flasche und schleuderte sie in die Moorkuhle. Engel zuckte zusammen, als das braune Wasser aufspritzte.

«Das ist nicht gut so», wiederholte sie leise.

«Das bestimme ich, was hier gut oder schlecht ist», brüllte Friedrich.

Engel war zusammengezuckt. Das war nicht der Friedrich, den sie mit Freuden geheiratet hatte. Der so schön erzählen konnte abends beim Spinnen am Feuer, während er strickte, dass sie manchmal gesagt hatte: «Du spinnst ja genauso gut wie ich.»

Dann hatte er sie lachend in den Arm genommen und in die Kammer getragen, dass sie oft sagen musste: «Pst, nicht so laut, Friedrich. Was soll Mutter denken.»

Friedrich hatte ihr den Mund zugehalten und geflüstert: «Mutter? Die hat sogar zwei Männer gehabt!»

Als Geesche mit dem Buttermilchkrug hinauskam, war nichts mehr von Friedrichs Wutausbruch zu spüren. Sie hockten sich auf die Knie, beteten gemeinsam und tranken nacheinander die Milch aus einem Napf, den Engel für jeden einmal füllte.

«Macht Buttermilch auch satt?», fragte Geesche.

«Ja, die Buttermilch macht auch satt», sagte Engel.

«Dann will ich noch einen Napf voll trinken.»

Engel nahm ihren halb ausgetrunkenen Napf und reichte ihn Geesche. Martens Blick war voller Hunger, aber er sagte nichts. Vielleicht dachte er, bei den Soldaten, da gibt es immer etwas zu essen. Wer marschieren und schießen muss, der bekommt auch Brot und Buttermilch.

Als dann der Kuckuck rief, wollte Wohlert heimlich mitzählen. Aber genau in diesem Moment kollerte ein Birkhahn so laut neben ihm, dass er ihn am liebsten erwürgt hätte. Stattdessen warf er ihm einen Torfsoden nach, der das Tier bloß verjagte, aber nicht traf.

«Bei den Franzosen, da würdest du treffen lernen», rief Friedrich.

«Das ist nicht gut so», sagte Engel. «Wenn wir Wohlert nicht hätten, dann würden wir die Arbeit gar nicht mehr schaffen.»

An diesem Tag gab es kein Reden mehr am Torfstich. Und die Franzosen marschierten auch nicht weiter am Schiffgraben entlang. Napoleons Beamte, die jetzt die Bürgermeister der Dörfer waren und Maire hießen, sie ließen die Moorbauern fürs Erste in Ruhe arbeiten.

In diesem Sommer, der von einer strahlenden Sonne geküsst wurde, die nur ab und an durch einen fruchtbaren Landregen kurzzeitig abgelöst wurde, stachen Friedrich und seine Söhne wie in jedem Jahr zuerst den Weißtorf, dann den Schwarztorf. Engel und Geesche bauten daraus fünf Ringel zum Trocknen. Danach warfen die Männer mit ihren Spaten den schwarzen Backtorf auf das Moor, Engel und Geesche traten ihn fest. Friedrich schnitt ihn nach dem ersten Trocknen in gleichmäßige Soden. Wenn die Arbeit getan war, häufte Geesche in einem der Torfringel trockenes Gras und Moos zu einem weichen Lager auf, und als sich ein Birkhuhn das Nest zum Brüten aussuchte, kroch Geesche in einen anderen Ringel, bis das Huhn mit seinen Küken davonspazierte. Und dass sie ihm ein Ei gestohlen und ausgeschlürft hatte, konnte nicht einmal der liebe Gott wissen, denn der war gerade mit einer bunten Himmelsbrücke beschäftigt, die sich über das Moor spannte. Schon oft hatte Geesche diese herrlich bunten Brücken gesehen, einmal hatte sie sogar versucht, eine davon zu erreichen, aber dabei hatte sie sich verlaufen und erst spät in der Nacht zurückgefunden. Als Vater sie dafür schlagen wollte, war Mutter dazwischengegangen. Da hatte er seine Hand sinken lassen und war nach draußen gegangen.

Wie die anderen Moorbauern hatte Friedrich einen hölzernen Bündelstuhl gebaut, da hinein packten Wohlert und Marten sechzig Soden und verschnürten sie mit einem geteerten Strick. Friedrich bückte sich.

»Ho!», rief Ewert.

«Man zu!», rief Friedrich.

«Man rauf!», rief Ewert. Und hievte Friedrich das Bündel auf den Rücken.

Ho! Man zu! Man rauf!

Das war ihr Gesang für einen langen Tag.

Mit der Schubkarre fuhr Friedrich die Bündel zum Torfkahn, so wurden nicht mehr die einzelnen Soden in den Torfkahn verstaut, sondern viele Bündel für die Fahrt nach Bremen. Die würden die Taler bringen, die sie dringend benötigten, um endlich wieder Buchweizen kaufen zu können, denn der letztjährige eigene war fast aufgebraucht und der diesjährige noch nicht vom Halm.

Engel war nicht nur guter Hoffnung, sie war auch voller Hoffnung, dass ihr Moor sie beschützen würde vor allem, was da mit fremder Zunge sprach. Sie wusste nicht, dass den Pastoren die Zivilstandsgesetzgebung oblag, dass die Pastoren sich einspannen ließen, von der Kanzel aufzurufen für den Krieg. Statt gegen den Krieg zu wettern mit den gewaltigen Worten, die doch in der Bibel zu finden gewesen wären.

Friedrich wusste dies alles längst. In der Moorschänke am Schiffgraben drehten die Gerüchte ihre Runde wie der Branntwein, den sich niemand leisten konnte, der aber Hunger und Kummer vergessen ließ, solange er im Blut floss.

An einem Sonntag im August machten sie sich auf den Weg zur Kirche, im dunklen Feiertagsstaat, Gesangbücher und Bibel in den Händen. Tine ging schon lange nicht mehr mit. Für Engel wurde es Sonntag für Sonntag beschwerlicher, ihre Zeit war bald gekommen, und sie wollte ein letztes Mal mit, danach erst wieder zum Taufgang. Wie immer saßen sie alle in einer Reihe, die Kinder und die Eltern, wie immer schickte die Sonne ihr Licht durch die bunten Glasfenster herein, und wie immer war Engel während der Predigt eingeschlafen, den Kopf an Friedrichs Schulter gelehnt. Der saß, hager und sonnenverbrannt wie alle Moorbauern, aufrecht da und hörte nicht zu, weil in seinem Kopf die Zahlen tanzten, die ihn sonst nur während der Nacht, aber nicht während der Arbeit verfolgten. Denn die Arbeit, das ist eine Sache, und die Abgaben an den Staat, das ist eine andere Sache. Beide sind wohl unauflöslich miteinander verbunden, aber sie passen nicht gleichzeitig in einen Kopf, der aufpassen muss, dass der Rücken und die Beine beweglich bleiben und der Körper beim Torfstechen nicht in die Moorkuhle rutscht.

Und die Hände. Stell dir die Hände von Friedrich und Engel vor. Sie sind breit vom Zupacken und braun vom Moorsaft, rings um den Handteller voller Schwielen, unter den Nägeln schwarz wie der Backtorf. Diese Hände, sie lassen sich nur ungern zum Gebet falten, weil die Finger zu steif sind, um sich mühelos ineinander verschränken zu können. Sind sie aber erst einmal gefaltet, bleiben sie auch so auf dem Schoß liegen und ruhen sich während der Predigt aus.

Die Sonne erreichte die Fenster schon lange nicht mehr, als der Pastor endlich das Schlussgebet sprach.

«O Herr, erhebe dein göttliches Angesicht über mich, gib mir und meiner Seele den ewigen Frieden, den mir mein Friedefürst Jesus Christus erworben hat. Behüte meinen Ausgang und meinen Eingang von nun an bis in Ewigkeit. Amen.»

«Amen», sprach die Gemeinde, sprach die Familie Kähding und erhob sich wie alle anderen. Das dumpfe Geklopfe der Holzschuhe auf dem Holzfußboden schwoll an.

«Liebe Gemeinde!»

Da ging es noch einmal los mit dem Pastor. Die Bauern hielten in der Bewegung inne, stützten sich ab, beugten sich vor oder setzten sich, wie Engel, wieder hin.

«Es ist meine Pflicht zu eurem Wohl», sprach der Pastor, «eure Söhne und auch sonst jeden Konskribierten Seiner Majestät Napoleon aufzufordern, sich von heute an in einer Woche hier vor der Kirche einzufinden und sich zu seinem ihm zugewiesenen Posten als Soldat der französischen Marine zu begeben und das Corps nicht zu verlassen, dem er zugeteilt wird. Möge der Gehorsam euch ein Wille sein, damit nicht Unglück über uns alle komme. Ich verlese nun die Liste der Konskribierten Seiner Majestät.»

Die Liste der Namen war lang. Harm Renken,

der Nachbarssohn zur einen Seite, war dabei, und Willi Kück, der Nachbarssohn zur anderen Seite, dessen Onkel Daniel das erste Kolonistenjahr nicht überlebt hatte, sodass später sein Bruder Hinnerk auf die Stelle gegangen war. Als der Name Wohlert Kähding verlesen wurde, griff Engel voller Schrecken an ihren Bauch, in dem das Kind kräftig gestoßen hatte, gleich darauf zog sie Wohlert zurück, der aufgesprungen war, die Hände zu Fäusten geballt. Geesche nahm Wohlerts rechte Faust zwischen ihre Hände und flüsterte: «Ich weiß, wo du dich verstecken kannst.»

Der Pastor beendete die Lesung der Namen. In die Totenstille hinein fuhr er fort: «Weiterhin habe ich euch aufzufordern, eure diesjährigen Abgaben von heute an in fünfzehn Tagen beim Maire abzuliefern, andernfalls droht euch Zwangseintreibung, wenn ihr der Pflicht nicht nachkommt.»

Die Orgel setzte ein.

«Wir wollen nun zum Abschluss singen das Lied 846, nur den ersten und den letzten Vers», sagte der Pastor und begann zu singen, die meisten aus der Gemeinde holten noch einmal ihre Gesangbücher hervor.

«Du Siegesfürst, Herr Jesu Christ,
ein wahrer Mensch und Gott,
der du ein Held und Helfer bist,
hilf uns Herr Zebaoth.
Du kennst allein die Straf und Pein,
womit wir sind umgeben.»

Gerade als der Pastor zum letzten Vers die Stimme hob und die Orgel schon spielte, sang Wohlert laut und allein den zweiten Vers weiter, vielleicht, weil er nicht aufgepasst hatte, vielleicht auch, weil er ihm passend erschien.

«Du weißt, was uns ist zugedacht
und womit man uns dräut,
wie grausam es der Feind gemacht
zuvor und anderweit.
Sie sind nun schon so nah gerückt,
wir sind in ihrer Hand,
sobald wir nun das Schwert gezückt,
erbeben Leut und Land.»

Zuerst horchte Harm Renken auf, dann Willi Kück, fanden wohl Wohlert einen Teufelskerl und brüllten den dritten Vers mit ihm gemeinsam heraus.

«Es ist nun gar mit der Gefahr
aufs Äußerste gekommen.
Wer ist nun, der uns Hilf erweist,
hier ist nicht Gegenwehr,
der Schutz, den uns ein Mensch nur leist,
wenn ein so großes Heer
um Gut und Geld uns überfällt
schafft wenig Nutz und Frommen.»

Schrecken und Zorn über diesen Ungehorsam hatten dem Pastor das Gesicht gefärbt. Er lief zum Organisten und zog ihn vom Stuhl, drängte sich an seiner Gemeinde vorbei, die nach draußen eilte, und stellte sich an der Kirchentür auf, um die Hände der Kirchgänger zum Abschied zu ergreifen, wie es üblich war. Nur die alten Leute beachteten ihn und sein rotes Gesicht, nickten ihm zu oder schüttelten ihre Köpfe.

Mit Geesche an der Hand eilten Friedrich und Engel an ihm vorbei und sammelten sich mit den Moorbauern, deren Söhne ebenfalls aufgerufen waren, in einer Gruppe. Sie sahen zu den jungen Männern, die aufgeregt zwischen den alten Grabmalen standen und aufeinander einredeten, heimlich lachten und dabei stets den Maire in seiner blauen Uniform im Auge behielten. Der saß an einem Tisch vor dem Kirchenportal, ohne etwas von diesem kleinen Aufstand mitzubekommen, hatte vor sich eine Liste, Tinte und Feder sowie rechts und links je einen Soldaten mit Bajonett. Unweit davon Lehrer Dammann, bereit, seine Dienste anzubieten, die der Maire nicht brauchte, der hatte ja schon den Pastor.

«Monsieur Pastor!», rief der Maire.

Der Pastor ließ das Schütteln der Hände, die sich ihm nicht verweigerten, und eilte zum Maire, der auf die Gruppe der jungen Männer aus dem Moor zeigte. Der Pastor nickte. Die jungen Männer hatten es eilig, vom Kirchhof zu verschwinden, allen voran Wohlert, sie gingen wortlos, die Eltern aus dem Moor folgten ihnen mit den Kindern. Nur Marten konnte sich von dem Anblick der Franzosen noch nicht losreißen. Erst als Friedrich ihn rief, rannte er den anderen nach und schoss dabei voller Begeisterung mit einem Stock auf alles, was ihm in den Weg kam, bis Friedrich ihn mit einer kräftigen Ohrfeige zum Schweigen brachte.

Erst am Schiffgraben lösten sich die Zungen, als Harm Renken die Branntweinflasche und den mit Brombeerblättern gestreckten Tabak herausholte. Sie standen da und tranken, sie redeten mit

Mund und Händen und mit ihren Körpern, und alle waren sie dagegen, für den fremden Kaiser in den Krieg zu ziehen.

«Ich geh nicht zu den Franzosen!» Das war Wohlert.

«Ich auch nicht!» Das war Willi Kück.

«Wir lassen uns den Kriegsdienst nicht aufzwingen!», rief Harm Renken.

«Ist doch nur bei der Marine», sagte Friedrich beschwichtigend.

«Bei der Marine? Wohl weil wir Torfkähne fahren können?», rief Willi Kück.

Die Jungen lachten, aber es war ein ängstlicher Ton in dem Lachen.

«Da habt ihr Recht», sagte Lehrer Dammann, «ihr seid Moorbauern und keine Marinesoldaten!»

Es war ein falscher Ton in den Worten. Ein Blick von Wohlert auf den Lehrer machte allen klar, dass sie besser nicht weiterredeten. Also schwiegen sie. Und Lehrer Dammann trollte sich.

Friedrich sagte nach einer Weile: «Der liebe Gott wird euch helfen.»

«Nein!», sagte Engel. «Nein! Der liebe Gott von unserem Pastor hilft uns nicht mehr. Der sitzt mit den Franzosen an einem Tisch. Helft euch selbst, dann hilft euch auch der Herrgott, aber ohne den Pastor!»

«Prost!», rief Willi Kück.

«Lasst das Saufen», rief Wohlert. «Wir gehen einfach fort. Dann sollen uns die Franzosen mal suchen. Die trauen sich nicht ins Moor, die nicht!»

«Wir müssen zusammenhalten», sagte Harm Renken.

«So ist das», sagte Willi Kück.

Hinni Kück, Willis Vater, drängte sich erregt in den Kreis der jungen Männer. «Ihr müsst gehen. Wenn ihr nicht geht, sitzt uns bald der rote Hahn auf dem Dach!»

«So seh ich das auch», sagte Friedrich bedächtig.

«Vater?!» Das war Wohlerts entsetzte Stimme.

«Halt den Mund. Morgen fahren wir nach Bremen. Das andere ist noch sieben Tage hin. Diesmal kommt Ewert mit. Du kannst Mutter zur Hand gehen.»

Wohlert sagte nichts. Aber in seinem Gesicht las Engel, dass er nach Bremen wollte.

Das schwarze Wasser floss träge im Schiffgraben, in dem die Schütten steckten. Die Torfkähne lagen beladen und bereit zur Fahrt in der Nacht.

Noch schien die Sonne. In den Moorhäusern wartete das Sonntagsessen. Vor der Dielentür stand Tine auf ihre Krücken gestützt.

«Habt ihr Jakob in der Kirche gesehen?»

Geesche nahm heimlich Wohlert bei der Hand und zog ihn mit sich fort.

«Wenn Wohlert in den Krieg geht», sagte Ewert und legte seine Hand auf Vaters Hand, «dann werde ich Bauer und kein Postkutscher, nicht wahr, Vater? Wir schaffen das schon.»

Friedrich holte aus und versetzte Ewert eine Ohrfeige. Und noch eine. Und noch eine. Ewert, der nicht wusste, was er da gesagt hatte, der den Vater hatte trösten wollen.

Schluchzend lief er davon zu seinen Bienen und klagte ihnen sein Leid.

«Du Halunke!», schrie Friedrich ihm hinterher. «Wart nur, morgen stakst du den Torfkahn allein, bis dir die Luft wegbleibt!»

Geesche war mit Wohlert in das weiche Lager unter den Torfringeln gekrochen.

«Nein, Geesche, hier darf ich mich nicht verstecken.»

«Das Birkhuhn hat auch keiner gesehen.»

«Das Huhn kann fliegen.»

«Ich bring dir jeden Tag meinen halben Pfannkuchen», bettelte Geesche.

Es dauerte lange, bis Wohlert antwortete.

«Wenn ich Flügel hätte wie ein Vogel, würde ich davonfliegen.»

«Wenn du Flügel hättest, Wohlert? Dann wärst du ein Engel.»

Die Mittagssonne legte sich wie ein durchbrochener Heiligenschein auf Geesches fest geflochtenem Haarkranz. Irgendeinem Menschen musste Wohlert es ja anvertrauen. Es ist nicht einfach, Geheimnisse oder Entscheidungen allein zu tragen, trägt man sie zu zweit, werden sie um die Hälfte leichter, trägt man sie allerdings zu dritt, sind es keine Geheimnisse mehr.

«Kannst du schweigen wie ein Grab?», fragte Wohlert.

Geesche schauderte es in der Sonnenwärme.

«Muss ich wirklich wie ein Grab schweigen?»

«Dann schweig wie die Bäume.»

«Die Bäume rauschen und rascheln.»

«Dann schweig wie ein Fisch!»

Geesche legte sich ihren rechten Zeigefinger auf den Mund.

«Ich komm von der Bremer Torffahrt nicht zurück.»

Sie nahm den Finger wieder fort.

«Ich schweige wie ein Fisch», versprach sie tapfer. «Aber nicht so lange wegbleiben wie Onkel Jakob. Sonst muss ich immer nur warten, wie Großmutter.»

«Nein, Geesche, das tu ich nicht. Ich versteck mich in der großen Stadt, und wenn alles vorbei ist, komm ich wieder nach Haus.»

Kann einer in der Nacht schlafen, wenn er davongehen will? Und es außer der kleinen Schwester niemand weiß? Wirklich niemand? Engel jedenfalls backte um Mitternacht die zwei Buchweizenpfannkuchen zum Frühstück und die vier Pfannkuchen für die Torffahrt in der eisernen Pfanne auf dem eisernen Dreibein über dem Feuer. Sie wendete jeden Pfannkuchen und schlug ihn zu je einem Viertel zusammen. Sie goss Buttermilch in den Krug und verschloss ihn mit einem Holzstopfen. Danach weckte sie Friedrich, so leise, dass Geesche es nicht hörte, die am Fußende schlief. Als sie zurück auf das Flett kam, wusch Wohlert sich schon in der Schüssel.

«Wo ist Ewert?», fragte Friedrich, nachdem er sich am Feuer Hose und Jacke angezogen hatte.

«Ich brauch Ewert hier», sagte Engel. «Ich bin bald so weit.»

«Wohlert kann die Wehfrau ebenso holen!»

«Ewert muss auch lernen, allein auf die Geest zu gehen!»

Friedrich schob seinen halb gegessenen Pfannkuchen beiseite. Er ging hinaus. Engel sah Wohlert an. Der erwiderte den Blick seiner Mutter und stand ebenfalls auf.

«Ich will Vater nicht noch mehr verärgern, Mutter.»

«Warte.»

Engel ging mit schweren Schritten in die Stube, nahm die Decke ab und legte sie sorgfältig zusammen, öffnete die Truhe, holte einen Beutel heraus und gab Wohlert einen Groschen. Sie legte die Decke auf die Truhe und zupfte die Spitzenecken glatt, wieder und wieder.

«Behüt dich unser Herrgott, Wohlert. Und komm gesund zurück.»

«Nein, Mutter, ich schaff das auch so.»

«Nimm ihn, sonst kann ich gar nicht mehr schlafen.»

«Ich dank dir, Mutter.»

Mehr Worte brauchte es nicht zwischen Mutter und Sohn. Tine hüpfte mit ihren Krücken herbei und verschlang hastig Friedrichs liegen gelassenen Pfannkuchen. Danach legte sie zwei Soden auf das Feuer und verschwand singend in ihrer Kammer.

Das Moor ist schon am Tage oft düster, aber in der Nacht kannst du kaum eine Hand vor den Augen erkennen. Du musst tasten und aufpassen, dass du nicht vom Weg abkommst, es sei denn, du stakst den Torfkahn durch den Schiffgraben, hier kennst du jeden Zollbreit, hier kennst du dich aus.

Sie sprachen an diesem nächtlichen Morgen nicht miteinander, Wohlert und Friedrich. Sie stakten den Kahn bis zum ersten Schüttstau, wo schon Renkens und Kücks Torfkähne lagen.

«Wir haben noch gut Wasser», sagte Harm Renken.

«Dann woll'n wir mal», sagte Friedrich.

Rechts und links am Schiffgraben je zwei Pflöcke aus Eichenholz, dazwischen eingeschoben ein Schott, ein Staubrett, das hielt das Wasser fest. Als sie den voll beladenen Kahn durch den ersten Abschnitt von 300 Fuß Länge gezogen hatten, öffneten Wohlert und Willi das nächste Schott, bis die zweite Strecke voll Wasser war. Danach zogen Harm und Willi die Schotten heraus. Hier schlossen sich noch zwei weitere Bauern mit ihren vollen Kähnen an, denn das sagte die Grabenordnung im Moor, der Schiffgraben mit den Stauschütten musste gemeinsam befahren werden, und wer sich nicht daran hielt, bekam nicht nur Ärger mit den anderen Kolonisten, sondern auch mit der Obrigkeit.

Aus Hillebrandts Kate kam auf flinken Beinen eine kleine Alte bis an den Schiffgraben gelaufen, einen brennenden Kienspan in der einen, ein geköpftes Huhn in der anderen Hand, Meta Hillebrandt.

«Bringt mir ein Pfund Kaffee mit», keuchte sie.

«Wird gemacht, Mutter Hillebrandt», rief Friedrich.

Sie hielt ihm das Huhn entgegen.

«Wenn wir zurückkommen, Mutter Hillebrandt.»

Der Feuerschein des Kienspans ließ ihre Haare tiefrot aufflammen, die Augen waren das einzig Helle an ihr. Sie schlug den Kienspan aus und stapfte wieder davon. Das Huhn baumelte in ihrer Hand.

Auf dem breiten Wasser der Hamme, die in den Wiesen floss, setzten sie das schwarze Segel. Hier, wo sie sonst einander von Kahn zu Kahn ihre Scherze zuriefen, ihre kurze Freiheit vom Hof genossen und sich schon freuten auf den schnellen

Branntwein in der Schänke, fern der immer Obacht gebenden Frauen, waren sie stumm wie die Fische, die im Fluss sprangen. Erst der Branntwein, der verfluchte, würde sie zum Sprechen bringen.

Schweigend segelten sie dahin, und wenn der Wind nicht wehen wollte, stakten sie und hingen ihren Gedanken von Flucht und Gehorsam nach. So ganz wussten sie nicht, wie untereinander über den Aufruf gedacht wurde, unter Napoleons Fahnen zu dienen, und wer von ihnen den Mut oder, wie man es nimmt, die Feigheit besitzen würde, sich zu verweigern.

Wohlert wusste es seit heute Nacht. Seine Mutter hielt zu ihm. Aber was, wenn sie dann in sieben Tagen zur Strafe den Hof abbrannten? Hatte er Angst vor dem Soldatentod? Den schon so viele vor ihm erlitten hatten, die tapfer zu den Fahnen geeilt waren. Und was hieß das, zur Marine? Auf riesigen Segelschiffen durch fremde Meere fahren und mit Kanonen auf andere Schiffe schießen? Die dann untergingen, sodass die Seelen der toten Soldaten als Klabautermänner durch die Meere geisterten? So hatte Meta Hillebrandt es ihm erzählt, als er noch ein kleiner Junge war, und ausgerechnet jetzt fiel ihm das ein.

In Wohlerts Seele kämpften die guten Gottesgeister und die bösen Moorteufel miteinander, sie kämpften bis kurz vor Bremen, wo am Zollbaum die Eichenfahrer mit ihren Schiffen lagen. Diese gierige Bande, wie Friedrich sie nannte, die als Einzige mit dem Torf nach Bremen fahren durften auf ihren geeichten Schiffen und somit die Preise diktierten. Hatten sie nicht schon genug Ärger mit denen, und nun auch noch Napoleon?

«Na, Jan von Moor», sagte der Eichenfahrer Hannes zu Friedrich und befühlte dessen gebündelten Torf, «der ist aber nicht trocken und schwarz, der ist ja bloß weiß und nass!»

«Gottverdammte Hunde», rief Friedrich, «ihr macht den Torf schlecht, und wir kriegen einen Hungerlohn, und dann verkauft ihr ihn zum Wucherpreis in Bremen!»

«Verkauft euern Torf doch selbst!», lachte Matten, der andere Eichenfahrer.

Friedrich wusste es und die anderen auch, an den Eichenfahrern kam niemand vorbei. Und trotzdem: Wohlert war in der richtigen Stimmung, Händel anzufangen.

«So! Das lassen wir uns nicht zweimal sagen! Macht ihr mit, Harm und Willi?»

«Los! Alle zusammen!», riefen die beiden.

Friedrich brüllte dazwischen.

«Lasst das, sag ich euch, das Gesetz ist uns über. Wir haben kein Recht, nach Bremen zu fahren!»

Die jungen Bauern versuchten es trotzdem. Aber die Eichenfahrer legten ihre Schiffe quer vor den Zollbaum. Wer das Recht auf seiner Seite weiß, der hat Oberwasser. Und wenn es das Wasser des Zollkanals ist. So einfach ist das.

«Wie viel Hunt hast du?», fragte Eichenfahrer Hannes Friedrich.

«Ein Hunt», sagte Friedrich.

Hannes schrieb mit Kreide die Zahl auf die Ladung.

«Ein Hunt macht fünf Groschen, davon ab zwei Groschen, die du mir noch schuldest, sind drei Groschen für dich.»

Gewiss türmten sich wieder die Abgabeschulden in Friedrichs Kopf. Nützte nichts, der Torf wurde abgeladen und aufgepackt auf die Eichenschiffe.

Wohlert nahm Hannes beiseite. Jetzt oder nie.

«Wie viel nehmt ihr für eine Person nach Bremen?», fragte er leise und öffnete den Beutel, der um seinen Hals hing.

Hannes sah den Groschen aufblitzen und begriff sogleich. Er kippte kurz seinen Kopf zur

Zollschänke hinüber, an der gerade ein Trupp französischer Soldaten vorbeizog. Auch Friedrich sah die Franzosen.

«Gottverdammte Hunde», fluchte er leise vor sich hin.

«Das wird nichts», sagte Hannes. «Und da kommst du auch nicht weit! Die Schweinebande sitzt schon überall. Die knallen jeden Deserteur ab! Und unser Schiff wird bös untersucht, das sag ich dir!»

Mit bleichem Gesicht steckte Wohlert seinen Groschen wieder weg.

In der Zollschänke saßen sie dann alle zusammen, die Bauern aus dem Moor. Sie warteten auf das Wasser im Torfhafen, damit sie die Flutwelle für die erste Strecke zurück ausnutzen konnten. Unbemerkt von den Bauern war gleich nach ihnen ein seltsames Paar in hellen leinenen Gewändern in die Schänke gekommen. Sie hatten sich abseits hingesetzt und die Ohren gespitzt.

Die Bauern tranken sich Mut an und begannen endlich miteinander zu reden, worüber sie so lange nachgedacht hatten.

«Wer in den Krieg geht, der kommt nicht mehr zurück. Krieg ist was für die großen Herren.» Das war Wohlert.

«Wir müssen alle unsere Pflicht dem Staat gegenüber tun», entgegnete sein Vater.

«So ist es! Gräben ausschaufeln, Schiffgraben rein halten, Moorbrennen und Buchweizen säen, Torf stechen und verkaufen und unser Land kultivieren.» Das war wieder Wohlert.

«Jawohl», kam Harm ihm zu Hilfe, «die Moorkultivierung, die ist unsere Pflicht!»

Friedrich blieb ganz ruhig.

«Das ist die eine, aber gegen die andere Pflicht dürfen wir uns auch nicht auflehnen. Wir haben das Land von unserer Obrigkeit!»

Wohlert sprang auf. Er stützte sich mit seinen Händen auf dem Tisch ab, dass die Becher klirrten.

«Diese Pflicht ist der sichere Tod, Vater! Willst du das? Wollt ihr das?»

Friedrich antwortete nicht, dafür aber Hinni Kück. «Ihr müsst gehen, da hilft euer Reden gar nichts!»

Wohlert packte Hinni Kück an den Schultern und schüttelte ihn. Aber er meinte damit seinen Vater.

«Mann, was seid ihr bloß starrsinnig! Hier geht es um Leben und Tod! Und ihr redet von Pflicht! Pflicht! Pflicht! Ich hau ab, das sag ich euch!»

Harm Renken drückte ihn auf die Bank zurück und zeigte unauffällig zur Tür. Dort standen drei Franzosen mit ihren Gewehren. Sie schauten sich in der Schänke um und gingen wieder.

«Im Hohenmoor», flüsterte einer der anderen Bauern, «da haben sie drei Höfe angesteckt.»

«Im Königsmoor», flüsterte ein anderer, «da sollen sie zwei Mann erschossen haben, weil sie sich dem Aufruf widersetzten.»

Das Blut voll Branntwein, die Gemüter voller Wut, die Herzen heiß und kalt zugleich. An ein Nachhausefahren war nicht mehr zu denken.

«Ich will euch was sagen», flüsterte Willi Kück. «Wir bleiben heute Nacht alle zusammen in der Schänke. Und keiner von uns geht in den Krieg.»

«Heute nimmst du das Maul voll», flüsterte Wohlert höhnisch. «Aber wenn es so weit ist, dann klemmt ihr alle den Schwanz zwischen die Beine und geht doch zu diesem Kaiser! So sieht das aus!»

Der fremde Mann stand auf und wandelte an den Tisch der Moorleute. Ja, er wandelte. Nichts an ihm sah nach Arbeit aus, seine Hände waren so weiß wie das Leinen, in das er gehüllt war, und in der dunklen Schänke leuchtete er wie eine

Erscheinung. Er ging auch nicht schwer in Holzschuhen, er stand barfuß da, seine weißen Hände erhoben wie zum Segen. Er sah Wohlert mild an und ließ den Blick dann in die Runde schweifen.

«Hört, meine Brüder, hört auf diesen unseren jungen Bruder aus dem Moore. Es ist nicht eure Aufgabe, dem Kaiser zu geben, was des Kaisers nicht ist. Folget diesem Antichrist nicht und leistet seinen Befehlen keinen Gehorsam, denn das Ende aller Zeiten ist nahe.»

Seine Sprache war fremd, ähnlich den Worten der Bibel und doch anders. Wohlert blickte den leuchtenden Mann an, als sei er ein vom Himmel gefallener Stern.

«Was bist du für einer? Was willst du hier?»

«Christian Bacher heiße ich, Gott weist mir den Weg.»

«Wo kommst du her?»

«Aus dem Schwabenland komme ich zu euch. Gott wird uns ein Haus bauen.»

«Warum ist das Ende aller Zeiten nahe?»

«Wir leben im letzten Weltenreich, mein Bruder, der Herr wird aufrichten sein tausendjähriges Friedensreich.»

«Du meinst, unsere Zeit auf dieser Erde ist bald zu Ende?»

«So ist es, mein Bruder. Folget mir auf dem Weg in das Friedensreich.»

«Kennst du den Weg?»

«Ich kenne ihn, mein Sohn, ich kenne ihn.»

Da hielt es Friedrich nicht mehr auf seiner Bank.

«Das ist nicht dein Sohn, das ist mein Sohn! Und ehe die Welt untergeht, müssen erst mal die Sterne vom Himmel fallen, du Halunke! Willst wohl an unsere Groschen, was?»

Christian Bacher lächelte sanft, doch zu einer Antwort hatte er keine Zeit. Der Wirt warf ihn mitsamt seiner Frau und allen Moorleuten hinaus.

«Sperrstunde!», rief er laut. «Wenn ihr nicht in eure schäbigen Kähne wollt, dann legt euch auf dem Dachboden ins Stroh. Für alle zusammen ein Groschen.»

«Morgen reden wir weiter», flüsterte Christian Bacher Wohlert zu. «Es wird sich ein Weg auftun für dich.»

Sprach's und verschwand mit seiner Frau, die still lächelnd gewartet hatte.

Schwankend schlugen nun alle ihr Wasser draußen ab und polterten dann in den Holzschuhen schwer die Treppe zum Strohboden hinauf. Wohlert konnte nicht schlafen. In seinem Kopf hallten die Reden der Bauern, schweiften die Blicke der französischen Soldaten, bis alles von Christian Bachers Worten eingehüllt wurde wie von einem weißen Leichentuch, wie das schwarze Moor vom Schnee im Winter.

Der Morgennebel hing grau über dem Moor. Ewert lief am Schiffgraben entlang, hinter ihm Rieke Brandt, die alte Wehmutter, holperig auf den Füßen, stolpernd in den tiefen Furchen, die die Wagen im weichen Boden hinterlassen hatten.

«Junge, lauf nicht so schnell.»

Sie blieb stehen, warf ihre Holzschuhe fort und kühlte ihre Füße im Graben.

«Die Kinder kommen allemal auf die Welt, ob ich dabei bin oder nicht. Erst rein, dann raus!»

Ewert fiel nichts anderes ein, als Rieke Brandt unter den Achseln zu packen und sie wieder auf die Füße zu stellen, sich umzudrehen, mit den Händen nach hinten zu greifen und sie sich auf den Rücken zu hieven.

«Teufel nochmal», staunte Rieke, «was bist du für ein starker Kerl.»

Dieses Lob tat Ewert gut. Er rannte los.

«Lauf so schnell du kannst», hatte die Mutter stöhnend gesagt.

Ewert war losgerannt, mitten in der Nacht. Alle Teufel aus dem Moor flogen um ihn herum und krächzten und schrien, seine Angst flatterte in wilden Flügelschlägen mit, und sein Herz schlug wie Großmutter Tines Stock auf dem Boden. Und erst, als er Rieke Brandt hinter sich wusste, hatte er sich geborgen gefühlt, denn sie hatte auch ihn auf diese Welt gebracht, nun konnten ihm die nächtlichen Teufel kein Leid mehr antun.

Engel gebar ihr siebentes Kind, ein Mädchen, unter dem Singsang von Großmutter Tine, und Geesche stand ihr in der Kammer bei. Es war ja alles bereit. Das geflochtene Band zum Abbinden des Nabels, die Wanne für das Bad, das heiße Wasser im Kessel, das kalte Wasser im Eimer, die Tücher zum Einwickeln des Kindes und die Tücher gegen das Blut.

Marten hatten sie hinausgescheucht. Der verkroch sich auf der Diele bei den Ziegen und hielt sich die Ohren zu. Er hörte die Schreie der Mutter, während die Ziege ihm das Gesicht ableckte. Schließlich schlief er ein.

Engel presste ihr Kind in einem Blutschwall heraus und band selbst die Nabelschnur ab. Geesche mischte das Wasser in der Wanne, bis es handwarm war. Engel stand auf und badete das Kind, wickelte es in ein Tuch und legte es Geesche in den Arm. Sie wusch sich in derselben Wanne und schlang sich die Tücher fest um den unteren Leib. Sie zog das Laken vom Stroh und legte ein frisches Leinen darauf, nahm Geesche das Kind aus den Armen und legte es an ihre Brust.

«Becka soll sie heißen.»

Ewert kam den Schiffgraben entlanggerannt und setzte Rieke Brandt vor dem großen Dielentor ab, wo Geesche schon wartete.

«Becka soll sie heißen», verkündete Geesche stolz. «Und später will ich auch Wehmutter werden.»

«Das lass man nach», rief Rieke Brandt, «dann bist du immer nur unterwegs!»

Sie sah sich das Kind an der Brust von Engel an. «Das ist mir wohl ein bisschen zu klein», sagte sie und begann zu beten.

«Ach! Lieber Gott und Herr! Ich lebe, aber ich weiß nicht, wie lange. Ich muss sterben und weiß nicht, wann. Du, mein himmlischer Herr, weißt es. Herr, dein Wille geschehe, der ist allein der beste. Amen.»

Ewert saß am Feuer und rieb sich immer wieder den schmerzenden Rücken, als Geesche zu ihm kam.

«Hast du Vater unterwegs gesehen?», fragte sie.

«Warum nur Vater?», fragte Ewert.

«Ich mein nur so», sagte Geesche leise.

«Meinst du, Wohlert ist fort?»

«Das mein ich nicht», sagte Geesche.

Das Haar voller Stroh, um den Mund herum die Reste der Ziegenmilch, die er sich ableckte, kam Marten dazu.

«Sonst brennen wir ab!», sagte er.

«Wir brennen niemals ab.»

«Warum brennen wir niemals ab?», fragte Marten.

«Auf dem Dach liegt ein Gewitterstein!», sagte Ewert.

«Und wenn die Franzosen das Haus anstecken?»

«Der Stein hilft gegen jedes Feuer», sagte Ewert. «Den hat Onkel Jakob gefunden, als sie ins Moor zogen.»

«Onkel Jakob ist weggelaufen», sagte Marten.

«Becka soll sie heißen», verkündete Geesche zum zweiten Mal.

«Wieder ein Mädchen!» Marten schaute enttäuscht.

Rieke Brandt scheuchte die drei ins Stroh. Sie

nahm die Nachgeburt aus dem Eimer, in den Tine sie gelegt hatte, und hängte sie für die Vögel in die Bäume, neben die Nachgeburt der Kuh.

Geesche lag bei Marten und war nun nicht mehr die Jüngste. Vielleicht dachte sie an Wohlert, vielleicht hoffte sie, er würde mit dem Vater zurückkehren. Als Marten schlief, stand sie wieder auf. Sie schlich sich zu der Milchschüssel, sah kurz nach oben zum Dach und schleckte mit dem Finger die Sahne von der Dickmilch ab.

«Lieber Gott, sei nicht bös mit mir», betete sie.

Als Ewert kurze Zeit später zur Milchschüssel tappte, fand er keine Sahne mehr. Er legte sich unter die Kuh und trank, bis er satt war. Sein schlechtes Gewissen entschuldigte er anschließend in einem Gebet, weil er wegen Rieke Brandt auf dem Rücken so hungrig geworden war. So musste Gott in dieser Nacht zwei Milch schleckenden Sündern verzeihen.

Als die Nacht vorbei war, sah der Morgen Christian Bacher und seine Gefährtin auf Friedrichs Torfkahn sitzen, in der Kühle fest in ihre Gewänder gehüllt. Wohlert war auf der Plane eingedöst. Friedrich bediente mürrisch die Ruder.

Sonst liebte er diese Fahrt zurück nach Hause,

die er oft mit den beiden älteren Söhnen unternahm, das Vogelgezwitscher in den Weiden vor dem Sonnenaufgang, das kräuselnde Wasser, die Weite der Niederung, dies alles ließ ihn seinen Ärger mit den Eichenschiffern und seine Sorgen um das Geld immer schnell vergessen. Heute war alles anders. Wohlert hatte hartnäckig darauf bestanden, diese Leute mitzunehmen in das Moor, und Friedrich hatte nachgegeben.

Die Frau, die Christian Bacher Elisabeth nannte, sang. Sie sang mit einer so hohen Stimme, dass die Worte noch lange in der Luft schwirrten, wie das Flügelsausen der Bekassinen.

«Victoria, mein Lamm ist da,
mein Lamm, mein Licht, mein Leben.
Mein Lamm, das dort Johannes sah,
sehr hoch in Freuden schweben,
und mit ihm die erwählte Schar,
die über hunderttausend war,
auf Zions Bergen stehen.»

Friedrich legte den Torfkahn mit einem unsanften Stoß am Ufer an. Wohlert schreckte auf. Christian und Elisabeth hielten sich aneinander fest. Friedrich löste den festgezurrten Torfspaten, nahm einen leeren Korb und sprang an Land. Er grub Sommersämlinge von Weiden und Erlen aus und legte sie in den Korb, sammelte Grassamen von der Wiese und warf sie obenauf.

«Wozu braucht ihr dies?», fragte Bacher.

«Im Moor gibt es kaum Bäume», sagte Wohlert. «Vater sammelt oft Schösslinge für Hecken gegen den Wind und Samen für die Weide.»

«O Herr, auch wenn morgen das Ende der Welt gekommen sein wird, so werde ich noch heute mit diesem wackeren Mann hier einen Baum pflanzen», rief Christian Bacher in den Himmel.

«Und wenn du dabei nicht aufpasst», knurrte Friedrich, als er seinen Korb wieder auf den Kahn hievte, «dann versackst du auch im Moor. Und das Haus und die Bäume, die Kuh und der Wagen, das versackt auch, wenn du nicht aufpasst!»

Mit aller Wucht stieß er den Kahn vom Ufer ab.

Was ging in Wohlert vor? Ob er sich von den Fremden Hilfe versprach in der Auflehnung gegen den mächtigen Kaiser? Dachte er an Meta Hillebrandts Hütte als Unterkunft für die beiden? Alle nannten sie nur Mutter Hillebrandt. Ihr Kolonistenhaus war das einzige in Wittenmoor, dessen Dach noch tief bis zum Moorboden reichte, ohne Fenster, ohne Stube, nur ein einziger Raum mit Herdstelle, von ihrem Vater voller Hoffnung erbaut. Als seine Frau bei der Geburt von Meta starb, zog er das Kind mit Ziegenmilch auf und wartete, bis sie sechzehn Jahre alt war, dann starb er an der Schwindsucht. Meta fand schnell einen überzähligen Moorbauernsohn, den keine Frau haben wollte, seiner Feuermale wegen. Der stürzte gleich nach der Hochzeit mit seinem Kuhgespann in den Schiffgraben und ertrank elendiglich unter dem Wagen, bevor er mit Meta ein Kind zeugen konnte und bevor die zur Hilfe herbeigeeilten Kolonisten den Wagen hoben. Aber das Leben hält Überraschungen bereit, auch für Meta Hillebrandt. Das Kind, das ihr kurz nach dem Tod ihres Mannes ein Durchreisender, vielleicht auch einer der Kolonisten hinterließ und das sie freudig empfangen hatte, kostete Meta fast das Leben. Es wurde im letzten Augenblick seines kurzen Erdendaseins getauft und als Wiesche Hillebrandt christlich begraben. Die Kolonistenfrauen sagten: Nun hat Meta wenigstens ein Kindergrab auf dem Kirchhof, wo sie hingehen kann nach dem Gottesdienst.

Meta war in dem Haus geblieben, was hätte sie auch sonst tun sollen. Als sie noch jünger war, empfing sie im Schutz der Nacht so manchen

Bauernsohn, das war stille Nachbarschaftshilfe. Und ein Scheffel Buchweizen für Meta fiel auch immer ab dabei. Sie packte überall mit an, wusste alles und hatte das zweite Gesicht, wenn es nötig und erwünscht war. Sie bestellte ihren Garten, in dem sie Tabak anbaute, fütterte ihre Hühner mit dem, was sie auf den Stoppelfeldern sammelte, und molk ihre Ziege, die sie einmal im Jahr zum Bock hinter sich herzog. Sie besaß alles, was sie zum Leben brauchte, nur der Kaffee wollte im Moorboden nichts werden, sosehr sie sich auch bemühte, der kostete sie immer mal wieder ein rotbraunes Huhn.

Wohlert starrte vor sich hin, bis sie den Schiffgraben erreichten und am ersten Schüttstau die anderen Moorbauern trafen, die dort schon warteten und die Heilsbringer aus der Zollschänke mit tiefem Misstrauen betrachteten, ohne ein Wort darüber zu verlieren. Bei Mutter Hillebrandt stakte Wohlert den Torfkahn an das Ufer.

«Steigt aus», sagte er, und zum Vater gewandt: «Ich komme nach.»

Der warf ihm das Kaffeesäckchen zu.

«Bring das Huhn mit», sagte er und stakte sofort weiter.

Hatte er bisher keinen Gedanken an Engels Niederkunft verloren, so trieb es ihn nun nach Hause. Ein Mann braucht vielleicht nicht immer eine Frau, der weiß auch anderweitig Hand anzulegen als nur im Torfstich, aber ein Moorbauer, der braucht eine, die mit dem erstgeborenen Sohn das Altenteil und mit den weiteren Kindern die Arbeitskräfte sichert. So einfach war das, weshalb Friedrich nun an seine Frau Engel dachte.

Das Huhn hing am Haken vor der Hütte. Es hatte Federn, so rotbraun wie Mutter Hillebrandts Haare bei Tageslicht. Neben dem Hauklotz lag sein Kopf, der Schnabel geöffnet, der Kamm noch rot. Sie saß auf einem dreibeinigen Schemel und molk die Ziege. Die Milch floss in dünnen Strahlen in eine Schüssel. Um Mutter Hillebrandt herum gackerten und scharrten sieben rotbraune Hühner. Elisabeth fiel auf die Knie.

«Herr, du hast mir viele Zeichen gegeben, dass das Ende aller Tage gekommen ist. Hilf mir, dich zu erkennen, und ich werde dir dienen bis zur letzten Stunde. Amen.»

Mutter Hillebrandt sah den Besuchern sofort an, wes Geistes Kinder sie waren.

«Was für'n Schnack ist das denn? Das kommt davon, wenn man nicht ordentlich isst!»

«Mutter Hillebrandt», sagte Wohlert. «Gib den beiden ein Lager in deinem Haus und gib ihnen etwas zu essen, dann führen sie dich auf den richtigen Weg ins Friedensreich.»

Mutter Hillebrandt schüttelte den Kopf.

«Was ist los mit dir, Wohlert? Hast du von der Rauschelbeere gegessen, oder hat dich die Kreuzotter in den Kopf gebissen?»

Wohlert sagte nichts. Er kannte Mutter Hillebrandt. Schweigend gab er ihr das Säckchen Kaffee, und sie nahm das Huhn vom Haken. Christian Bacher sah Wohlert und dem Huhn mit hungrigen Augen nach.

Mutter Hillebrandt fing den Blick auf, griff nach einem anderen Huhn, nahm ihr Beil und schlug ihm den Kopf ab. Sie drückte Elisabeth den warmen, blutenden Körper in die Hände.

«Nun pflück der Henne die Federn ab, dann hast du was zu tun und es gibt was zu essen.»

Elisabeth sah Meta Hillebrandt mit großen Augen an, während das Blut auf ihr weißes Gewand tropfte.

«Willst du dich etwa ungestärkt auf den Weg in den Himmel machen?»

Kaum hatte Friedrich seinen Kahn durch den Schiffgraben bis zum Hof gezogen, hörte er schon die Todesschreie einer Kuh und die Schreie seiner Kinder. In der Torfkuhle stand die Kuh, bis zum Hals im Moor versunken. An einem um die weißen Hörner gebundenen Strick hielten Ewert, Geesche und Marten sie über Wasser.

«Haltet sie fest!», schrie Friedrich. Er lief zum Haus und schleppte die Holzrutsche herbei, die er für solche Fälle gebaut hatte, einen kurzen Baumstamm zog er gleich mit. Er schob die Rutsche in die Torfkuhle hinein, und gemeinsam versuchten sie die Kuh hinaufzuziehen.

«Wo ist Wohlert?», fragte Geesche atemlos.

«Halt's Maul», brüllte Friedrich.

Geesche weinte, weil sie dachte, Wohlert hätte sich endgültig davongemacht.

Der war aber nun auch angekommen. Er hörte das Geschrei und rannte so schnell er konnte herbei. Er sprang mit dem Baumstamm in die Moorkuhle, schob ihn unter den Bauch der Kuh und hob sie langsam, unendlich langsam, mit den Vorderbeinen auf die Rutsche.

«Zieht!», schrie Wohlert.

Geesche faltete die Hände. «Lieber Vater im Himmel, ich bitte dich, lass Lisa nicht sterben.» Und leiser: «Ich will auch niemals wieder naschen. Amen.»

Es dauerte länger als Geesches Gebet, dann hatten sie Lisa auf der Rutsche aus der Kuhle gezogen. Der schwarze Moorschlamm lief vom Fell, die Kuh war wiedergeboren.

«Becka soll sie heißen», verkündete Geesche zum dritten Mal.

Friedrich strich mit seiner Hand über Geesches Haare und lächelte. Danach waren die Haare schwarz.

In der Kammer betrachtete Friedrich seine jüngste Tochter an Engels Brust. Seine Kälber sahen frisch geboren schöner aus, aber das kannte er schon.

«Sie sieht aus wie du», sagte Engel lächelnd.

«Das mag wohl sein», antwortete Friedrich.

Dies reichte als erstes Gespräch. Engel wusste, dass Wohlert nicht verschwunden war, sonst hätte Friedrich das gleich berichtet.

«Nun zieh dir mal eine andere Hose an», sagte Engel.

«Drei Groschen hab ich für den Torf gekriegt», sagte Friedrich. «Wenn wir nun noch siebenmal fahren, dann ist der Torf weg und es reicht nur für die Abgaben.»

«Wir sind reich an unseren Kindern», sagte Engel. Und sie meinte es auch so.

«Trinkt sie denn gut?», fragte Friedrich.

«So richtig nicht», sagte Engel, «aber das wird schon kommen. Und nun leg mal die Groschen in die Truhe, Friedrich.»

Tine sang am Feuer und sah zu, wie Wohlert sich aus seinen nassen Kleidern schälte, bis er splitternackt war und sich von der Wärme trocknen ließ. Sie stand schwerfällig auf, ging ganz nah an ihn heran und berührte seinen kräftigen Arm mit ihrer dünnen Hand.

«Wo bist du so lange gewesen, Jakob?», fragte sie.

«In der Moorkuhle versackt», sagte Wohlert unwirsch.

Großmutter Tine nahm hastig ihre Krücken und schleppte sich in die Kammer. An diesem Tag sang sie zum ersten Mal kein weiteres Lied mehr. Sie lag in ihrer Kammer und stand erst am Abend zum Essen wieder auf, das Geesche zubereitet hatte aus dem Huhn. Eine köstliche Suppe dampfte auf dem Tisch, darin Buchweizengrütze und fein geschnittener Löwenzahn, eine Suppe, die alle satt machte. Die Knochen kochte Geesche am nächsten Tag noch einmal aus, so reichte das Huhn von Mutter Hillebrandt für sieben Menschen und zwei Tage, und es war ein großes

Fest zu Ehren von Becka, die von alledem nichts ahnte.

Großmutter Tine wagte es nicht, Wohlert anzusehen, sie schlürfte die Suppe in sich hinein und verschwand wieder. Als sie in ihrer Kammer sang, fiel Wohlert einer von seinen vielen Steinen vom Herzen, aber nur einer.

Den Groschen von Wohlert nahm Engel nicht zurück.

«Behalt ihn, Wohlert. Vielleicht kann er dir ja noch mal helfen.»

So steckte Wohlert den Groschen wieder in seinen Beutel, den er seit der Fahrt nach Bremen um den Hals trug.

Es waren nur noch wenige Tage, bis sich die Jungen aus dem Moor auf dem Kirchhof einzufinden hatten. Der Morgen am Schiffgraben verströmte den betörenden Duft, der von den Birken ausgeht, bevor die Blätter gelb werden. In diesen Duft mischte sich der faulige Geruch der Moorerde aus dem Schiffgraben, die Wohlert, Harm und Willi herausschaufelten, nachdem sie das Wasser zwischen den Schütten hatten ablaufen lassen. Dies war ihre Aufgabe, den Dreck auf den Damm werfen und damit den Schiffgraben schiffbar halten.

Sie steckten mit den Füßen tief im Schlamm, und auch ihre Kleider waren über und über bespritzt. Viel zum Reden kamen sie nicht, sonst hätten sie auch den Mund voll saurer Erde gehabt.

Da kam Christian Bacher auf sie zu. Harm lehnte sich auf seine Schaufel und kniff ein Auge zu.

«Der Klugscheißer kommt!»

«Soll bleiben, wo die Rosinen wachsen!», sagte Willi.

«Hört ihm doch erst einmal zu.» Das war Wohlert.

«Lasst euch nicht stören, meine Brüder», sagte Christian Bacher.

«Hier!» Harm hielt ihm seinen Spaten entgegen. «Kannst mitschaufeln oder gehen!»

Wohlert drückte Harms Arm zurück.

«Wir wollen doch alle nicht zum Franzosen! Du nicht und du nicht, und ich auch nicht! Bacher sagt, Gott will das auch nicht! Hört ihn an, er hat uns was zu sagen!»

«So ist es, mein Bruder! Immer frecher erhebt das sündige Babylon sein Haupt und lästert der Gebote des Herrn. Es gibt keine Brücken zwischen Zion und Babylon. Geschieden sei zwischen Babylon, nenne es sich Napoleon, Jerôme oder Kirche Luthers, und den Erwählten des Herrn. Keine Abgaben werden wir dem Antichrist leisten und keinen Dienst in seinem Heere tun! Der Herr wird diesen Moloch zermalmen, wie geschrieben steht Daniel 2, Vers 35. – Da wurden miteinander zermalmet Eisen, Ton, Erz, Silber und Gold und wurden wie Spreu auf der Sommertenne, und der Wind verwehte sie. Also wird der Herr zermalmen das Reich des Antichrist Napoleon und wird aufrichten sein Friedensreich, und wir werden zu seiner Rechten sitzen und jubilieren wie die Vögel im Walde.»

«Und wer macht unsere Arbeit, wenn wir im Himmel sind?», fragte Willi Kück.

Harm und Willi lachten, sie lachten so laut, dass Bacher einen Schritt zurücktrat.

«Und wer macht unsere Arbeit, wenn wir im Krieg sind?», fragte Wohlert die beiden. Das saß. Das fragten sie sich selbst.

«Wir bleiben hier», sagte Wohlert. «Wir haben den Krieg nicht angefangen, wir nicht! Wir lassen uns den Krieg nicht aufzwingen!»

«Wenn du meinst», sagte Harm, «dann seh ich das auch so.»

«Aber was ist mit unseren Eltern?», fragte Willi. «Dann brennen die Franzosen ihnen den Hof ab.»

Bacher wusste gleich eine Antwort.

«Lasst uns gemeinsam die Soldatenknechte des Antichrist erwarten. Und sollten wir auch dabei sterben, so wären wir dem Himmel näher.»

Beides wollten Wohlert, Harm und Willi eigentlich noch nicht, nicht in den Himmel und nicht zu den Franzosen. Das verrieten ihre Gesichter. Aber je mehr sie darüber redeten, desto weniger fanden sie einen Ausweg.

«Dieser Bacher ist ein Halunke», schimpfte Friedrich abends am Feuer, als bis auf Wohlert und ihn alle schon im Stroh verschwunden waren.

«Bacher spricht vom Friedensreich, Vater.»

«Friedensreich?! Der frisst sich hier durch auf Kosten anderer und wiegelt die Bauern auf im Namen seines Gottes. Sein Gott ist nicht unser Gott!»

«Unser Gott hilft uns nicht, Vater. Das hat Mutter auch gesagt.»

Friedrich nahm den Feuerstülper von der Herdstelle, legte zwei Soden nach und den Feuerstülper wieder auf.

«Mutter soll beten. Und du? Willst du uns alle ins Unglück stürzen, weil du diesem Propheten nachläufst? Ich sage dir, du gehst hin! Sonst habe ich keinen Sohn mehr!»

«Den Sohn hast du auch verloren, wenn er in den Krieg zieht», entgegnete Wohlert ruhig.

Sie kamen alle, ihr Bündel über der Schulter. Willi und Harm, die Nachbarssöhne, Petter und Claus von zwei anderen Höfen. Der Nebel verschluckte das Stampfen ihrer Holzschuhe, der Nebel packte das Moor grau ein und machte es ihnen leicht.

Sie stellten sich vor Wohlert auf, und einer sagte: «Wir dürfen unseren Eltern kein Unglück bringen.»

Die anderen nickten mit ihren Kindergesichtern, die sie an diesem Morgen hatten.

Engel trug Becka im Arm und Wohlerts Bündel über der Schulter. Geesche hielt sich am Rock ihrer Mutter fest. Marten hatte seinen Stock geschultert. Ewert und Friedrich standen nebeneinander. Wortlos. Was hätten sie auch Worte machen sollen. War ja alles längst gesagt.

Tine stützte sich vor der Tür auf ihre Krücken. Hatte sie begriffen, was da vor sich ging mit den Jungen aus dem Moor? Sie warf ihre Krücken Wohlert vor die Füße und griff sich den Torfspaten.

Als Wohlert die Krücken aufhob, gab Engel ihm das Bündel.

Er stützte sich wie Großmutter Tine auf und hüpfte schwerfällig davon, ohne sich noch einmal umzusehen.

Ein erst zögerliches, dann begreifendes und dann lärmendes Lachen breitete sich im Nebel aus, steckte alle an, auch die, die weinend vor der Dielentür gestanden hatten. Sogar Großmutter Tine kicherte, was schon lange niemand mehr gehört hatte. Gleich den Lahmen und Blinden aus der Bibel zogen sie nun davon, einer den anderen an Gebrechlichkeit übertrumpfend.

«Wird Wohlert nun totgeschossen?», fragte Marten in das Lachen hinein.

Friedrich schlug ihm so heftig ins Gesicht, dass Marten an die Dielentür flog und jämmerlich zu heulen begann. Ewert floh zu den Bienen und sagte ihnen, was sein Herz bewegte.

«Immen, Immen, ich sage euch, das wird ein böses Ende geben.»

Friedrich nahm ein Beil, ging zur stärksten Erle am Schiffgraben und schlug zwei neue Krücken für Großmutter Tine heraus. Becka schrie und Engel betete.

«Und ob ich schon wanderte im finsteren Tale, so fürchte ich doch kein Unheil, denn du bist bei mir, dein Stecken und dein Stab trösten mich. Amen.»

Den lieben Gott hätte die Schar der Gebrechlichen aus dem Moor betroffen machen müssen, wenn er denn über dem Kirchhof anwesend gewesen wäre. So aber sah es nur der Pastor aus dem Fenster seiner Stube, und der schnaubte über seine Moorschäfchen, die allemal schwärzer waren als die von der Geest. Dieser Kirchhof, der doch ein Ort des Friedens sein sollte mit seinen gepflasterten Wegen aus runden Steinen, den fein verzierten Grabsteinen und der dicken Mauer aus Findlingen vom Feld, auf der zwischen dunkelrot blühenden Fetthennen gelber Steinbrech wuchs, dieser Kirchhof stank. Er stank nicht nur nach der Macht der Blauröcke und der Ohnmacht der Bauernsöhne, er stank gewaltig nach der Katzbuckelei des Herrn dieser schönen Feldsteinkirche vor den Herrschenden. Der kümmerte sich ums Seelenheil. Dass es immer die Ärmsten trifft, in allen Kriegen und zu allen Zeiten, das kümmerte ihn nicht.

Harm Renken stand als Erster aus dem Moor am Tisch des Maire, neben ihm der frühere und nun abgesetzte Bürgermeister, der die Musterung durchführte. Und auch nicht weit: Lehrer Dammann. Harm Renken verdrehte die Augen, schielte und stand schief, es nützte nichts.

«Woher?»

«Wittenmoor.»

«Toulon!»

«Was ist Tulong?»

«Du kommst zur Marine nach Toulon», erklärte der Bürgermeister, der keiner mehr war.

«Warum?»

«Weil du Torfschiffer bist, du Torfkopp! Los, zur Seite! Da ist deine Abteilung!»

Harm Renken schlich davon.

Mit Willi war es nicht anders. Der hatte seine Gebrechlichkeit vergessen und stand stramm salutierend.

«Toulon!»

Ein anderer hinkte zum Tisch und rannte nach demselben Bescheid davon in die Arme der Soldaten, die den Kirchhof umstanden. Sie legten ihm eine Fußkette an.

Wohlert war den Soldaten nicht schnell genug. Er bekam einen Tritt gegen die Krücken. Eine zerbrach. Wohlert stand noch, wollte sich fallen lassen, bekam einen Tritt gegen das Schienbein und flog mit dem Kopf zuerst gegen die Feldsteinmauer. Blieb liegen, schmerzverzerrt sein Gesicht, Blut floß aus seiner Nase.

«Liegen lassen! Später! Weiter!», sagte der Maire.

«Toulon! Toulon! Toulon!»

«Jonni Seeba.»

«Toulon!»

Eine Bauersfrau, mit drei kleinen Kindern an der Hand und einem Säugling auf dem Arm, flehte den Bürgermeister an.

«Jonni könnt ihr nicht mitnehmen! Mein Mann ist gestorben, letzte Woche hat ihn der Pastor beerdigt.»

Soldaten griffen die weinende Frau und führten sie ab. Dies war der richtige Augenblick. Wohlert schwang sich über die Mauer aus Feldsteinen und rannte davon.

Als sein Verschwinden bemerkt wurde, trat Lehrer Dammann hervor. Er wüsste, wo der Deserteur zu finden wäre.

«Morgen», sagte der Maire. «Der kommt nicht weit.»

Für den, der das Moor von Kindheit an kennt, ist es leicht, die ausgefahrenen Wege zu meiden. Er sucht sich einen Stock und springt über die Schlenken von Bulten zu Bulten, er bückt sich, um in der weiten Ebene nicht aufzufallen, er rennt auf allen vieren wie ein Reh, schlägt Haken wie der Hase, schwingt sich an tief herabhängenden

Zweigen über Gräben und landet auf der anderen Seite mit weit ausgebreiteten Armen wie der Bussard.

So und nicht anders machte es Wohlert, als er um sein Leben rannte. Er wusste noch nicht, wohin, bloß weiter, Land zwischen sich und den Kirchhof bringen, mit jedem Fußtritt, mit jedem Sprung.

Die Moorhütte von Meta Hillebrandt, sie wurde zur Kirche der Wittenmoorer und Christian Bacher ihr Prediger.

«Wir, liebe Brüder und Schwestern, wir leben in dem letzten der Weltreiche. Wie sich Eisen und Ton nicht mischen, so mischen sich nicht die Völker im Reiche Napoleons. Wie Eisen und Ton zusammen keine Festigkeit haben, so auch nicht das Reich des Antichrist. Wie Eisen und Ton zermalmt werden vom herabgerissenen Stein, so wird der Herr das Reich Napoleons zermalmen und wird aufrichten sein tausendjähriges Friedensreich, und wir werden stehen zu seiner Rechten und Hosianna und Halleluja singen.»

Auch wenn sie ihn nicht immer verstanden in seiner blumigen Sprache, die sie aus dem Moor nicht kannten, wo alles, oder sagen wir fast alles, klar und direkt ausgesprochen wurde: Den Trost, den ihnen ihr Pastor nicht gab, den gab Bacher ihnen. Weil sie den Trost bitter nötig hatten. Wer fragte schon, was diesen seltsamen Mann mit seiner ebenso seltsamen Frau hierher verschlagen hatte. Das Fragen verbot ihnen die Achtung vor einem, der die Bibel besser auslegen konnte als der Pastor. Einer, der anspruchslos unter ihnen lebte und mit der kargen Hütte von Mutter Hillebrandt zufrieden war, während der Pastor in seinem prächtigen Pfarrhaus unter den großen Eichenbäumen wohnte, wo es einen Herd gab und der Rauch durch einen gemauerten Kamin davonzog.

Die, die ihre Söhne hergegeben hatten, sie waren gekommen, einer nach dem anderen, und hatten von dem wenigen Essbaren mitgebracht, was sie entbehren konnten, oder anders, sie teilten es, entbehren konnten sie nichts. Nur Friedrich fand sich nicht ein. Der war um nichts in der Welt zu bewegen, den Worten Bachers zu lauschen wie die anderen, der hielt ihn für einen Halunken. Und hätte er gesehen, wie Elisabeth Bacher die mitgebrachten Lebensmittel sofort in einer Kiste verstaute, er hätte das Paar vom Hof gejagt. Aber er sah es nicht, und die anderen hüteten sich, ihm davon zu erzählen.

«Liebe Brüder und Schwestern», hob Bacher noch einmal an, «ihr alle habt für den langen Weg in die ewige Seligkeit etwas mitgebracht, dafür sei euch Dank gesprochen. Aber warum denkt ihr nur an euch? Eure Söhne befinden sich seit heute ebenfalls auf dem dornigen Weg zum Licht, noch wandern sie durch unser irdisches Jammertal, da bedürfen auch sie der Zehrung.»

Vielleicht kamen Engel bei diesen Worten Zweifel an, aber wenn es so war, dann behielt sie die für sich.

«Wir singen jetzt Lied 392, alle sechs Verse.»

«Sechs Verse sind fünf zu viel», polterte in der letzten Reihe Meta Hillebrandt. «Einer reicht für heute, die Leute müssen zum Melken!»

Elisabeth und Christian Bacher fingen unbeirrt zu singen an, und die Frauen und Männer fielen ein.

«Ach, lass dich doch erwecken,
wach auf, du harte Welt,
eh als das harte Schrecken
dich plötzlich überfällt.
Wer aber Christum liebet,
sei unerschrocknen Muts,
der Friede, den er gebet,

bedeutet alles Guts.
Er will die Lehre geben:
das Ende naht herzu,
da sollt ihr bei Gott leben
in ewgem Fried und Ruh.»

«Hier ist jetzt auch Ende», sagte Meta Hillebrandt.

«Amen», sangen die Gläubigen.

Und sie gingen davon. Ob getröstet oder nicht, da war einer, der sich um sie kümmerte in ihrer Not.

Den Schiffgraben hatten die jungen Männer, die jetzt vielleicht schon auf dem Weg nach Toulon marschierten, nicht mehr fertig ausgeschaufelt. Nun taten es die alten, und sie taten sich schwer dabei, auch wenn sie noch die Bauern waren. Allen war es jetzt erst richtig klar geworden, dass die Hoferben fort waren, vielleicht für immer, und dass sie nun die zweiten Söhne einweisen mussten, wenn sie denn einen hatten. Die Rücken gebeugt, die Schaufeln voll Schlamm, die Herzen im Widerspruch, Friedrich noch wortkarger als die anderen, die ihren Trost von Bacher empfingen. Friedrich hatte seinen Sohn unter Druck gesetzt, während die anderen freiwillig gegangen waren zum Wohle ihrer Eltern, ihrer Familien. Wäre Marten schon so weit gewesen, ja, der wäre gern Soldat geworden. Und Ewert? Dem traute er nicht viel zu. Der verstand es bloß, mit den Bienen zu reden, sonst hatte er nicht viel zu vermelden. War eine Heulhanne wie ein Mädchen, viel schlimmer als Geesche, die fest mit beiden Beinen auf dem Moorboden stand. So wie jetzt. Wie sie den schweren Buttermilchkrug herbeischleppte und rief: «Ist Mittag, ist Mittag.»

Die Männer krochen aus dem Graben, wischten sich die Hände an der Hose ab, holten die Pfannkuchen aus ihren Bündeln und tranken einer nach dem anderen aus dem Blechnapf, den Geesche jedem von ihnen reichte.

Friedrich sah Wohlert zuerst. Er kroch hinter dem abgeschnittenen Birkenbusch hervor und starrte sehnsüchtig auf den Krug.

«Hau ab», brüllte Friedrich.

Wohlert hob bittend die Hände.

«Hau ab», brüllte Friedrich zum zweiten Mal.

Geesche ergriff seine Hand.

«Vater, bitte.»

Friedrich schob Geesche weg.

«Friedrich», beruhigte Hinni Kück, «nun lass

ihn doch. Er ist dein eigen Fleisch und Blut. So ist wenigstens einer den Schergen davongekommen.»

«Hau ab», brüllte Friedrich zum dritten Mal. «Hau ab, sag ich dir, du reißt uns alle ins Unglück!»

Wohlert verschwand. Und Geesche wusste, was sie nun zu tun hatte: einen Rest Buttermilch im Krug lassen.

Heimlich lief sie mit dem Krug zum Torfringel, in dem schon alles vorbereitet war. Das weiche Lager und ein altes geteertes Segel gegen den Regen. Sie setzte sich hinein, und sie wusste, Wohlert würde kommen. Als der Kuckuck rief, mitten im Herbst, kroch sie aus dem Torfringel und winkte ihm zu. Hastig trank er aus dem Krug und lächelte sie dann an. Sie nahm vorsichtig ein paar Moospolster fort, griff in eine Mulde und holte eine Schüssel hervor, die sorgfältig mit einem Teller abgedeckt war. Stolz hielt sie Wohlert die Schüssel hin: «Zauber, Zauber, Pfannekuchen, musst du gar nicht lange suchen», und nahm den Teller ab. Es wimmelte von Ameisen. Geesche fing zu weinen an.

«Und ich ess immer nur einen halben Pfannkuchen.»

Wohlert schnipste an ihrer Nase und sagte: «Wo ist die kleine Nase?» Er zeigte ihr seinen Daumen zwischen den Fingern und sagte: «Hier ist die kleine Nase.»

Geesche wischte sich mit ihrem Schürzenzipfel die Tränen ab. «Musst keine Angst haben, Wohlert. Ich helf dir.»

«Wir beide schaffen das schon», sagte Wohlert.

Geesche glaubte ihm. Fröhlich rannte sie davon, warf vor Freude fast Großmutter Tine um, die gerade Sahne von der Dickmilch naschte, beugte sich über die Wiege von Becka und streichelte die kleinen Wangen unter den weit aufgerissenen Augen. Die Wangen waren kalt.

«Mutter», schrie Geesche gellend. «Mutter!»

Engel schob den Milcheimer beiseite, der unter dem Euter der Kuh stand, und richtete sich schwerfällig auf. Sie streckte ihren Rücken gerade, stemmte sich einen Arm in die Hüfte und ging langsam auf das Flett zur Wiege. Sie schaute hinein, dann sah sie Geesche an.

«Unsere Becka war einfach zu klein für das Leben, Geesche. Nun ist sie die Erste, die zur Rechten unseres Herrn sitzen wird.»

Geesche sah in diesem Augenblick einen bunten Himmelsbogen, auf dem ging ein winziger

Engel mit angelegten Flügeln, und als er oben angekommen war, breitete er die Flügel aus und flog davon.

Engel molk das Euter der Kuh aus, wusch ihre Hände in der Waschschüssel am Feuer und trocknete sie mit einem sauberen Leinen ab. Sanft drückte sie Becka die Augenlider herunter und betete an der Wiege sitzend für ihr totes Kind.

«Müde bin ich, geh zur Ruh, schließe beide Äuglein zu, Vater, lass die Augen dein über meinem Bette sein.»

Danach legte Großmutter Tine zwei Soden auf das Feuer und sang mit Geesche zusammen das Gebet. Bevor sie zurück in ihre Kammer hüpfte, steckte sie noch einmal den Finger in die Dickmilch und schleckte ihn ab.

«Immen, Immen, ich muss euch sagen, heute ist meine Schwester Becka tot in ihrer Wiege geblieben», verkündete Ewert am Abend den Bienen.

Marten saß bei ihm und wartete auf den bunten Himmelsbogen für Becka, damit sie in den Himmel kam, aber der Himmelsbogen wollte nicht erscheinen. Ewert tröstete sich und Marten damit, dass Becka als Engel ja nun fliegen könnte.

Zum Abendessen und zum Morgenessen aß Geesche nur je einen viertel Pfannkuchen. Engel war die Einzige, die es sah, aber sie fragte nicht. Alle wunderten sich über den Kuckuck, der jetzt im Herbst manchmal rief, aber es wurde nicht darüber gesprochen. Als Wohlert von Beckas Tod erfuhr, beneidete er seine kleine Schwester um den Frieden, den sie nun hatte, nahm den Neid aber erschrocken gleich wieder zurück und betete für sie.

Im Pfarrhaus hatte Friedrich einen schweren Stand.

«Warum habt ihr das Kind nicht taufen lassen?», fragte der Pastor.

«Wir wollten das ja noch», sagte Friedrich. «Nun müssen wir es wohl vor der Beerdigung taufen lassen, dem Herrgott wird das wohl recht sein.»

«Tote können nicht getauft werden, Friedrich. Das weißt du sehr wohl. Und wer nicht mit dem heiligen Sakrament der Taufe versehen ist, kann am Grab auch nicht den Segen der Kirche erhalten.»

«Das ist ein unschuldiges Kind, Herr Pastor.»

«So? Und wo ist dein Sohn? Ist der auch unschuldig?»

«Ich weiß nicht, wo mein Sohn ist!»

«Dann will ich es dir sagen. Dein Sohn ist desertiert! Schaff ihn herbei, dann werden wir weitersehen.»

«Ich weiß es wirklich nicht, wo mein Sohn ist, Herr Pastor. Bitte sagen Sie das dem Maire, bitte, Herr Pastor.»

«Sie werden ihn suchen und sie werden ihn finden, das sage ich dir!»

Im Oktober tanzen die Birkenblätter, bevor sie fallen. Noch fünf Torffahrten sind zu machen. Friedrich hat ein totes Kind, dem der Pastor den Segen verweigert, und er hat einen geflohenen Sohn, der sich irgendwo im Moor versteckt. Friedrich ahnt, wo das Versteck sein könnte, aber er will es nicht wissen. Er hat eine Frau, die zu einem Halunken übergelaufen ist, der vom Ende der Welt faselt. Er hat die Abgaben noch nicht zusammen, und sein Rücken lässt sich kaum noch gerade biegen.

Friedrich nahm die Branntweinflasche, die er an einer Schnur in den Schiffgraben gehängt hatte, und trank sie in einem Zug leer. Als er aufwachte, standen über ihm am Himmel die Sterne. Er sah den Großen Wagen und wünschte sich, er könnte mit ihm rückwärts fahren, weil er vorwärts nicht mehr gehen mochte. In der Kammer legte er sich auf Engel, die es wortlos geschehen ließ.

Mit Ewert zimmerte er am nächsten Tag einen kleinen Sarg. Engel und Geesche legten Becka hinein. Sie trug das Taufkleid von Geesche, nun war es ihr Totenhemd. Auf das Flett stellten sie einen Tisch mit der weißen Decke, die sonst ihren Platz auf der Truhe hatte. Ewert und Marten schnitten die letzten Birkenzweige, an denen noch Blätter saßen, legten sie auf die Decke und hoben den Sarg darauf. Als die Nachbarn mit ihren Familien um den Sarg versammelt waren, die Mützen in den Händen, die Gesichter gerötet vom Sturm, der draußen vor der Dielentür fegte, hielt Bacher die Totenrede. Friedrich hatte sich nicht mehr dagegen gewehrt, er hatte einfach keine Kraft mehr.

«Liebe Brüder und Schwestern aus Wittenmoor. Wir haben uns zusammengefunden, um Becka Kähding in den ewigen Frieden zu begleiten. Ihr Tod soll uns ein Zeichen sein, dass das Ende der Welt nahe ist. Becka geht uns nun voran, sie soll die Erste unserer neuen Gemeinde sein, die zur Rechten des Herrn sitzen wird. Wir wollen jetzt singen …»

Die Dielentür flog auf. Holz splitterte. Vier französische Soldaten drängten herein.

«Wohlert Kähding!», brüllten sie. Und dann: «Friedrich Kähding! Christian Bacher!»

Friedrich sah in die Augen seiner Frau, sah Ewert, Marten und Geesche an, sah in die Gesichter der Nachbarn und ging ruhig an den Soldaten vorbei aus dem Haus. Nun war es auch für ihn so weit. Sieben Soldaten standen mit schussbereiten Gewehren auf dem Hof, Friedrich drehte sich um, sah seine Familie und die Trauergäste aus dem Dunkel der Diele hervortreten. Christian Bacher und Elisabeth sah er nicht.

Einer der Soldaten stemmte Friedrich einen Gewehrlauf in den Rücken und brüllte: «Wo ist dein Sohn? Hol ihn, sonst bist du tot!»

Bloß weit weg von allem, fort von den Kindern, egal wohin, nur nicht auf den Torfstich zu den Ringeln, wo er all die Tage den Kuckuck gehört hatte. Wenn einer am Leben bleiben musste, dann Wohlert. Er selbst hatte seine Pflicht erfüllt, hatte Söhne gezeugt und Bäume gepflanzt, das Moor weiter kultiviert und entwässert, sorgfältige Brandkultur betrieben und den Nutzen für den Staat gemehrt, was jetzt dem fremden Herrscher zugute kam.

Friedrich ging los, den Gewehrlauf im Rücken, auf das Buchweizenfeld zu, das längst gemäht sein sollte. Woher konnte er auch wissen, dass Wohlert es heimlich hatte mähen wollen, während der Trauerfeier für Becka, bevor die Soldaten kamen? So wusste er auch nicht, dass Wohlert sich darin versteckt hatte und nun gefangen war.

Friedrich ging lange, bis er in der Mitte des Feldes angelangt war, er sah die Sense und eine geschnittene Fläche, Wohlert sah er nicht.

«Schießt doch, ihr Halunken!», rief er, drehte sich um und sah ihnen in die Gesichter.

Die Soldaten legten ihre Gewehre auf ihn an.

Da sprang Wohlert aus dem Buchweizenfeld auf. Er rannte in die Schusslinie hinein, warf seinen Vater zu Boden und stürzte von einer Kugel getroffen neben ihm hin.

Die Soldaten rissen Friedrich hoch, einer stemmte ihm wieder das Gewehr in den Rücken.

«Los! Zu Bacher!»

Friedrich sah Wohlert vor sich im Buchweizen liegen, die Augen gebrochen, starr. Er kniete nieder vor seinem toten Sohn, Tränen liefen über sein Gesicht, und er drückte Wohlert die Augen zu.

Um ihn herum im Buchweizenfeld standen die Soldaten, einer von ihnen hatte Wohlert erschossen.

Friedrich richtete sich auf, seine Beine, seine Arme, seine Hände hingen an ihm herab, und sein Mund schrie:

«Bacher wollt ihr? Ich bring euch zu Bacher!»

Das Moor hinter dem Torfstich. Wo noch nichts kultiviert, wo er seinen Kindern gezeigt hatte, wie man durchkommt, wenn es sein muss, wie man durchkommt, ohne zu versacken. Zwei Rebhühner flogen auf, eine Kreuzotter schlängelte sich aus der Gefahr.

Jetzt mitten auf die Bulten springen, und sind auch alle hinter ihm?

Sie waren es. Einer nach dem anderen folgte ihm ins Moor. Über Schlenken auf Bulten springend, immer Friedrich nach, immer weiter, immer tiefer, mal vorwärts, mal im Kreis.

Alles ist grün, auch die tiefen Kuhlen der alten ersten Torfstiche, deren Bewuchs mit Torfmoosen festen Boden vortäuscht.

Rauf auf die schwarze Torfwand und wieder herunter, aber weit springen, dorthin, wo der Boden fest ist, was nur Friedrich weiß.

Bis der erste Soldat in der Kuhle versank und der zweite ihn herausholen wollte und der dritte darüber fiel, bis alle sieben nichts ahnend in den

Tod gesprungen waren, so lange stand Friedrich regungslos da.

Erst dann ging er weiter, ohne Ziel, nur seinen Beinen gehorchend.

Das Gluckern in der Torfkuhle, die das Grab von sieben französischen Soldaten war, das verfolgte ihn noch eine Weile, bis alle Luftbläschen und Gase herausgeströmt waren aus dem Moor und Stille herrschte, unterbrochen nur manchmal durch den sirrenden Flügelschlag eines Brachvogels.

Als Friedrichs Beine nicht mehr wollten, setzte er sich vor eine kleine Birke, die ihr Laub schon abgeschüttelt hatte.

Sieben junge Soldaten. Auch sie waren Söhne wie Wohlert, hatten Mutter und Vater und Geschwister, mussten in den Krieg ziehen. Siebenmal das fünfte Gebot gebrochen.

Friedrich wollte seine Hände falten, dann ließ er es. Gott hatte ihn im Stich gelassen.

Friedrich weinte. Es sah ja niemand.

Im Moor dehnt sich die Zeit. Sie tickt nicht, sie vergeht nicht, sie läuft nicht, mahnt nicht, läutet nicht, schlägt nicht. Sie lässt dich in Ruhe, sie ist ein Nichts.

Als Friedrich aufstand, knickten seine Beine

ein. Er riss die kleine Birke aus und stützte sich darauf. So tastete er sich langsam zurück.

An der Torfkuhle verhakte er sich mit einem Fuß und fiel lang hin. Dachte er an den Teufel, oder sah er es gleich, als er versuchte, sich aufzurichten?

Eine Hand hielt sich an seinem Fuß fest, eine andere war um ein dickes Moorholz geklammert. Zu den Händen gehörten zwei Arme in blauer Uniform und ein hellhaariger Kopf, jung wie Wohlert, Todesangst in den Augen. Friedrich wollte die Hände zurückstoßen und den Kopf dazu, aber er konnte es nicht. Er löste die Hand, die seinen Fuß fest umklammerte, und schob die kleine Birke hinein. Er zog so lange an diesem Mann, der vielleicht seinen Sohn erschossen hatte, bis die Schultern des Soldaten aus dem Torfmoos auftauchten, er zog weiter, bis ein schmaler Körper vor ihm auf den Bulten lag. Die ehemals blaue Uniform war torfbraun.

«Merci», sagte der Junge. Dann verließen ihn die Sinne.

Wie Friedrich den Soldaten aus dem Moor schleppte, blieb sein Geheimnis. Dass er ihn im Dunkeln auf der Schubkarre zu Meta Hillebrandt fuhr, wusste nur er.

Noch in derselben Nacht zeigte Meta Friedrich die leere Kiste, die Elisabeth und Christian Bacher ausgeräumt hatten, bevor sie aus dem Moor verschwanden. Einen leinenen Bettbezug hatten sie dafür mitgehen lassen, und auch das Kaffeesäckchen fand Meta Hillebrandt nicht wieder. Nicht einmal rösten können hatte sie die Bohnen, und so war sie von dem heiligen Mann sogar um den Duft gebracht worden.

Wohlert lag eingewickelt in ein Leinentuch zu Füßen des Tisches, auf dem noch der kleine Sarg von Becka stand.

Engel und ihre Kinder weinten. Um den Bruder und den Sohn, um die kleine Tochter und die Schwester.

«Der Herr hat's gegeben, der Herr hat's genommen, der Name des Herrn sei gelobt», betete Engel schluchzend.

Großmutter Tine hielt Wohlert für den endlich heimgekehrten Jakob.

«Nun darf ich auch sterben», sagte sie und legte einen letzten Torfsoden auf das Feuer. Sie humpelte in ihre Kammer und wachte am nächsten Morgen nicht wieder auf.

Meta Hillebrandt fütterte den jungen Soldaten mit Hühnersuppe wieder gesund, versteckte ihn tagsüber im Stroh auf dem Hühnerboden und lehrte ihn nachts ihre Sprache und ihr Wissen dazu. Als er gelernt hatte, sich zu verständigen, erzählte er Friedrich, dass er Student der Medizin in Paris gewesen war, bevor er zu Napoleons Heer eingezogen wurde. Zurück zu seinen Kameraden wollte er nicht.

Meta nannte ihn Gelbe Henne, wegen seiner blonden Haare, daraus wurde mit der Zeit Gäle Hän. Als sie seinen wirklichen Namen erfuhr, brauchte sie ihn nicht mehr.

Nachdem Napoleon besiegt war und der König wieder das Land regierte, blieb Gäle Hän bei Meta Hillebrandt in der Hütte, und er pflegte sie, bis sie starb.

Als Friedrich in der Nacht von Meta Hillebrandt heimgekehrt war, nahm Engel ihn in den Arm, und sie ließ ihn erst wieder los, als die Kühe brüllten, weil niemand sie gemolken hatte. Von diesem Tag an rührte Friedrich keinen Branntwein mehr an, und er schlug seine Kinder nicht mehr.

Anna-Maria

Liebe Mutter! Ich hoffe, es geht dir gut. Der Koch gab mir Papier und Tinte und Feder. Dafür habe ich sein Topfbord wieder zusammengezimmert und seinen Herd mit Braunkohle gefüttert. Der Koch will den Brief mitnehmen, wenn er nach Bremen zurücksegelt. Er soll ihn in die Schänke am Torfhafen bringen. Dort wird ihn sicher einer aus dem Moor mitnehmen zu euch. Mir geht es gut, aber mein Freund Jonni hat die Ruhr. Er hat immer seine Ration mit mir geteilt. Nun esse ich sie allein. Ich bete viel, damit er wieder gesund wird. Nachts sitze ich jetzt allein auf Deck. Man sieht nur noch Himmel und Wasser. Der Große Wagen ist nicht mehr da. Ich will dem Steuermann eine Gefälligkeit tun. Dann kann ich ihn fragen, wo der Große Wagen geblieben ist. Einmal sah ich in der Ferne ein Schiff. Da konnte ich mir vorstellen, wie unsere Anna-Maria von weitem aussieht, wenn sie unter vollen Segeln steht. Denk dir ein riesiges graues Schiff, das hat viele große und kleine weiße Segel, die an drei Masten vertäut sind. Sie blähen sich im Wind, sie schlagen und klappern, wenn es stürmt, und sie singen, wenn nur eine leichte Brise weht. Du siehst hier keine Jahreszeiten wie bei uns im Moor. Manchmal ist das Wasser blau wie der Himmel, aber meistens ist es grau. Wenn es Sturm gibt, habe ich Angst. Dann gehen die Wellen bis auf das Deck, und du musst dich festhalten, wenn dir dein Leben lieb ist. Ich denke oft an euch. Dann fällt mir Gäle Hän ein. Wie der bei uns im Moor lebt, und seine Heimat so weit weg. Wie er unsere Sprache lernen musste. So wie ihm, so wird es auch mir gehen. Ich weiß nicht mehr, wie lange wir schon unterwegs sind. Ich habe die Zeit verloren. Behüte dich Gott. Dein Sohn Lütje.

Tibcke und Ewert

An Großvater Friedrich konnte Lütje Kähding sich noch gut erinnern. Er hatte ein torfbraunes zerknittertes Gesicht mit flinken Augen und eine gewaltige Kraft in den Armen, aber schon damals, als Lütje noch klein war, wollten seine Beine nicht mehr so recht. Er hatte es in den Knien, wie er sagte. So trug er immer einen Stock bei sich, auf den er sich stützte, mit dem er auch über die Gräben sprang. Er besaß eine seltene Gabe, die bei den wortkargen Moorkolonisten nicht oft zu finden war. Er konnte gut von früher erzählen, beim Torfstechen, beim Moorbrennen, an der Herdstelle oder beim Stricken, wobei er seine Arbeit aber keinen Augenblick vernachlässigte. Die ging ihm umso schneller von der Hand, je mehr er redete. Am häufigsten nahm er sich die Franzmänner vor, die er hasste bis aufs Blut, weil sie seinen Sohn Wohlert erschossen hatten. Als Großvater Friedrich älter wurde, vergaß er die Franzmänner. Er ging nun in seinen Erzählungen weiter zurück, bis in die Zeit, als sein Vater Johann und seine Mutter Tine als Kolonisten ins

Moor gezogen waren. Er konnte seinen Vater so gut schildern, die blonden Haare mit dem ewig hochstehenden Wirbel, «genau wie du einen hast, Lütje», sagte er dann, die kräftig gebogene Nase und die klaren blauen Augen, als hätte er sein ganzes Leben mit ihm auf dem Moor verbracht. Dabei war er doch eben erst über ein Jahr alt gewesen, als der Vater auf seiner ersten Fahrt nach Bremen in seinem neuen Torfkahn starb. Er hatte es auf der Lunge, sagte Großvater, das hat er sich beim Kanalbau weggeholt. Großvater bestand darauf, sich an alles noch genau erinnern zu können. Er sprach von der Not und dem Hunger und der nassen Kälte in der ersten Hütte, dass nicht nur Lütje oft dachte, wie gut haben wir es jetzt auf dem Moor.

Da steht ein prächtiges Fachwerkhaus aus Eichenbalken, die Fächer aus roten Steinen, gesetzt in Lehm. Eine Seite ist wohl ein bisschen abgerutscht ins Moor, aber das Fachwerk hält alles zusammen, auch wenn es nicht mehr in der Waage ist. Im Inneren gibt es nach Westen hin zwei kleine Kammern und die Stube. Jeder Raum hat ein Fenster mit Glas zwischen den Sprossen, auf der Fensterbank blüht der Zitronenstrauch der Mutter. In der einen Kammer steht das Bett von

Vater und Mutter, in der anderen schläft ganz für sich allein Katrina, die einzige der drei Schwestern, die am Leben geblieben ist. Aus der Stube führt eine weiß gestrichene gefächerte Tür, mit einem winzigen, schön geschwungenen Fenster im oberen Fach, auf das Flett mit der offenen Herdstelle, wo den ganzen Tag die Soden unter dem eisernen Feuerstülper glimmen und wo der Speck an den Balken darüber schwarz geräuchert wird. Rechts und links vom Flett finden sich zwei Butzen, in der einen schläft Lütje, in der anderen sein älterer Bruder Christian. Zur Diele hin gibt es eine Mauer aus Fachwerk und Lehm, rechts dann der Stall für Schafe und Ziegen, links stehen drei Kühe. Geht man aus der großen Dielentür hinaus, deren obere Teile tagsüber weit geöffnet sind, nur bei Ostwind werden sie geschlossen, sieht man, dass Fenster und Tore grün gestrichen waren, allerdings ist die Farbe schon ein wenig ausgeblichen vom Wetter, sodass sie blau erscheinen. Über dem Tor auf dem Balken findet sich in feiner schwarzer Schrift ein Spruch: «Herrgott, bewache dieses Haus und alle, die da gehen ein und aus, es steht in deiner Hand, beschütze es vor Sturm und Brand.» In der Mitte die Jahreszahl 1780. Links davon steht

«Tine Kähding, geborene Funck», rechts «Johann Kähding».

Früher hätte dort nicht Johann, sondern nur Jo gestanden, erzählte Großvater, und das kam so. Als sein Stiefvater Jost, der mit dem verkrüppelten Fuß, die erste Hütte auf dem Moor umbaute, da hatte Jost den Namen seines toten Bruders darauf geschrieben, aber seine Frau Tine strich die letzten vier Buchstaben aus. Seitdem stand dort Jo, für Johann und für Jost. Sie war eine praktische und gerechte Frau, sagte Großvater. Sie konnte das halbe Gesangbuch auswendig singen, ging jeden Sonntag zu Fuß in die Geestkirche, die Kinder auf der Schubkarre, als sie noch klein waren, später, als sie laufen konnten, am Rockzipfel. Nach dem Gottesdienst besuchte sie Johanns und später auch Josts Grab, bis sie selbst in hohem Alter zwischen beiden ihre letzte Ruhestätte fand. Da war die Farbe über der Dielentür längst wieder abgeblättert, aber das konnte Tine mit ihren schlechten Augen nicht mehr erkennen. Nachdem die Franzosen abgezogen waren, hatten Großvater Friedrich und Großmutter Engel eisern gespart und mit Ewert das Haus umgebaut. Den Balken über der Dielentür ließen sie unangetastet.

Zum Schluss brachte Großvater alles durcheinander. Er war wieder der kleine Friedrich Johann, der nach Hause zu seiner Mutter wollte. Nur sie konnte den Buchweizenpfannkuchen so rund und kross backen, wie es sich gehörte und wie seine Frau Engel es nie hinbekommen hatte. Als Großvater Friedrich befand, es wäre für ihn nun an der Zeit zu sterben, wartete er, bis die anderen zum Torfstich aufgebrochen waren. Er aß seinen letzten Pfannkuchen, legte sorgfältig Torfsoden auf die Herdstelle, tat den Feuerstülper darüber, nahm seinen Stock und schleppte sich hinter einen Gagelstrauch, wo er am Abend unter dem Großen Wagen einschlief. Dort fand ihn Gäle Hän, dessen wirklichen Namen niemand kannte, von dem aber alle wussten, dass er sich in der Hillebrandt'schen Moorkate versteckt hatte, bis Napoleons Kaiserreich zugrunde gegangen war.

Dieser Gäle Hän wanderte viele Jahre später in seinen gagelgelb gefärbten zerrissenen Kleidern, eine Kiepe auf dem Rücken, den Sandweg am Kanal entlang. Er hatte wie immer seinen Stock dabei, Großvater Friedrichs Stock, den Ewert ihm nach dessen Tod geschenkt hatte.

Spinnen hatten über Nacht ihre Netze in den Heidesträuchern am Wegesrand gesponnen, um noch einmal vor dem Winter auf Beutefang zu gehen, wobei sie Bienen bevorzugten. Lerchen stiegen zum Himmel, bis sie eins waren mit dem Blau. Der Sonnentau in der alten Moorkuhle fing mit seinen klebrigen Blütenblättern gierig die Mücken, und die Sumpfcalla schickte noch einmal weiße Blüten heraus, obwohl ihre Zeit längst überschritten war, was eine Pflanze wissen müsste. Gäle Hän behauptete, dass Pflanzen eine Seele hätten und miteinander sprechen würden, nur dass die meisten Menschen dies nicht verstehen könnten, wie sie überhaupt wenig verstünden von der Natur und nur den schnöden Talern nachrannten.

Es war einer dieser Tage im Moor, die den Eindruck erwecken, der Herbst würde nie ein Ende nehmen. Man glaubt es leichtfertig, und am nächsten Morgen ist alles jämmerlich erfroren. Gäle Hän stapfte geradewegs auf Ewert Kähding und seine Söhne Christian und Lütje zu, die den Torfkahn beluden. Der Schiffgraben führte wenig Wasser. Nicht nur, dass es kaum geregnet hatte in diesem Sommer, das Moor war auch so stark entwässert worden, dass nicht mehr viel in den Graben hineinlief. Der Torfkahn lag bedenklich tief im Schlamm.

«Da kommt ihr nicht mit raus aus dem Loch», sagte Gäle Hän.

Christian sah ihn grimmig an.

«Wir brauchen hier keine Klugschnacker, die nicht arbeiten können!»

Ewert stieß seinen jüngeren Sohn Lütje an, Spaß in den Augenwinkeln und der Stimme.

«Nun gib Gäle Hän mal ein paar Stücken Torf, Lütje, dann wird unser Kahn leichter und kommt aus dem Loch.»

Ein Arm voll Torfsoden flog von Lütje in Gäle Häns Kiepe.

«Was soll das denn?», ereiferte sich Christian.

Lütje warf noch eine Ladung Soden in die Kiepe.

«Wir haben genug Torf!»

«Aber nicht für Gesindel!», brüllte Christian.

«Hast du denn ordentlich Kraut gesammelt, Gäle Hän?», fragte Ewert versöhnlich. Seinen ältesten Sohn zurechtweisen, das mochte er nicht.

«Die Sonne kommt alle Tage wieder!», rief Gäle Hän und machte sich schleunigst mit der vollen Kiepe aus dem Staub. Streitereien, zumal unter Brüdern, die ertrug er nicht.

Ewert hätte es gern gesehen, wenn Gäle Hän Wasser hervorgezaubert hätte, anstatt trockenes

Wetter zu verkünden. Man sagte ihm ja so allerhand nach, nicht nur mit Heilkräutern sollte er sich auskennen. So sah Ewert erst bedenklich auf den immer tiefer sinkenden Kahn und dann zu Christian.

«Wenn es keinen Regen gibt, dann wird das heute nichts mehr mit uns!»

«Bis Renken können wir treideln!»

«Wir haben nur noch ein paar Zoll unter dem Kiel, das langt nicht», sagte Lütje ruhig.

«Los, wir versuchen es!»

Sie holten die dicken Seile aus Hanf, die Großvater noch gedreht hatte. Sie zogen zu zweit, Lütje und Christian, jeder auf einer Seite des Schiffgrabens, und sie zogen mit kräftigen Armen, doch der Schlamm zog am anderen Ende und war stärker.

Petter und Lüder, zwei Nachbarn, die auch nach Bremen wollten, kamen neugierig dazu. «Das nützt nichts!»

«Wenn ich erst Bauer bin, dann kauf ich Pferde!»

Der das sagte, war Christian.

Wenn ich erst Bauer bin!

Der das nicht hören mochte, war Ewert.

Und Lütje wurde in diesem Moment wieder

einmal klar, spätestens dann würde er vom Hof gehen müssen. Aber bis dahin hielt er mit seiner Meinung nicht zurück.

«Pferde bleiben im Moor stecken. Die sind viel zu massig. Da nützen auch keine Pferdeschuhe!»

«Dann müssen wir eine Quelle anstechen, du Klugscheißer», fauchte Christian.

Ewert schüttelte den Kopf. «Auf dem Moor gibt es keine Quelle, das weißt du genauso gut wie wir alle.»

«Aber auf der Geest!», sagte Christian und sah einen nach dem anderen an, ob sie wohl widersprechen würden.

Zunächst Stille.

Bis alle begriffen, was er nicht ausgesprochen hatte. Das siebente Gebot sollten sie brechen. Wasser von der Geest stehlen. Wo die Bäche klar über die Wiesen schwingen und kein Moor sie trübt, wo die Frauen das Leinen so weiß waschen, wie es eine Moorfrau auch durch wochenlanges Bleichen nicht schafft, und wo du die Forellen mit der einen Hand greifen und aus der anderen das Wasser trinken kannst.

Petter und Lüder nickten bedächtig. Und Lütje wollte sich nicht ausschließen. Wasser im Schiffgraben, das war lebensnotwendig.

Und Ewert?

Ewert wusste es, gegen Christian kam er nicht an. Der war von einem anderen Schlag, nicht so unternehmungslustig wie Lütje und nicht so sanft wie Katrina, die einzige Tochter, deren beide Schwestern schon im Kindbett gestorben waren. Herrisch war Christian, eigensüchtig und voller Besitzgier. Als steckte der Teufel in ihm. Bestimmt kam diese Seite nicht von Tibcke, seiner Frau, die ruhig und ausgleichend, aber mit fester Hand den Hof regierte, wo er zu nachgiebig war. Die, ebenso wie er, lieber Lütje als Nachfolger gesehen hätte, den lustigen, dunkelhaarigen Lütje mit dem Wirbel über der Stirn, diesen Lütje, dem jedes Abenteuer recht war, der schon früh das Moor erkundet hatte, wie keins der anderen Kinder. Der lieber mit Gäle Hän unterwegs war, als die Schulbank zu drücken, und der trotzdem lesen und schreiben lernte.

Wie die beiden an einem Tag einen großen Korb voll Blaubeeren gesammelt hatten, nur für Ewert. Er hatte zehn Flaschen Wein daraus ansetzen wollen, mit Honig gesüßt, der sollte erst auf der Hochzeit von Christian getrunken werden, denn irgendwann würde Christian ja heiraten. Das hatte er Lütje gesagt, als der die Blaubeeren brachte.

Lütje nahm den Korb wortlos zurück und gab ihn Gäle Hän, der auch gleich eine Idee hatte, was damit anzufangen war.

«Getrocknet gegen schleimigen Durchfall. Den Saft bei Halserkältung zum Gurgeln. Den Wein gegen Entzündungen jeglicher Art.»

Sprach's und eilte mit seinem Schatz davon, bevor Ewert eine andere Verwendung vorschlagen konnte.

Ewert wusste, da würde etwas auf ihn zukommen, was er nicht lösen könnte, und er hoffte, Christian würde so schnell keine Frau unter die Haube bringen. Obwohl er den Hof gern abgegeben hätte, er war müde, aber Tibcke hielt dagegen. Als Altenteiler unter Christian, so sagten sie oft, hätten sie beide nichts mehr zu lachen.

«Da liegt kein Segen drauf, wenn wir den Geestleuten das Wasser abgraben», sagte Ewert.

Seine Stimme war schwach. Irgendetwas musste er ja dagegen sagen, denn Gott lässt keinen ungestraft, der seine Gebote bricht. Dann ging er zu seinen Bienenstöcken, die noch am Rande des Buchweizenfeldes standen, und klagte ihnen sein Leid.

«Immen, Immen, ich sage euch. Was hier getan werden soll, das ist nicht rechtens, aber ich weiß mir auch keinen anderen Weg zum Wasser. Behaltet es aber für euch und tragt es nicht weiter, wenn ihr ins Blaue fliegt.»

Um Mitternacht sang die Nachtigall zwischen Moor und Geest, sie störte sich nicht an den Männern, die im Schutz der Dunkelheit dem Bach das Wasser abgruben, um ihren Schiffgraben damit zu füllen. Käuzchen flogen tief und krächzten kläglich wie junge Katzen. Ewert stand herzklopfend Wache.

«Ihr werdet schon sehen, was ihr davon habt», flüsterte er, als das Wasser aus dem Bach in den Schiffgraben rauschte.

«Teufel nochmal, das gefällt mir!», rief Christian, als vor dem Hof der Kahn fast auf gleicher Höhe mit dem Ufer lag.

«Man soll den Teufel nicht anrufen», mahnte Ewert, während er seine Holzschuhe vor der Dielentür auszog, «der Teufel vergisst nichts!»

Christians Lachen vermischte sich mit dem Krächzen eines Käuzchens, dessen Vorfahren den Kolonisten nach ins Moor gezogen waren.

«Wenn ein Käuzchen so schreit», flüsterte Tibcke schlaftrunken, als Ewert sich neben ihr ausstreckte, «und wenn es dazu noch so lacht, dann stirbt übers Jahr einer aus der Verwandtschaft.»

Ewert antwortete nicht, er sagte nur: «In aller Herrgottsfrühe fahren wir nach Bremen!»

Tibcke stand auf, gähnte und vergaß das Käuzchen. Sie backte sechs dicke Buchweizenpfannkuchen, für jeden der Männer zwei. Tat ihre Pflicht ohne zu murren, ohne nachzudenken, derweil Katrina den Zichorienkaffee aufbrühte und ihn in einen strohumwickelten Krug goss. Katrina packte auch noch Brot und Butter in den Korb für Bremen, nur die neueste Nachricht packte sie nicht mit ein, die verkündete sie der Mutter.

«Hanne Renken hat gestern gesagt, sie will mal einen aus dem Moor heiraten.»

«Wen denn?», fragte Tibcke aufmerksam.

«Das weiß sie auch noch nicht, sagt sie, aber auf die Geest will sie nicht, da kennt sie ja keinen.»

«Hanne ist doch erst seit zwei Jahren konfirmiert, Katrina.»

«Eben. Seitdem kuckt sie ja schon. Sie weiß auch schon alles.»

«Was weiß sie denn?»

«Das darf ich nicht weitersagen.»

Katrina lachte viel sagend. Tibcke schüttelte den Kopf. Die Mädchen fingen immer früher an, nach den Jungs zu sehen. Dabei handelten sie sich nur eine lebenslange Knechtschaft ein. Sie selbst hatte spät geheiratet, und das auch nur, weil Christian unterwegs war. Und diese Geschichte hielt sie fest in ihrem Herzen, außer dem lieben Gott wusste niemand davon. Und ehe sie es dem Großbauern auf der Geest, bei dem sie damals diente, offenbart hätte, wäre sie lieber ins Wasser gegangen. Vielleicht hätte der sie auch totgeschlagen. Nein, sie hatte ihr Schicksal in die Hand genommen und sich den Moorbauern Ewert angelacht, gleich nachdem es passiert war, weit weg vom Ort des Geschehens. Damals lebten noch Ewerts alte Eltern auf dem Hof, Engel und Friedrich. Engel war Gott so dankbar dafür gewesen, dass Ewert endlich eine Frau in die Wirtschaft brachte, es war ihr damals schon alles zu viel. Die Geburt von Christian hatte sie nicht mehr erlebt, da lag sie schon auf dem Kirchhof. Und mit Friedrich hatte Tibcke sich immer gut verstanden. Friedrich konnte zeitlebens seinen Sohn Wohlert nicht vergessen, der der Hoferbe gewesen wäre, der schwächere Ewert machte es ihm nie recht. Aber die zupackende Tibcke, die schloss er fest in sein Herz, zumal sie Ewert gleich nacheinander zwei Söhne schenkte.

«Vergesst nicht, den Gagel mitzunehmen», mahnte Tibcke noch an, «und Kaffee sollt ihr mir mitbringen. Und zwei Flaschen Branntwein.» Und dann wurde sie richtig laut. «Dass mir der nicht unterwegs wieder ausgetrunken wird wie beim letzten Mal.»

«Hätten wir ihn etwa den Zöllnern überlassen sollen?», fragte Ewert, der gern einen Schluck nahm.

Der Branntwein vertrieb nicht nur die alltäglichen Sorgen, er verjagte auch die düsteren Gedanken, die immer häufiger in Ewerts Kopf krochen, grad so wie der Nebel aus dem Moor. Dabei hatte Ewert ein schlechtes Gewissen, wenn er zur Flasche griff, deren Inhalt gewiss vom Teufel erfunden worden war und nicht, wie der Wein, vom lieben Gott.

Voll beladen mit Torf und einem ordentlichen Busch Gagel für die Bremer Bäcker, die ihn brauchten, um die Fliegen aus den Backstuben zu vertreiben, machten Ewert und seine Söhne sich noch im Dunkeln auf den Weg und zogen den Kahn durch den Schiffgraben. Einer nach dem anderen schoben sie die Kähne über die Klappstaus hinweg, die nun anstelle der alten Schüttstaus das Wasser im Schiffgraben hielten. Sie waren erst in diesem Jahr eingebaut worden. Zog man den Kahn darüber, klappten die Schotten, die mit

Lederriemen verbunden waren, einfach um und ließen das Wasser mitfließen, danach richteten sie sich von selbst wieder auf.

Im Schiffgraben hatten die Männer alle Hände voll zu tun, damit ihre Kähne nicht ans schlammige Ufer liefen. Aber als sie in die Hamme einstakten, kam der Wind günstig vom Land her. So konnten Christian und Lütje kurz vor der aufgehenden Sonne das Segel setzen und Ewert den Kahn überlassen. Christian packte sich zum Schlafen unter Deck in die enge Koje, und Lütje legte sich oben auf die Plane, während Ewert das Ruder zur Unterstützung des Segels bediente, mal auf der einen, mal auf der anderen Seite des Kahns, ohne dass Christian alles besser wusste.

Dieses Segeln mit dem Wind, das es sonst meist nur auf der Rückfahrt von Bremen gab, war für Ewert der liebste Teil der Reise. Die schwarzen Segel von Petters und Lüders Kähnen hinter ihm, das schwarze Segel eines anderen Torfbauern vor ihm und um ihn das große Wiesental.

Immer wieder bist du aufs Neue erstaunt, wenn die Sonne über der Hamme aufgeht. Der Fluss ist breit wie ein See. Seine Wellen kräuseln sich und glitzern silbern. Die Wiesen sind grün, und der Sauerampfer blüht tiefrot in der ersten Sonne, die das weite Land in der ganzen Fläche übernimmt, ohne einen Schatten von Baum oder Strauch. Über allem liegt ein betörender, fast durchsichtiger Dunst von einem Schimmer, der dem Gold auf dem Altar in der Kirche nahe kommt, wenn die Sonne durch die bunten Fenster scheint.

Ewert begann zu singen. Er sang das Lied 371, das ihm am liebsten war, er sang es auswendig mit tiefer Stimme und aus übervollem Herzen:

«Geh aus, mein Herz, und suche Freud
in dieser lieben Sommerzeit
an deines Gottes Gaben;
schau an der schönen Gärten Zier
und siehe, wie sie mir und dir
sich ausgeschmücket haben.

Die Lerche schwingt sich in die Luft,
das Täublein fliegt aus seiner Kluft
und macht sich in die Wälde;
die hochbegabte Nachtigall
ergötzt und füllt mit ihrem Schall
Berg, Hügel, Tal und Felder.»

Vor der Schleuse zur Kleinen Wümme übernahm Lütje das Ruder.

Hätte ihm jemand vorher gesagt, Gäle Hän zum Beispiel, der das zweite Gesicht hatte, in Bremen würde die Saat gelegt werden für ein Fernweh, das ihn von diesem Tag an nicht mehr verlassen sollte, bis er ihm nachgab, Lütje hätte es nicht geglaubt.

Im Torfkanal kam Christian an die Reihe, denn er ließ es sich nicht nehmen, selbst in der langen Reihe der Torfschiffer in den Torfhafen nach Bremen hineinzusteuern, in ein Menschengewimmel, wie es das Moor nicht kannte. Anlegen, festmachen, aussteigen, die steif gewordenen Füße bewegen.

Ein Pferdefuhrwerk ordern, das den Torf in die Stadt bringen soll, mit den Händen Sodenbündel werfen, stapeln, zum Schluss noch ein paar Körbe füllen für den freien Verkauf. Die schwarzen Gesichter und Hände mit Tibckes gutem Leinentuch notdürftig säubern, aufsitzen und abfahren mit «Hü» und «Hott». Dann in die Bremer Gassen.

Zuerst fuhren sie zu den beiden Bäckern, die sie schon erwarteten. Den Gagelstrauch gegen die lästigen Fliegen nahmen sie als Zugabe gern in Empfang. Sie wogen fachmännisch den Torf in den Händen, ob sie wohl noch etwas herunterhandeln könnten, was Christian den Weißmützen harsch abschlug.

«Pass nur auf, Jan vom Moor. Kohle aus England wird bald billiger.»

Lütje setzte schnell ein freundliches Gesicht auf, sie luden ab, kassierten und fuhren weiter. Danach mussten sie die Körbe durch die engen Gassen schleppen und laut ausrufen, im vielstimmigen Chor mit den anderen Torfbauern.

«Backtorf, Backtorf, extra guter, trockner Backtorf.»

Dann geschah es, so unvermittelt, wie Dinge eben geschehen. Von einem auf den anderen Atemzug ändert sich etwas in deinem Leben, setzt sich ein Bild in deinem Schädel fest, pustet dir etwas ins Ohr.

Ein kleiner, schlitzäugiger Mann in einer weiten bunten Jacke über weiten schwarzen Hosen mit einem langen schwarzen Zopf auf dem Rücken ging vorbei. Er hatte den wiegenden Schritt der Seeleute, den ein Torfschiffer in seinen klobigen Holzschuhen nie und nimmer zustande bringt. Lütje hatte so einen Mann noch nie gesehen. Er lief ihm nach. Christian brüllte hinterher: «Lass die Bremer Weiber in Ruhe! Und solche schon lange!»

Lütje hörte nichts. Er lief an dem kleinen Mann vorbei und stellte sich vor ihm auf. Der kleine Mann griff in die Falten seiner Jacke, holte eine kleine Kette mit einem Anhänger heraus, eine Schlange, die Feuer spie. Lütje schüttelte die Taschen seiner Jacke aus, um zu zeigen, dass er kein Geld hatte. Er fragte hastig, mit einer Gebärde zu ihm und zum Himmel, etwas Besseres fiel ihm nicht ein: «Wo kommst du her?»

«China», sagte der kleine Mann, der nun ein Chinese war, und noch einmal: «China.» Und dabei zeigte er nach Osten, das war jetzt linker Hand von der Sonne, nicht ohne hoffnungsvoll noch einmal auf die Schlange mit dem Feuermaul zu zeigen. Dann ging er weiter. Und hatte eins für sein Leben in der Hafenstadt Bremen gelernt: Mit den staubigen Männern in den hölzernen Schuhen kannst du nicht ins Geschäft kommen. Sein schwarzer Zopf baumelte auf dem Rücken.

Ewert und Christian genehmigten sich währenddessen einen in der Hafenschänke. Da standen solche Frauen, die Christian zwar aus den Augenwinkeln höchst neugierig ansah, aber aus den vollen Augen mit Verachtung strafte, weil sich das so gehörte. Lütje musste zur Strafe für sein Fortlaufen den Einkauf für Tibcke erledigen, Branntwein und Kaffee. Kiloweise gute grüne, ungeröstete Bohnen. Natürlich war das keine Strafe für ihn. Er hoffte, den Chinesen noch einmal zu entdecken, fand ihn aber nicht mehr. Aber etwas anderes stahl sich in seinen Kopf. Aus einem Fenster, unter dem er vorbeiging, hörte er Musik. Nein, es war keine Orgel wie in der Geestkirche. Vielstimmig war die Musik und von einer Harmonie, wie Lütje sie noch nie gehört hatte. Sie kletterte auf und ab in den Tönen, sie schwoll an und verebbte wieder, sie plätscherte dahin, wurde zum Wasserfall und floss dann wieder langsam weiter. Niemand sagte ihm, was er erlebte. Niemand sagte ihm, dass es Instrumente gab, von denen er noch nie gehört hatte.

Vorerst aber mussten Kaffee und Branntwein durch den Zoll. Die Obrigkeit lauerte schon gleich hinter Bremen in Person von zwei Beamten, die es nicht abwarten konnten, die Torffahrer um ihre Einkäufe zu erleichtern. Sie wussten, waren die Taschen erst voll mit Talern, kaufte es sich leicht ein paar Liter Branntwein oder ein paar Bohnen Kaffee zu viel. Etwas anderes versuchten die Moorleute kaum zu schmuggeln, sie lebten ja genügsam, wie man in Bremen wusste, von Buchweizenpfannkuchen und Sauermilch. Wenn aber einer aus dem Moor schmuggelte, dann schmuggelte er richtig, mit seinem christlichen Gewissen war das allemal zu vereinbaren. Von Schmuggel stand nichts in den Zehn Geboten.

Also, los ging's: «Was hast du zu verzollen?», fragte einer der Zöllner streng.

«Nichts», sagte Ewert, «ich hab nichts! Wovon sollte ich da etwas einkaufen?»

Der Zöllner kannte die Tricks.

«Gestern bist du doch hier mit deinen Jungs durchgefahren!»

«Ich hab bloß Töchter», sagte Ewert.

Einer der Zöllner öffnete die Luken, sie waren leer bis auf die ebenfalls leeren Körbe. Als der andere Zöllner Christian über die Wiese laufen sah, rannte er ihm nach und fing ihn nach etlichen Haken ein. Und als Christian seine Taschen ausgeleert hatte, die voll waren bis obenhin mit mulligem Torf, hielten die Zöllner den Kahn bis zum Dunkelwerden fest. Sollte der andere Junge aus dem Moor doch sehen, wie er mit seiner Schmuggelware nach Hause kam, so leicht wollten sie ihm das nicht machen.

Was ihnen gelang. Lütje lief über Meilen klatschnass am Torfkanal entlang und fror, dass ihm die Zähne klapperten.

«Ist der Kaffee etwa auch nass geworden?», fragte Ewert, als sie ihn endlich aufgabelten. Er dachte an Tibcke, die das gewiss rügen würde.

«Nein», sagte Lütje, «den Kaffee hab ich über meinen Kopf gehalten, als ich durch den Kanal bin.»

Der Himmel sternenklar. Die Nacht so hell und dunkel zugleich. Auf der Hamme lag ein schwarzer Kahn kieloben, der Bug ragte in den Himmel, das schwarze Segel trieb auf dem Wasser.

«Ich hab's ja gesagt», flüsterte Ewert. «Das ist des Teufels Kahn, nun lauert er uns auf!»

«Das ist Renkens Kahn», sagte Christian. Er hatte bessere Augen als Ewert.

Lüder und Petter standen im schlammigen Wasser und versuchten, das Boot wieder zu drehen. Lütje sprang noch einmal ins Wasser und packte mit an.

«Das waren die Geestkerle», sagte Petter wütend.

«Sie haben uns aufgelauert», sagte Lüder.

«Das werden sie büßen müssen.» Christian ballte die Fäuste.

«Nein, nun sind wir quitt», sagte Lütje heiser.

«Man soll den Teufel nicht herausfordern», flüsterte Ewert.

Lütje sagte nichts mehr. Seine Stimme war weg. Wie das Wasser.

Die Geestleute hatten auch sonst ganze Arbeit geleistet und den Stichgraben vom Bach wieder zugeschaufelt. So vertäuten die Männer vorerst ihre Kähne am Ufer und gingen zu Fuß auf ihre Hofstellen. Taler, Kaffee und Branntwein nahmen sie mit. Auf den Schreck genehmigten Ewert und seine Söhne sich einen kräftigen Schluck, und Christian füllte anschließend die Flasche mit Wasser auf.

Lütje also. Dem war die Stimme weggeblieben. Er vermochte nur noch zu krächzen. Heiß und kalt zugleich überfiel es ihn in seiner Schlafbutze, mit Schütteln und Kopfweh und Schmerzen in allen Gliedern. Drei Federbetten hatte Katrina über ihn ausgebreitet und vorher ordentlich ausgeschüttelt. Sie brauchte nicht mit aufs Buchweizenfeld zu gehen, sie sollte auf Gäle Hän warten, den die Mutter hatte rufen lassen. Katrina hatte Angst vor Gäle Hän und seinem stechenden Blick, und er war immer schmutzig. Er hat ja auch keine Frau, dachte sie, die dafür sorgt, dass seine Kleider gewaschen werden. Aber Vater, Mutter und Lütje hielten was auf Gäle Hän, da musste sie sich fügen, bloß allein und im Dunkeln, da wollte sie ihm nicht begegnen. Außerdem gab es da noch etwas. Die Mutter erzählte ihr oft, dass Gäle Hän ihr, Katrina, als sie noch klein war, einmal das Leben gerettet hatte. Nun gut, daran konnte sie sich beim besten Willen nicht mehr erinnern. Katrina also hütete Lütje und das Feuer, und sie erschrak, als Gäle Hän auf einmal hinter ihr stand und die Kiepe absetzte. Sie hatte ihn nicht gehört.

«Deine Mutter hat nach mir geschickt.»

«Es ist wegen Lütje», antwortete Katrina schnell.

Das hätte sie nicht zu sagen brauchen, denn Lütje hustete und stöhnte in der Butze zum Gotterbarmen. Nun war Gäle Hän nichts lieber, als zu einem Kranken gerufen zu werden, und auf diesen Hof kam er besonders gern, obwohl er Christian aus dem Weg ging, der von Spökenkram, wie er es nannte, nichts hielt. Gäle Hän also konnte nun sein Wissen ausbreiten und bei sichtbarem Erfolg auch Sichtbares davontragen. Ein Stück Speck oder sogar eine Mettwurst, eine Honigwabe von Ewert, einen kleinen Korb Kartoffeln oder ein paar Eier. Manchmal auch von jedem etwas.

Gäle Hän nahm ein paar schmale grüne Blätter aus der Kiepe und schlurfte zu Lütjes Butze, schweigend. Lütje versuchte etwas zu sagen, aber es kam nur ein heiseres Krächzen heraus. Gäle Hän hob Lütjes Lider an und sah ihm lange in die Augen. Er gab ihm ein schmales Salbeiblatt zu kauen. Er beugte sich über ihn und hörte es in Lütjes Brust rasseln und knarren, suchte in seiner Kiepe, bis er ein Leinensäckchen hervorkramte, das er Katrina gab.

«Dreimal am Tag sollst du dies Kraut frisch mit heißem Wasser aufgießen und so lange ziehen lassen, bis eine Torfsode durchglüht ist. Dann noch einmal aufbrühen und durchseihen, danach den Kranken heiß trinken lassen.»

«Gäle Hän?»

Das war Lütje. Katrina fiel ein Stein vom Herzen, als sie seine Stimme hörte.

Gäle Hän setzte sich auf das Bett. Schwer setzte er sich und streckte seine Beine weit ab.

«Gäle Hän. Wenn du mich gesund machst», krächzte Lütje, «dann bring ich dir was aus China mit.»

Ohne sich über diese Ankündigung zu wundern, sagte Gäle Hän: «Liegen bleiben und Tee trinken. Und wenn das Käuzchen dreimal ruft, dreimal, sage ich, dann kommst du wieder auf die Beine.»

Lütje nickte.

Gäle Hän stand schwerfällig auf.

«Tigerbalsam bring man mit.»

Er sagte es so, als wäre es das Selbstverständlichste im Moor, eben mal nach China zu reisen, heil und gesund zurückzukehren und Tigerbalsam mitzubringen.

Lütje brannte jetzt eine Frage auf der Seele, obwohl er seit langem wusste, dass man Gäle Hän keine Fragen stellt, außer der nach dem Wetter. Und die konnte fast jeder Moorbauer auch selbst beantworten.

Trotzdem fragte Lütje: «Und was ist Tigerbalsam?»

Gäle Hän sah ihn missbilligend an und schlurfte hinaus. Katrina brachte den Tee, ließ Lütje trinken und legte mitfühlend ihre Hand auf seine heiße Stirn. Der Tee duftete köstlich nach Melisse, Salbei und Rosmarin, er war leuchtend grün, und die Melisse zeigte alsbald ihre beruhigende Wirkung. Katrina flüsterte Lütje zu, dass Hanne Renken ihn gern leiden mochte, dass sie das wohl nicht sagen sollte, aber woher sollte er es denn sonst erfahren, und sie erzählte ihm auch, dass sie Linden- und Holunderblüten im Tee gesehen hätte.

Drei Tage lang schwitzte Lütje sich die Krankheit aus dem Leib, dann hörte er das Singen der

Mädchen auf dem Flett. Katrina und Hanne fegten mit großen Reisigbesen aus und bestreuten anschließend den Boden mit feinem Sand, den Ewert aus einer Kuhle von der Geest geholt hatte. Dabei sangen die Mädchen alles, was ihnen grad einfiel, am liebsten aber sangen sie immer wieder «Geh aus, mein Herz, und suche Freud», und am allerliebsten den zweiten Vers.

«Die Bäume stehen voller Laub,
das Erdreich decket seinen Staub
mit einem grünen Kleide;
Narzissen und die Tulipan,
die ziehen sich viel schöner an
als Salomonis Seide.»

Als sie fertig damit waren, befanden sie, nun könnte der Sonntag kommen. Der Sonntag, der mit der schönsten Abwechslung verbunden war, die die beiden Mädchen sich denken konnten. Kirchgang auf die Geest. Die Alltagskleidung im Schrank in der Stube hängen lassen, die weißen Blusen anziehen und den weiten Rock mit dem Schnallengürtel, weiße Strümpfe und die neuen Holzschuhe. Mit Lütje und Christian den Eltern davonlaufen, über den Kirchhof streifen und die

Blumen auf der Kirchhofsmauer bewundern, die Geestjungs anblinzeln, aber so, dass die Moorjungs es nicht mitbekamen, und auf der Landstraße den feinen Kutschen nachsehen, die rumpelnd auf dem Kopfsteinpflaster unterwegs waren nach irgendwohin. Und sich dann darüber freuen, im Moor zu leben, wo es keinen Straßenlärm gab, stattdessen weiße Birken, unter denen man sitzen konnte und den Wolken nachsehen, ja, so waren die Sonntage. Wie gut, dass der liebe Gott sie erfunden hatte.

Lütje stand auf, schüttelte sich die Steifheit vom langen Liegen aus den Gliedern und war gesund. Katrina und Hanne nahmen sich vor, Gäle Hän dafür wenigstens ein bisschen zu achten, obwohl es beiden vor ihm gruselte. Aber sie konnten ja auch einmal sterbenskrank werden.

Dieser von Gott erfundene heilige Sonntag brachte dann allerdings Ärger. Ewert hatte es ja gewusst. Man soll den Teufel nicht herausfordern. Wäre es nur diese eine Prügelei gewesen, lieber Gott, ja, die paar blauen Flecken! Aber von dem Tag des Wasserabgrabens an riss der Unheilsfaden nicht mehr ab, es sollte sogar noch schlimmer kommen.

Vor dem Kirchenportal standen die Geestkerle,

so zwanzig Stück an der Zahl. O ja, sie wussten, dass die Moorleute immer früher als die Geestleute zur Kirche kamen, einfach auch, um sich ihre Plätze zu sichern nach dem langen beschwerlichen Weg. Während der Predigt konnte dann in christlicher Ruhe gedöst werden, selbst Tibcke, die stets den duftenden Gagelstrauch im Gesangbuch liegen hatte, machte ihr Kirchenschläfchen, den Kopf an Ewert gelehnt, die Hände vorsorglich zum Gebet gefaltet.

Die Geestkerle standen da wie der Erzengel Michael am Himmelstor, um diejenigen in die Hölle zu schicken, die Einlass begehrten. Noch hielten sie ihre Fäuste tief in den Taschen ihrer Sonntagsjacken versteckt, sie schienen aber durchaus bereit, sie sprechen zu lassen. Die zahlreiche Verwandtschaft vertrat sich die Füße auf guten Plätzen an der rechten Seite des Portals, vorwiegend Frauen, Mädchen und ältere Männer. Und die Moorleute? Die hielten sich noch bedeckt, warteten hinter der Kirche und wurden unruhig, als die Glocken zu läuten begannen. Ein paar alte Frauen wagten sich hervor, sie ging das alles nichts mehr an, und sie verstanden auch nicht, was hier vor sich ging. Tapfer hielten sie ihr Gesangbuch als Schild nach vorn und versuchten den Eingang zu erobern.

Als ihnen die alten Männer folgsam nacheilten und sich damit die Gruppe auflöste, stürmten die jungen Moorbauern, allen voran Christian, Lütje, Lüder und Petter, das Kirchenportal.

Was dann folgte, war nichts Geringeres als eine Schlacht zwischen Moor und Geest, eine wüste Prügelei, ausgetragen mit Fäusten und Füßen. Ist so eine Schlacht erst einmal in Gang gekommen, kriegt sie ihren eigenen Rhythmus, gibt es keine überlegte Handlung mehr, geht es nur noch ums Draufschlagen, und manchmal trifft es auch den Bruder aus den eigenen Reihen. Aller Hass auf die anderen, ob er nun begründet war oder nicht, entlud sich an diesem Sonntagmorgen vor der Kirche, während die Glocken nicht aufhörten zu läuten. Sie schlugen aufeinander ein, bis die Ersten sich blutend auf dem Kopfsteinpflaster wälzten und auf beiden Seiten die anfeuernden Rufe der Mädchen verstummten, weil Freund und Feind nicht mehr auseinander zu halten waren, bis nur noch die kahle Angst in den Gesichtern stand, bis der Pastor aus der Kirche eilte und sich zwischen Geest und Moor warf.

Die Schlacht war nicht gewonnen, aber sie hatte eine Gewalt freigesetzt, die Ewert darin bestätigte, dass der Teufel nichts auslassen würde, seine

Herrschaft über das Moor weiter voranzutreiben. Wobei Ewert nicht etwa die Geestkerle als Gehilfen des Teufels ansah, er wusste ja, dass die Moorleute sich Schuld aufgeladen hatten durch das Abgraben des Wassers.

Das Eingreifen des Pastors brachte die Leute auseinander, aber den tief sitzenden Hass konnte es nicht ausräumen. Der generationenalte Hass der Geestbewohner auf die, denen der Staat vor hundert Jahren das Moorland geschenkt hatte, das sie eigentlich als ihr Wiesenland und ihre Torfstiche beanspruchten; und der Hass der Moorleute auf die, die das Wasser hatten und das gute Roggenland. Der Pastor wusste das wohl, und er predigte voller Zorn über das Gleichnis von der Aussaat, welches bei Matthäus und bei Lukas zu finden ist. Am Ende der Predigt rief er seinen zerstrittenen Schäflein zu: «Wer Gewalt sät, der wird auch Gewalt ernten.»

Als er dann die Entlassung der Gemeinde mit den Worten einleitete: «Gehet hin im Frieden des Herrn», und die Gemeinde antwortete: «Gott sei ewiglich Dank», da war beim nachfolgenden vielstimmigen «Amen» dieser besagte Frieden oberflächlich wiederhergestellt.

Die Leute vom Moor machten sich nach Hause

auf. Der Spätherbst färbte schon die Birkenblätter gelb. In großen Keilen und laut rufend zogen die Kraniche von Nordosten nach Südwesten, der Sonne entgegen, immer wieder die Spitze wechselnd.

Die Moorbauern gingen in Gruppen, weit auseinander gezogen, ganz gegen ihre sonstige Gewohnheit. Wo sie doch sonst auch wie die Zugvögel waren, schön einer hinter dem anderen, und manchmal ging einer vor, weil einem anderen etwas Wichtiges zu berichten war. Es hatte diesmal wohl niemand mehr Freude an dem Nachklappern, das sonst mit einem solchen Ereignis daherging. Den Zugvögeln sahen sie mit bedenklicher Miene nach.

«Das wird einen frühen, kalten Winter geben.»

Christian und Lütje stampften in ihren Holzschuhen gemeinsam mit Katrina und Hanne vorweg. Lütje zog das rechte Bein nach, und um Christians Augen wurde es erst grün, dann blau. Alle vier waren stumm wie die Fische im Schiffgraben, bis Hanne es nicht mehr aushalten konnte.

«Wo die Vögel wohl hinfliegen?», fragte sie.

«Nach Afrika», sagte Lütje.

«In Afrika gibt es nur heißen Sand», sagte Katrina.

«In Afrika gibt es riesige Wälder voller bunter Früchte und Schlangen», verbesserte Lütje sie.

«Grad so wie im Garten Eden», meinte Hanne.

«Ja, grad so wie im Paradies», sagte Lütje, «und später will ich da mal hin.»

Vielleicht dachte Hanne in diesem Moment schon darüber nach, ob Lütje wohl der Richtige für sie wäre. Einer, der in die Ferne strebt, kann wohl nicht treu bleiben.

«Ich denk, du willst nach China», lachte Katrina.

«Dahin zuerst!»

Auch das noch! Nach Afrika und nach China will er. Na, diese Sache würde sie ihm noch austreiben.

Christian sprach es aus.

«Was soll der Unsinn? Das Paradies gibt es nicht mehr. Wenn es uns auf Erden gut gehen soll, dann hilft nur Arbeit, solche Flausen im Kopf helfen da gar nicht!»

Und das fand Hanne auch, obwohl sie Lütje lieber mochte.

Worüber die vier jungen Leute wohl reden, dachte Tibcke. Ewert jedenfalls machte keine Worte. Stumm schritt er neben seiner Frau unter den fallenden Birkenblättern am Schiffgraben dahin. Sie fragte ihn nicht und sie fragte sich nicht, sie wusste auch so, was in ihm vorging. Er mochte das Leben nicht mehr, vielleicht hatte er es nie gemocht, es nur mitgespielt, weil es nichts anderes für ihn gab, als den Moorhof zu übernehmen. Tibcke wusste auch, dass er nach dem Kirchgang wieder zu seinen Bienen gehen würde.

Er hatte ihnen genug Honig für den Winter gelassen, nicht alle Bienenstöcke ausgeräuchert.

Gäle Hän setzte sich zu ihm. Wortlos schob Ewert ihm eine Bienenwabe in die Hände.

«Der Honig ist noch gut verdeckelt», sagte er, «der läuft nicht heraus, die Waben kannst du im Leinen nach Hause tragen.»

Ebenso wortlos schob Gäle Hän eine Rolle Tabak in Ewerts Hände, den baute er selbst an. Als Gäle Hän gegangen war, setzte Tibcke sich zu Ewert. Eine Weile hörten beide auf das Sausen der Bienen.

«Vater», sagte Tibcke, «wenn Christian heiratet, dann wird Lütje aus dem Haus gehen. Das hat er mir gesagt.»

Ewert sah auf seine Hände. Zwischen den kräftigen Adern verlief das Netz der feinen Falten, braun gefärbt, unzählige Linien auf der Lebenskarte.

«Es ist gut, wenn Lütje aus dem Moor geht.» Das sagte er. Musste er noch mehr sagen? Ja, er sagte noch mehr.

«Es ist nicht gut, wenn einer zum Kain wird.»

Es war dieses jahrelange, tiefe Einverständnis zwischen den beiden, die nicht ihr Herz, sondern die Notwendigkeit nach der Empfängnis von Christian zusammengeführt hatte. Die Lüge? Hatte es überhaupt eine gegeben? Ja, es gab eine. Tibcke legte ihre Hand auf seine.

«Das mit Christian», begann sie, doch bevor sie weitersprechen konnte, nahm Ewert ihre Hand zwischen seine Hände und drückte sie fest.

«Schon gut», sagte er, «sonst hättest du mich ja nicht genommen.»

Er zog seine Bienenpfeife aus der Jacke und stopfte sie mit dem Tabak von Gäle Hän. Obendrauf streute er getrocknete Melisse, die er zur Beruhigung der Bienen immer vorrätig hatte. Ließ beides mit einem Schwefelholz aufglühen, das er an einem Wetzstein anriss. Tat einen tiefen Zug und reichte die Pfeife an Tibcke weiter. Sie rauchte, ohne zu husten.

Diesen Nachmittag bei den Bienenstöcken sollte Tibcke ihr Leben lang nicht mehr vergessen. Sie behielt ihn fest in ihrem Herzen und verbrauchte den Trost, der darin lag, bis nichts mehr davon übrig blieb als der Pfeifenrauch, und als der sich in den Himmel verflüchtigt hatte, beschloss sie zu sterben wie Großvater Friedrich. Aber bis dahin verging noch eine geraume Zeit.

In der Nacht stand Ewert auf. Er musste in letzter Zeit häufiger raus. Vor der Tür traf er Lütje.

«Was machst du denn hier, Lütje?»

«Ich pass auf, damit nichts kommt.»

«Ist schon was gewesen, Lütje?»

«Nein, Vater, alles ist ruhig.»

«Ich kann gar nicht schlafen, ich will jetzt Wache halten. Geh du man wieder ins Bett.»

Das wollte Lütje auch tun. Wenn die Sternschnuppe nicht genau in diesem Moment am Himmel gewesen wäre. Sonst hätte Lütje es seinem Vater auch nicht geglaubt. Wenn er sie nicht mit eigenen Augen gesehen hätte. Hell, gleißend hell war sie, mit einem langen Schweif aus funkelndem Feuer.

«Da ist ein großer Stern runtergefallen», flüsterte Ewert starr vor Schreck.

«Nicht bei uns.» Lütje flüsterte ebenfalls.

«Der ist ins Moor gefallen», flüsterte Ewert. «Der liegt in unserer Erde.»

«Nein, Vater, der liegt nicht bei uns. Der Himmel ist so weit weg, warum soll da gerade bei uns ein Stern runterkommen?»

Ewert wusste nichts mehr zu sagen. Als Lütje liebevoll eine Hand auf die Schulter seines Vaters legte, ließ der sich wortlos mit ins Haus nehmen. Schlafen konnte Ewert nicht. Er hörte das vertraute Schnarchen von Tibcke, aber es drang nur bis in sein Ohr. In seinem Kopf fiel der Stern vom Himmel, immer wieder aufs Neue, er wurde riesiger und riesiger, bis er zerplatzte und sein Höllenfeuer das ganze große Moor mit allen Häusern und Menschen verbrannte und den Himmel dazu.

Auch Lütje wälzte sich in seiner Schlafbutze. War es ein gutes oder ein schlechtes Zeichen des Himmels gewesen? War es die Feuer speiende Schlange des kleinen Chinesen, und wenn ja, was hatte das zu bedeuten? Er hatte sich schnell etwas gewünscht, als die Sternschnuppe herunterkam, wie Großvater Friedrich es ihm geraten hatte, als sie zusammen den Himmel betrachteten und er die Geschichte vom Großen Wagen erzählt hatte.

«Wenn ein Stern vom Himmel fällt, darfst du dir etwas wünschen. Aber du sollst keinem Menschen auch nur ein Sterbenswörtchen davon verraten, sonst geht der Wunsch nicht in Erfüllung.»

«Und wenn ein Stern aus dem Großen Wagen fällt, was ist dann?», hatte Lütje aufgeregt gefragt, «kann der Wagen dann nicht mehr rückwärts fahren?»

Großvater Friedrich hatte gelacht.

«Dem Großen Wagen fällt kein Rad ab, der rumpelt ja nicht durch das Moor, der fliegt durch den Himmel.»

Der Himmel in der Frühe war blass und das Land schlief fest unter der grünblauen Morgenfarbe, als Ewert suchend über das Moor ging. Was er fand, war ein schwarzes Loch. Nun gab es ja viele schwarze Löcher im Moor, die Torfkuhlen, meist mit ebenso schwarzem Wasser gefüllt, aber mit Torfmoosen darauf. Dieses Loch war anders. Nicht gerade abgestochen wie mit dem Torfspaten, sondern wild zerklüftet, umgeben mit einem Kranz von Moordreck, der bis auf das abgeerntete Buchweizenfeld gespritzt war, und voll bis an den Rand mit schwarzem Wasser. Ewert beugte sich über das Loch und begann mit seinen bloßen Händen darin zu wühlen, er warf sich auf den Boden und drang tief hinein in das Loch, aber zwischen seinen Fingern war nur Moorschlamm. Er sprang auf, rannte zum Haus, griff sich einen

Torfspaten und warf ihn auf die Schubkarre, ohne die verwunderten Fragen der anderen, die eben ihr Tagwerk begannen, zu beantworten.

«Da ist heute Nacht ein Stern heruntergekommen», sagte Lütje, «nun will Vater ihn wohl suchen.»

Christian schüttelte ob dieser Dummheit nur den Kopf, aber Lütje ging seinen Vater suchen. Dann machten sich auch Katrina und die Mutter auf, und schließlich ging Christian hinterher, um dem Spuk ein Ende zu bereiten.

Als sie Ewert fanden, war er nicht ansprechbar. Er hob in einem fort die Moorerde aus, warf den Spaten weg, griff mit den Händen in die Brühe, holte den Spaten wieder, grub, warf ihn auf die Seite und stand bald bis zur Hüfte im Loch. Christian nahm den Spaten an sich.

«Schluss jetzt mit dem Spuk!»

Da bückte sich Ewert, griff in den Schlamm und schleuderte mit schier übermenschlicher Kraft einen kindskopfgroßen Stein aus dem Loch heraus.

Der Stein. Schwarz und matt wie das Moor, voller Schrunden und Kanten. Niemand sagte ein Wort.

Lütje rannte davon und kam mit einer Milchkanne voll Wasser zurück. Er goss das Wasser über den Stein, und der Stein wurde blauschwarz und glänzend.

Katrina drückte sich fest an Tibcke. Ewert brach schließlich das Schweigen.

«Den hat der Teufel aus der Hölle geworfen.»

«Vater», sagte Lütje, «der ist aus dem Himmel gefallen, nicht aus der Hölle.»

«Das gibt dreimal Unglück und dreimal Glück», flüsterte der Vater, «und Glück und Unglück sind durch nichts zu trennen.»

«Himmel und Hölle liegen nah beieinander, Vater», sagte Tibcke, «das ist so, wie es ist. Und wir können da gar nichts ändern.»

Und dann betete sie das Vaterunser. Niemand wagte, sie zu unterbrechen.

Christian sagte nach dem Gebet, und er sagte es recht mild, weil es auch ihm nicht geheuer war: «Lasst uns den Stein wieder in das Loch werfen.»

«Der bleibt nicht auf meinem Land!», flüsterte Ewert.

Christian nahm den Spaten hoch, aber Ewert riss ihn ihm aus der Hand. Er schob ihn selbst unter den Stein und legte diesen vorsichtig auf die Schubkarre.

«Lasst Vater man», sagte Tibcke, während Ewert die Karre fortschob, «Vater hat seinen eigenen Kopf.»

Wohin bringt man einen solchen Höllenstein? Zum Teufel mit ihm! Oder bringt man einen solchen Höllenstein in die Kirche?

Ewerts Schritte auf dem Moordamm wurden immer langsamer, der Schiffgraben zog sich endlos lang hin. Die Nachbarbauern sahen ihn, sie sahen auch den großen schwarzen Stein auf der Karre, aber sie kümmerten sich nicht weiter darum. Ewert, das wussten sie ja, der war nicht nur der Freund von diesem Gäle Hän, der redete auch mit seinen Bienen, als ob sie ihn verstünden. Und was Gäle Hän betraf, zu tun haben mit ihm wollten sie alle nichts, auch wenn sie nach ihm schickten, wenn ein Mensch oder ein Tier krank danieder lag.

Außerhalb der Gottesdienste sind Kirchen ungastliche Orte, es sei denn, du flüchtest in einem heißen Sommer hinein, dann spenden sie dir Kühle. Kirchen empfangen diejenigen, die sie zu einer unpassenden Zeit betreten, mit einer stummen Grabeskälte, die schaudern macht vor dem eigenen Tod. Ganz anders, wenn die Orgel dröhnt und die Pfeifen tirilieren, dann trägt es dich sogleich zu den Engeln in die Höhe, falls du nicht gerade eingeschlafen bist.

All dies kam Ewert nicht in den Sinn, als er auf dem Weg zur Kirche war. Er wollte nichts als den Stein loswerden, ihn dem lieben Gott vor die Füße werfen und sagen: Sieh, was du mir da angetan hast. Habe ich das verdient? Bin ich nicht jeden Sonntag mit Tibcke und den Kindern den weiten Weg zu dir gelaufen? Habe ich nicht alle Erdenschwere ertragen, nur um dir wohlgefällig zu sein? Nimm den Stein und gib ihn dem Teufel zurück, du hast die Macht, die ich nicht habe. Amen. Ewert schob und zerrte die Karre die Stufen zum Portal hinauf, öffnete die schwere Kirchentür, fuhr auf dem Mittelgang und kippte die Karre um. Der Stein rollte heraus und stieß krachend gegen den Altar mit der weißen, goldfadenumwirkten Decke, wo Teile von ihm abplatzten.

Die Glocken begannen zu läuten.

Ewert hielt sich zu Tode erschrocken die Ohren zu, nahm seine Karre auf und rannte aus der Kirche. Er stolperte die Stufen hinab und hörte nicht eher auf zu laufen, bis er am Schiffgraben angekommen war. Dort setzte er sich auf die Karre, und in seinem Kopf war ein Sausen und Brausen wie von seinen Bienen, wenn sie einander im Korb durch ihre Flügelschläge kühlten oder wärmten. Bis er alles vor sich sah, ganz klar und deutlich.

«Immen, Immen, ich muss euch was sagen.
Sechserlei Dinge hab ich gesehen.
Frost über dem Buchweizen.
Ein Bienenschwarm.
Hochzeitstag.
Ein großes Schiff.
Roter Himmel über dem Moor.
Und ich auf dem Kirchhof.
Und dass ihr mir nichts weitersagt,
das ist bloß für euch und für mich.»

An den Bienenstöcken fand Lütje ihn. Aber er hütete sich, seinen Vater anzusprechen. Es sprach auch niemand mehr von der Sternschnuppe, die zu einem glänzenden schwarzen Stein geworden war. Jeder für sich nahm an, der Vater hätte ihn in eine fremde Moorkuhle gekippt.

Und der Pastor? Nie ist jemandem auch nur ein Sterbenswörtchen zu Ohren gekommen, was der Pastor von dem Stein hielt, nicht einmal, wofür er ihn gehalten haben mag. Vielleicht war er ebenso tief erschrocken wie Ewert, die Sünden vor Augen, die auch einem Pastor nicht fremd sind. Vielleicht hat er ihn schnell aufgehoben, die abgesplitterten Teile dazu, und alles zur Kirchenmauer geschleppt, dort zwischen die anderen Felssteine gepackt, eine Staude Fetthenne ausgerissen und obenauf gesetzt. Vielleicht hat er ihn aber auch dem Amtmann übergeben, der sich dann eifrig und vergeblich auf die Suche nach den Frevlern machte. Ja, so könnte es gewesen sein.

Nach diesem Tag im August jedenfalls begann Ewert mit dem Schnitzen einer Bannmaske für einen Bienenkorb. Sollten die Bienen für ihn den Bann des Teufels brechen? Oder war dies sein letztes Aufbäumen vor dem Schweigen, das nach dem Einsetzen der Maske begann und das ihn danach nicht mehr verließ?

Am Bienenstock verschmierte er den Bannkorb mit frischem Kuhmist. Er stellte den Korb zwischen die anderen Körbe und setzte sich davor. Er schloss seine Augen und wartete.

Das Moor hat seine eigenen Töne, wenn die Farben verblassen. Die fallenden Blätter der Birken. Der Wind über den Gräsern. Das Glucksen der Gase im Schiffgraben. Der Ruf des Brachvogels.

Das Bellen der Rehböcke. Das Brausen der Bienen in den Körben. Das Brausen in den Körben. Das Brausen. Das Brausen.

«Xerôs. Xerôs. Xerôs», flüsterte Ewert den Bienen zu.

Danach brach unvermittelt und ohne Gnade der Winter über dem Moor herein. Selbst die ältesten Leute in der Kolonie konnten sich nicht an eine solche Kälte erinnern. Sie ließ alles zu Eis erstarren, das Wasser im Schiffgraben und das Wasser im Eimer neben dem Herdfeuer, den Atem in der Nacht und die Herzen dazu. Der Lehrer kam gar nicht erst bis ins Moor, um die Schule abzuhalten, und an Kirchgang war auch nicht mehr zu denken.

An guten Tagen kamen Hanne und ihre Mutter zu Tibcke und Katrina zum Spinnen. Sie waren dick vermummt in Wolljacken und Mützen, vor den Mund hatten sie sich ein Tuch gebunden. Dann war Christian eifrig bemüht, die Wollvliese für die Frauen herbeizuschaffen und das fertige Garn auf die Knäuel zu rollen.

Die Mahlzeiten gerieten immer kärglicher, je länger der Frost anhielt. Die Kühe gaben kaum noch Milch, die letzten Hühnereier waren verbraucht. Die Buchweizenpfannkuchen wurden nur noch mit aufgetautem Grabenwasser angerührt, das Lütje und Christian täglich sich abwechselnd aus einem Loch holten, das sie immer wieder mit gewaltigen Axthieben aufschlagen mussten. Bis Lütje der Einfall kam, gleich mehrere Karren voll Eis zu holen und dies vor der Hütte zu stapeln.

In der Enge um das Herdfeuer herum gediehen Zwietracht und Missgunst. Warf Lütje einen Soden auf das Feuer und es stoben Funken auf, brüllte Christian: «Kannst du nicht aufpassen?»

«Nee, kann ich nicht!»

«Wenn ich erst Bauer bin, dann hast du dein Maul zu halten!»

«Wenn du erst Bauer bist?! Ich werde nie dein Knecht, ich nicht!»

«Hilf Gott allezeit, mach uns bereit zur ewigen Freud und Seligkeit. In Jesu Christo. Amen», betete Tibcke, bevor sie die mit jedem Tag kleiner werdenden Pfannkuchen aßen.

«Wir loben dich und sagen Dank, Gottvater, dir für Speis und Trank», betete Tibcke, wenn sie gegessen hatten und der Hunger noch nicht nachgelassen hatte.

Am Abend las sie in den Psalmen.

«Gott, du hast uns verstoßen und unsere Reihen auseinander gerissen. Du hast den Boden unter uns erschüttert und gespalten, heile seine Risse, damit die Erde nicht auseinander bricht.»

Ewert sprach den ganzen Winter kaum ein Wort. Er saß mit eisigen Fingern am Feuer und stierte hinein. Als Lütje dies alles nicht mehr ertragen konnte, suchte er über den Ställen nach den Schlittschuhen. Dabei froren ihm fast die Finger ab. Beim Herabklettern berührte er aus Versehen die Kuhkette, und der Frost klebte ihn nur deswegen nicht daran fest, weil er heißhungrig ein Stück Speck verschlungen und nun fettige Finger hatte. Den Speck hatte wohl eine Ratte nach oben geschleppt.

Die Schlittschuhe also. Die hatte Großvater Friedrich noch geschnitzt. Großvater hatte diese Fertigkeit von seinem Stiefvater Jost übernommen, dem das Bearbeiten des Holzes so leicht von der Hand ging wie den Frauen das Spinnen. Nun war das Holz verwurmt und zerbröselte in Lütjes Hand. Aber die Eisenkufen, die hatte noch kein Rost erobert. So saß Lütje zwei Tage lang neben Ewert am Feuer und erfand die Schlittschuhe neu. Und was sind schon zwei Tage in einem Winter, der von November bis März anhielt. Lütje sägte und stach, er schliff und polierte und schob die Kufen ein, dann waren die Schlittschuhe fertig.

Das war es, was Christian so an Lütje hasste. Der machte sich einfach, was er brauchte. Der würde sich auch nehmen, was er brauchte, dessen war Christian sich gewiss. Im Frühjahr würde er bei Renken um Hannes Hand anhalten, ehe Lütje auf die gleiche Idee käme. Mit seinen Eltern würde er leichtes Spiel haben. Ein stummer Bauer, das war gerade so wie eine blinde Kuh. Konnte noch Milch geben, aber die Weide nicht mehr finden.

Das Eis so blank. Der Himmel so blau. Die Luft so klar. Lütje glitt dick vermummt auf seinen Schlittschuhen über das Eis, dorthin, wo die Spitze des Schiffgrabens mit dem klirrenden Himmel eins wurde, wo Gäle Hän in Hillebrandts Hütte hauste.

Nur ein einziges Mal war Lütje dort gewesen. Gäle Hän duldete keine Besucher in seiner Hütte, er fertigte sie draußen ab, nur für Lütje machte er eine Ausnahme. Bei diesem einzigen Mal war es um Leben und Tod von Katrina gegangen.

Weiß der Kuckuck, was Katrina sich in den Mund gestopft hatte, sie war ja noch klein. Jedenfalls wand sie sich in Krämpfen und hatte Schaum vor dem Mund. Eilends wurde Christian von der Mutter auf die Geest geschickt, den Pastor für den Sterbesegen zu holen, und der Vater schickte Lütje zu Gäle Hän. Und weil Gäle Hän vor der Tür nicht zu finden war, ging Lütje hinein. Fast völlige Dunkelheit umfing ihn, es gab nur einen flackernden Moorkienspan an einem Eisen auf der Herdstelle, davor Gäle Hän, tief in sich versunken. Er sprang sofort auf, als er die Nachricht von den Krämpfen hörte, schob Lütje aus der Hütte und lief mit ihm am Schiffgraben entlang, damals war er noch einigermaßen gut auf den Beinen. Auf dem Weg pflückte er mehrere Male von dem strauchigen Faulbaum die Blätter, einmal schnitt er ihm mit seinem Messer die Rinde ab. Im Haus der Kähdings goss er einen Tee auf und flößte ihn Katrina so lange ein, bis sie das Spucken und Scheißen anfing, wobei die Mutter sie festhielt. Der Pastor, der nun umsonst gekommen war, nahm aber gern den versprochenen Korb Torf an, den Lütje ihm am nächsten Tag mit der Schubkarre brachte.

Aus Gäle Häns Hütte stieg eine dünne Rauchfahne steil nach oben, vor der Hütte lag aufgehäuft Eis, zu einem Block wieder zusammengefroren. In der Hütte fand Lütje ihn so nah am Feuer sitzend, dass er gerade nicht anbrannte, in alles gewickelt, was er an Kleidung und Deckzeug besaß. Über dem Feuer hing ein brodelnder Kessel, dessen Dampf am Strohdach gefror.

«Mein Vater will nicht mehr», sagte Lütje.

«Wenn einer nicht mehr will», sagte Gäle Hän, «dann kann ich ihm nicht helfen.»

«Mutter will aber noch nicht abgeben», sagte Lütje.

Das verstand Gäle Hän nur zu gut.

«Wenn der kahle Frost vorbei ist, komme ich.»

«Wann ist der kahle Frost vorbei?»

«Mit dem nächsten Mondwechsel ist er vorbei.»

So war es dann auch. Der volle Mond hatte einen Hof, und der Frost ließ nach. Es dauerte aber lange, bis er aus dem Boden heraus war. Im Torf trat er noch im Mai zutage, als Lütje und Christian die erste Schicht stachen, kurz nachdem das mit Hanne und Lütje geschehen war.

Tibcke traf Gäle Hän Kräuter sammelnd auf der Wiese hinter dem Hof. Er gab ihr eine tiefrote, ölige Flüssigkeit in einer kleinen Flasche, davon sollte Ewert täglich einen Löffel einnehmen.

«Das hellt die Seele auf», sagte er.

Tibcke wusste, was Lütje für Ewert mitbrachte. Um Johanni herum hatte sie Gäle Hän beim Sammeln von Johanniskraut angetroffen, und er hatte ihr gesagt: «Aus diesen gelben Blüten wird, in Öl ausgezogen, ein Saft so rot wie Blut.»

Sie wollte wissen, woher er denn all dies Wissen um die Heilkraft der Kräuter habe, aber er sammelte weiter, ohne zu antworten. Gern hätte sie ihn nach einem Kraut gegen starke Blutungen gefragt, weil sie auf dem Weg in die unfruchtbaren Jahre war, aber sie wusste nicht, wie sie es benennen sollte. So pflückte sie weiter Hirtentäschelkraut, wie sie es schon von ihrer Mutter gelernt hatte. Als Gäle Hän dies sah, zeigte er ihr ohne viel Worte den Frauenmantel auf der Wiese, den sollte sie sammeln, trocknen und als Tee trinken.

Ewert schluckte das rote Öl und saß bei den Bienen, die, viel zu spät, zu ihrem Reinigungsflug die Körbe verließen. Flogen sie sonst schon im Januar zur Zeit der Haselblüte aus und holten die ersten Pollen, fanden sie jetzt nur noch die letzten Weidenkätzchen.

Als das Moor wie in jedem Frühjahr brannte, war der Winter vergessen. Sieben Jahre lang kannst du es abbrennen, dann ist die oberste Schicht weg, und du musst ein neues Feld für den Buchweizen nehmen.

Der Buchweizen wurde von Christian eingesät,

der sich schon als zukünftiger Bauer aufführte und Ewerts Platz auf der Hofstelle einnahm. Ostern begann der Buchweizen zu keimen, die Hühner legten Eier, die Kühe und Schafe wurden auf die Weide gebracht, deren Gras nun mit den länger werdenden Tagen emporschoss.

In der Woche arbeiteten nun alle bis auf Ewert auf dem Torfstich, und an den Sonntagen ging es wieder zur Kirche.

Tibcke zog Ewert mit sich. Mochten die Nachbarn denken, was sie wollten, Tibcke verließ die Hoffnung nicht, die mit dem roten Johannisöl verbunden war, das Ewert noch bis Johanni zu sich nehmen sollte.

In der warmen Sonne zwischen Ostern und Pfingsten geschah das mit Lütje und Hanne. Weil Christian in der neuen Moorschänke am Anfang des Schiffgrabens geblieben war, um mit den anderen Kolonisten über den Eber zu beratschlagen, den sie sich gemeinsam für die Schweine halten wollten. So etwas erfordert ein paar Gläser Branntwein, um die Zungen zu lösen, und es erfordert ordentlich Tabak, um das Für und Wider gut und richtig abzuwägen.

Lütje und Hanne also. Wie das war beim ersten Mal? Lieber Gott, ja, es war auch für Lütje das erste Mal. Konnte denn jemand ahnen, dass Hanne nach dem Kirchgang in eine stattliche Brombeerranke fiel, als sie über den Graben sprang, um den Weg abzukürzen, der dann viel länger dauerte? Nie sollte Lütje vergessen, wie Hanne zuerst leise aufschrie und er dann die Ranke herauspulte, was gar nicht anders ging, als dass er den Rock hochschob. Und wie die Ranke unter dem Rock vom Knie über den Nabel bis zum Hals eine rot gepunktete Linie hinterließ. Wie die Mutter längst, den Vater mit sich ziehend, am Schiffgraben nach Hause geeilt war, das Sonntagsessen zu richten, das, wohlverdient nun nach der langen Predigt, seit dem ersten Läuten zum Kirchgang im Kessel über den glimmenden Torfsoden kochte. Wie Hanne dann auf dem Rücken lag und Lütje ebendiese dornengezeichnete Strecke mit den Fingern nachzog. Wie Hanne ihm keins auf die Finger gab, sondern die Augen schloss, obwohl sie immer noch nicht wusste, ob sie vielleicht nicht doch lieber Christian nehmen sollte.

So wie das eine Mal geschah es nun alle Sonntage nach der Kirche. Die Brombeerranke brauchten sie nicht mehr dazu. Da flogen die Wolken dahin, da sangen die Vögel, da huschten die Eidechsen, und manchmal biss auch eine Ameise zu. Dann kreischte Hanne auf, und Lütje hielt ihr den Mund zu, damit es niemand hörte.

Es muss aber noch berichtet werden, was geschah, als Christian aus der Moorschänke am Schiffgraben entlang mit Petter Renken nach Hause schwankte, beide das Hirn voll Branntwein, und Christian voll mit angetrunkenem Mut. Bei Renkens Hofstelle schwenkte er mit ein und setzte sich zu Hannes Eltern an den Tisch auf dem Flett, während Petter in der Schlafbutze verschwand.

«Ja, so ist das mit dem Eber», begann er. Aber dann war ihm alles entfallen, was er dazu hätte sagen können.

«Dann schenk mir mal einen ein», forderte er.

Mutter und Vater Renken sahen sich viel sagend an, Mutter Renken nahm die Flasche vom Tisch.

«Was soll das denn?», fragte Christian.

«Du bist auch so schon besoffen», sagte Vater Renken.

«Dann muss ich das wohl ohne einen Schluck sagen. Ich will Hanne zur Frau nehmen.»

«Weiß Hanne denn schon davon?», fragte Mutter Renken.

«Das wird sie sich ja wohl denken können», antwortete Christian.

«Dann komm man nochmal wieder, wenn du

deinen Rausch ausgeschlafen hast», sagte Vater Renken.

«Ich bin nicht besoffen! Ich weiß, was ich sage. Wo ist Hanne denn?»

«Bei Katrina», sagte Mutter Renken.

Fest entschlossen, Hanne einen Antrag zu machen, schwankte Christian nach Hause, damit alles im Leben eines Mannes seinen Platz und seine Ordnung bekäme. Oh, er hatte sich diese Sache schon einige Mal in Bremen gegönnt, als er mit Vater und Bruder in der Schänke festsaß, wenn der anhaltende Ostwind wieder einmal das Wasser aus dem Torfhafen trieb und die Flut nicht hereinließ.

Das baldige Vergnügen mit Hanne vor Augen, stolperte er den Weg entlang, bis er irgendwann hinfiel und liegen blieb. Am Schiffgrabenufer unter den Birken schlief er seinen Rausch aus. Da war Hanne schon längst wieder zu ihren Eltern gegangen. Fest verankert in ihrem Herzen lag Lütje, dessen Hände sie immer noch spürte.

Viele Sonntage später, es waren noch zwei Tage bis zum Pfingstfest, zogen Christian und Lütje mit Petter und Lüder, mit Schubkarre und Branntweinflasche los, um Pfingstbäume für die heiratsfähigen Mädchen zu schlagen, so wollte es der Brauch. Weiß leuchteten die Birken in der Dämmerung, eigens dafür vom lieben Gott geschaffen, die Wege im Moor zu markieren oder eben vorzeitig als Pfingstbäume zu enden. Die schönste Birke mit dem schneeweißen Stamm sollte Hanne bekommen, so beschloss es Lütje, so beschloss es Christian, jeder für sich. Da war die Prügelei vor Renkens schon sicher, auch wenn sie erst ein paar Stunden später stattfand.

Zwei junge Männer und eine heiratsfähige Frau. Der eine ist sich sicher, dass er sie bald heiraten und dann den Hof übernehmen wird, weil er als der Ältere der Hoferbe ist. Der andere ist sich ebenfalls sicher, weil er bereits ihr Herz besitzt und ihre Hände spürt, immer und überall, sogar beim Mistfahren und auf dem Torfstich, besonders aber nachts in der Butze, da denkt er an sie und weiß nicht wohin mit seinem kostenlosen Glück. Denn natürlich hatte Christian geprahlt mit dem, was er in Bremen genossen hatte, aber darüber sprach man nur unter Männern. An die unausgesprochene Schweigepflicht hielt sich auch Lütje.

Die Prügelei unter Hannes Fenster vor Tau und Tag war kurz und heftig. Petter und Lüder zerrten die beiden auseinander.

Am Ende stand Christians Birke dort, Christian

ging als Sieger davon. Lütjes Platzwunde am Kopf ließ Hanne frühmorgens heimlich aus dem Fenster winken, und später im Stroh unter dem warmen Federbett ließ sich Lütje von ihren heißen Händen trösten.

Am Sonnabend vor Pfingsten zog kurz vor Sonnenaufgang der Frost an. Der Buchweizen erfror. Lag platt auf dem Boden, eben in der Blüte. Raureif bedeckte noch bis zum Mittag das Moor, erst als die Sonne den Nebeldunst durchbrach, zog sie ihn in den Himmel.

Tibcke stand verloren zwischen ihren Kindern, rollte immer wieder mit ihrer Hand den Schürzensaum auf und wischte sich die Tränen damit ab.

«Wenn wir keinen Buchweizen haben, müssen wir Buchweizen kaufen. Wir haben aber kein Geld für Buchweizen.»

Ihre Hände waren schrundig und voller brauner Flecken.

«Wir sind doch immer in die Kirche gegangen und haben gebetet.»

Aus verschwollenen Augen blickte sie über die Bescherung.

«Wir haben uns doch nie etwas zuschulden kommen lassen.»

Ganz zusammengesunken stand sie da.

«Nun, wo unser Vater nicht mehr will, nun weiß ich auch nicht mehr weiter.»

«Lass gut sein, Mutter. Ich übernehme die Hofstelle und dann wird alles anders.»

Lütje sah seinem Bruder, der dies eben gesagt hatte, fest ins Gesicht.

«Das glaube ich auch. Dann haben wir keine gute Zeit mehr!»

Christian erwiderte den Blick mit einem spöttischen Lächeln, dann ging er zu seiner Mutter und nahm ihr die Schürze von den Augen, ohne dabei ihre Hände zu berühren.

«Wenn Hanne erst als meine Frau auf dem Hof ist, Mutter, dann brauchst du dir keinen Kummer mehr zu machen.»

Tief in den Taschen ballte Lütje die Fäuste.

Tibcke wusste nicht wohin mit ihren Händen, wohin mit ihren Gedanken, die ihr durch den Kopf schwirrten.

«Da muss ich aber erst mit Vater reden.»

«Vater? Mit dem gibt es nichts mehr zu bereden.»

Eine Kopfbewegung von Christian genügte, dass alle dorthin sahen, wo der Vater am Rande des erfrorenen Buchweizenfeldes stand.

«Vater, unser Buchweizen ist erfroren», rief Tibcke.

Es war ein verzweifelter Hilferuf. Wenn der Buchweizen erfriert, muss der Bauer zur Stelle sein und Anordnungen treffen, was nun geschehen soll. Es war auch Tibckes Angst, selbst zu erfrieren noch vor dem Sommeranfang. Abgeschoben zu werden in die kleinere Kammer. Mit einem Mann, der schon fast gestorben war.

Ewert wandte sich vom Feld ab und ging davon zu seinen Bienen.

«Dann soll es wohl sein», sagte Tibcke leise zu ihren Kindern. Zu Christian sagte sie: «Dann bestell man das Aufgebot beim Pastor und die Übergabe beim Bürgermeister.»

Katrina warf einen schnellen Blick zu Lütje, dann zu Christian. Das kurze Lächeln um seinen Mund. Aber auch Lütje lächelte. Er war sich seiner Sache sicher, zumindest der einen. Hanne würde mit ihm bis ans Ende der Welt gehen, so hatte sie es ihm gestern noch gesagt. Also auch bis nach China oder Afrika. Katrina musste in diesem Moment am Verstand ihrer Brüder zweifeln, ahnungslos, wie sie war.

«Geh ins Haus, Mutter», sagte Christian, der schon der Bauer war, «es ist ja bald Mittag. Morgen nach dem Pfingstgottesdienst bestelle ich beim Pastor das Aufgebot.»

Vor seinen Bienenstöcken stand Ewert. Er nahm sein Wachsmesser in die Hand und schnitzte eine tiefe Kerbe in den Pfahl unter dem Bannkorb.

«Immen, Immen, ich muss euch sagen, Frost liegt über dem Buchweizen.»

Dies war die erste in einer Reihe von fünf Kerben, die er noch zu machen hatte. Die sechste Kerbe würde Gäle Hän in den Pfahl hauen, dessen war Ewert sich sicher.

Christian und Hanne verlobten sich noch am Nachmittag. Hanne war noch schön von der Liebe in der Nacht zuvor. Tibcke lächelte unter Tränen und hatte die Hoffnung aller Mütter, wenn der Sohn heiratet: dass er sie darüber nicht vergessen würde.

«Ich werde dich immer lieb haben, ich verspreche es dir», flüsterte sie Lütje zu, als Christian vor die Tür ging, um sein Wasser abzuschlagen. «Aber zuerst ist Christian an der Reihe. Wie soll er sonst eine Frau in der Nachbarschaft finden. Von der Geest kommt keine hierher! Das musst du verstehen.»

Weißt du, wie so ein Verrat zustande kommt? Wächst er langsam heran, oder ist er pötzlich da?

Ohne Vorwarnung? Warum war Lütje sich so sicher gewesen mit Hanne? Hat sie ihn verraten, weil er gestern den Kampf verlor? War die Niederlage ein Zeichen für sie gewesen, den Schwächeren laufen zu lassen? Brauchte sie den Stärkeren, damit sie am Ende nicht so leer dasteht wie Tibcke, seine Mutter? Dachte sie womöglich, er käme nach seinem Vater, der schon gestorben war, obwohl seine Hülle noch lebte? Und warum hatte Hanne so viel Macht über ihn gewonnen, dass er jetzt fortlaufen musste, ohne Ziel, nur den trabenden Füßen nach, mit einem Herzen, das so höllisch schmerzte?

Das Moor konnte Lütjes Fragen nicht beantworten. Der Wind strich über Binsen und Wollgras. Bekassinen und Birkhühner beachteten ihn nicht. Einzig die Kreuzotter floh vor ihm unter die Rosmarinheide. Christian hätte sie erschlagen.

Tibcke hatte Ewert mit schlechtem Gewissen Branntwein gegeben, bevor sie sich auf den Weg machten. Vor dem Amtsgericht, dessen Würdenträger einmal im Monat auf der Geest bei dem Bürgermeister tagten, unterschrieben sie gemeinsam mit Christian den Übergabekontrakt.

Ja, Ewert unterschrieb auch. Er tat dies mit zittriger Hand, und er schob gleich danach das Papier weit von sich. Auch Tibckes Hand zitterte, dies aber, weil sie es nicht gewohnt war, die stickige Luft einer Amtsstube zu atmen. Nur Christian schien das alles nichts auszumachen. Er genoss den Moment, der ihn zum Stelleninhaber machte, sein Gesicht war von großer Freundlichkeit und Güte seinen alten und schwachen Eltern gegenüber.

Der Schreiber hatte mit deutlicher Stimme vorgelesen:

«Der Bauer Ewert Kähding und dessen Ehefrau Tibcke Kähding, geborene Brandt, übergeben ihrem Sohn Christian Kähding am 24. Juni 1862 die Stelle Wittenmoor 18 schuldenfrei. Der Erbe der Stelle verpflichtet sich, alle öffentlichen Abgaben, welche auf der Stelle ruhen, zu übernehmen. Zur Wohnung erhält der Anbauer Ewert Kähding für sich und seine Frau die Kammer nach der Südwestseite gelegen. Er erhält weiter unentgeltliches Essen und Trinken, alle Woche ein halb Pfund Kaffee dazu, Feuerung und Licht nach Bedarf, freie Kleidung und gute Wäsche jährlich einmal, Pflege in alten und kranken Tagen und ein ordentliches Begräbnis. Stirbt einer der Stellenübergeber, so fällt der Stelle nur die Hälfte der Abgaben zu. Solange die Geschwister noch nicht verehelicht sind, haben sie freies Unterkommen im Hause. Vorstehender Kontrakt von beiden Seiten genehmigt und eigenhändig unterschrieben.»

Christian redete während des gesamten Weges zurück am Schiffgraben auf seine Mutter ein, wie gut sie es von jetzt an hätte und so weiter, aber dies alles erreichte nicht ihr Ohr. Er bemerkte es nicht, zu sehr war er durchdrungen von seiner aufopfernden Liebe zur Mutter. Erst als seine Worte genauer wurden, als er sagte, es wäre nun an der Zeit, dass Lütje aus dem Haus ginge, da fand sie zu sich zurück, und sie sprach für Ewert mit.

«Lütje bleibt! Wie es im Vertrag steht! Du wirst ihn nicht vertreiben, wie du uns vertrieben hast! Noch sind wir am Leben! Wir haben die Stelle erhalten und gepflegt, du musst dich erst beweisen!»

Im Birkenbaum am Grenzgraben hing ein Bienenschwarm, gelbschwarz seine Farbe, geformt wie die reife Traube eines Weinstocks.

Er summte und brummte in einem fort. Bienen

flogen ab und hängten sich wieder an, ein Kommen und Gehen ohne sichtbare Ordnung, ohne menschliche Ordnung. Ein Schwarm, der mit einer Königin aus dem alten Stock gezogen war, neues Land zu suchen. Um nach der Landnahme wieder zu einem Volk zu werden, einem Organismus, der nach eigenen Gesetzen lebt und stirbt. Bei grimmigster Kälte bewahrt er in sich die Wärme, die er zum Überleben braucht; bei brennender Sonne hält er in sich die Kühle, damit das Wachs der Waben nicht zu schmelzen beginnt. Es ist ein Frauenstaat. Er hat Arbeiterinnen und Ammen für die Königin, die männlichen Drohnen haben nur eine kurze Zeit in ihrem Leben, während deren sie nützlich sind: zum Befruchten der Königin beim Hochzeitsflug.

Kein Bienenvolk lässt sich zähmen, keine Biene wird zum Freund. Es bedarf keiner amtlichen Kontrakte, keiner vollmundigen leeren Versprechungen, keines Leidens und auch keines Glücks.

Dieses Wissen über die Bienen kam von Gäle Hän, der vor seinem Militärdienst in Paris die Medizin studiert hatte. Er hatte es Großvater Friedrich erzählt, und der hatte es an Ewert weitergegeben. Und Ewert sprach mit ihnen, den Himmelsfliegern, den Honigbringern.

Eine qualmende Pfeife in seinem Mund, stand er unter dem Baum und klopfte mit seinem Stock auf einen Topfdeckel, bis die Bienen ruhiger wurden und auf dem Schwarm blieben. Er nahm die Pfeife aus dem Mund und trat nah an die Bienen heran.

«Immen, Immen, setzt euch nieder,
setzt euch nieder in das grüne Gras,
auf das ihr mir traget Honig und Wachs.»

Danach griff er zu einem Federwisch und fegte den Schwarm vom Ast, in einen umgedrehten Bienenkorb hinein, legte ein Brett obenauf und drehte den Korb wieder um. Er stellte ihn zu den anderen Körben und schnitt mit dem Wachsmesser eine zweite Kerbe in den Pfahl.

«Immen, Immen, ich sage euch, heute habt ihr mir einen Schwarm gebracht.»

Müde setzte er sich danach auf seinen Stuhl, um wieder zu verstummen bis zur nächsten Kerbe.

Verblassten die Träume schon bei Lütje? Der nicht zum Kain werden sollte, es auch nicht wollte. Noch war er nicht fort. Noch hielt Hanne ihn fest, mit Taten, weniger mit Worten.

Noch war er nicht so weit, auf die Reise zu gehen.

Die Vorbereitungen zur Hochzeit. Das Waschen der Wäsche bei den Frauen. Tibcke, die die Trauer um ihre Söhne mit dem hölzernen Stampfer in die Wäsche schlug.

Der Rücken war tief darüber gebeugt, beim Aufrichten schmerzte er. Katrina, die tagelang damit beschäftigt war, Wasser aus dem Schiffgraben zu holen, es auf der Herdstelle zu erhitzen und heiß in die Zuber zu gießen, wo die Mutter stampfte. Darüber eine Junisonne von einer unverschämten Fröhlichkeit, Schäfchenwolken am Himmel, Lerchen in der Höhe und der betörende Duft vom Gagelstrauch.

Dazu noch die Geschichte mit dem Hammel.

«Los, hilf mir!», brüllte Christian. Lütje rührte sich nicht von der Stelle. Er stand mit verschränkten Armen vor dem weit geöffneten Dielentor und sah zu, wie Christian den Hammel am Strick hinter sich herzog.

«Hilf mir, habe ich gesagt!»

Christian stieß dem Hammel das Messer in den Hals. Er warf ihn auf einen Tisch aus Holz, ließ ihn ausbluten. Das Blut lief in einen Eimer.

«Willst du mir immer noch nicht helfen?»

Lütje warf seinem Bruder einen kurzen Blick zu, dann ging er an ihm vorbei. Christian nahm den Eimer voll Blut und schleuderte ihn Lütje nach. Das Blut kam über ihn und seine Kleider. Er ging davon und tauchte im Kanal unter. Im braunen Wasser war kein Blut zu sehen. Er lief über das Moor, und die Sonne trocknete die Sachen am Körper.

Im Bett aus Heidekraut und Moos hinter dem Brombeergebüsch fand Hanne ihn in der warmen Nacht. Er stieß sie weit von sich, aber sie warf sich über ihn.

«Ich werde immer hierher zu dir kommen», flüsterte Hanne, «das verspreche ich dir.»

Er drückte sie auf den Rücken und dachte an Christian. Die Wut gab ihm eine Gewalt, für die er sich danach schämte. Er wusste jetzt, er würde gehen, weit fort, dies war das letzte Mal. Und als er es Hanne sagte, weinte sie, und er tröstete sie noch einmal.

Am nächsten Tag, es war Johanni, wurde die Hochzeit gefeiert. Vor seinen Bienen saß Ewert und schlug die dritte Kerbe in den Pfahl.

«Immen, Immen, hört mich an, heute ist Hochzeitstag.»

Diele und Flett geschmückt mit frisch geschlagenen Birken. Vor der Herdstelle, auf der die Soden glühten, auf einem hölzernen Tisch eine schneeweiße Decke mit Häkelspitzen, darauf ein Kreuz, die Bibel und ein Strauß aus Kornrade und Margeriten, das war der Altar. Hier hatte der Pastor Hanne und Christian getraut. Der Altar blieb, der große Tisch aus Böcken und Brettern war an die Seite geräumt worden. Auf den Leinentüchern hatte Hammelfleisch in heißer Brühe und warmer Reis gestanden, mit köstlichen Rosinen darin.

Nun tanzten die Hochzeitsgäste zur Musik von Hannes Bruder Lüder, der auf dem Schifferklavier herumhämmerte, wie ihm die Tasten unter die Finger kamen. Unter den Nachbarn tanzte auch Gäle Hän. Er tanzte für Ewert. Hüpfte mit seinem Stock, hielt ihn von sich ab, zog ihn heran, liebkoste ihn, warf ihn in die Luft und stützte sich wieder darauf.

Neben Hannes Eltern am Tisch saß Tibcke und wartete. Sie wartete auf Ewert, auf ein Zeichen von Lütje, auf Mitternacht, sie wartete auf das Ende der Hochzeitsfeier. Der schönen Hochzeitsfeier, wie es die Männer zu ihr sagten, die am Tisch vorbeitanzten, rot die Gesichter, Schweiß im Nacken, die sich das eigens hierfür gebraute Bier nachschenkten, immer wieder, weshalb sie auch immer wieder vor die Tür treten mussten. Der schönen Hochzeitsfeier, wie ihr die Frauen versicherten, die vorbeitanzten, rot die Gesichter, fein gebrannt die Locken, eng geschnürt die schwarzen Mieder über den weißen Blusen und den weit schwingenden blauen und schwarzen Röcken.

Lütje drehte sich um und verließ die Diele. Das sah Tibcke und ging ihm nach.

Christian war schon sturzbesoffen und Hanne nüchtern bis unter die aufgesteckten Zöpfe. Sie sah Lütje davongehen, und ihr Herz bekam einen Sprung. War ja Vollmond und die Nacht so lau, wie es nur Juninächte sein können.

Niemand sonst wunderte sich darüber, dass Lütje ging, weil niemand sonst es bemerkte. Es kam der Höhepunkt einer jeden Hochzeitsfeier, das Schleiertanzen für die Braut des nächsten Jahres. Katrina und Petter ganz nah dran, eng umschlungen zwischen den dampfenden Körpern. Hanne und Christian im Tanz auf dem Flett, und Lüder spielte auf.

Lütje stand bei seinem Vater am Bienenstand.

«Sollst noch eine Kerbe machen, Vater», flüsterte er noch, nachdem er das von dem Schiff nach

China gesagt hatte, dann ging er über das Moor davon.

Ewert nahm die Axt und schlug die vierte Kerbe in den Pfahl.

«Immen, Immen, ich muss euch was sagen. Mein Sohn geht nach China.»

Wann es zu brennen anfing, vermochte niemand mehr zu sagen. Die Gäste waren längst nach Hause gewankt, die Frauen hatten die Männer mit sich gezogen. Sie waren in ihre Federbetten gefallen, wo die Frauen die Männer zudeckten und die Männer ihren Rausch ausschliefen, während die Frauen, die Musik noch in den Ohren, im Traum alleine weitertanzten. Und die jungen Mädchen träumten von den Küssen, die sie abbekommen hatten, und die jungen Männer von dem, was die Mädchen unter ihren Röcken versteckten.

Ewert sah es zuerst. Eine Flamme züngelte aus dem Dach, dann eine zweite, eine dritte, die sich bald zu einer großen Flamme vereinigten. Ewert nahm die Axt und schlug die fünfte Kerbe in den Pfahl.

«Immen, Immen, ich sage euch. Feuer über dem Hof.»

Als er langsam zum Haus ging, brannte das Dach

aus Stroh und Heidefirst schon lichterloh. In ihren weißen Nachthemden schleppten Tibcke und Hanne die Truhe aus dem Haus, weit weg vom Feuer. Katrina lief laut «Feuer, Feuer» schreiend zu Renkens, um Hilfe zu holen. Tibcke warf die Federbetten aus den Fenstern. Christian schlug mit der Harke auf die Flammen und zerrte das brennende Stroh vom Dach. Renkens kamen mit Eimern angerannt, bildeten mit allen eine Wasserkette vom Schiffgraben, die Nachbarn von den anderen Höfen eilten herbei, und sie löschten die Flammen doch nicht.

Das Haus brannte herunter mit allem, was darin geblieben war. In ihren schwarz verräucherten und funkenverbrannten Nachthemden standen sie vor den qualmenden und immer wieder aufflackernden Aschehaufen mit den in sich verkeilten, verkohlten Balken. Katrina und Hanne weinten und hielten einander eng umschlungen. Tibcke suchte Ewert, und als sie ihn nicht fand, erfror ihr Herz vor der Hitze des glühenden Haufens, der einmal ihr Zuhause gewesen war. Sie faltete die Hände und betete.

«Ich weiß, o Herr, dass wir Menschenkinder mit dir nicht rechten können um das, was du über uns hast kommen lassen. Herr, wer wird bestehen?»

Kam ein Junimorgen voller Sonnenglanz und vertrieb den Qualm über dem Moor. Nur der Brandgeruch hing noch lange in der Luft. Gäle Hän fand Ewert, schwarz und klein, unter den verkohlten Balken und legte seinen Körper vor den unversehrten Bienenstand. Tibcke breitete ein Leinentuch über ihn aus, das Renkens ihr brachten, sie faltete ihre Hände, dachte an ihren toten Mann, der nun seinen Frieden gefunden hatte, und an ihren verlorenen Sohn, von dem sie nicht wusste, ob sie ihn wiedersehen würde. Sie betete.

«Und ob ich schon wanderte im finsteren Tale, fürchte ich kein Unglück, denn du bist bei mir, dein Stecken und dein Stab trösten mich.»

Während Tibcke betete, baute Christian in Gedanken schon ein neues, ein größeres, ein besseres Haus. Alle Nachbarn würden helfen, jeder musste Balken oder Latten oder Dachreet mitbringen, Holznägel und Äxte. So war das auf dem Moor mit der Nachbarschaftshilfe, Feuer konnte jeden treffen.

Mit Ewerts Axt schlug Gäle Hän die sechste Kerbe in den Pfahl.

«Immen, Immen, ich sage euch. Euer Meister ist tot.»

Er hob einen schwarz geräucherten, gemusterten und gepunkteten Stein vor seinen Füßen auf und legte ihn auf die Truhe mit dem Namen Katharina Auguste Funck, auf deren Deckel schwarze und graue Flocken aus Asche lagen. Es war der Gewitterstein, den Jakob auf der Geest gefunden hatte, als er mit seinen Eltern und mit Jost ins Moor gezogen war.

Zwei Briefe

Pittsburgh in Pennsylvania, im Januar 1863

Liebe Mutter, lieber Vater, liebe Katrina!

Heute will ich euch etwas über mich schreiben. Mir geht es gut. Ich hoffe, dass dieser Brief euch in Wittenmoor erreicht. So ein Schiff braucht lange, um nach Amerika zu schwimmen, und von dort aus wieder zurück nach Bremen. Dann nimmt es die Post mit. Manchmal sollen Schiffe auch untergehen, wenn die Stürme gar zu gewaltig oder der Kahn zu brüchig in den Wanten ist. Wir sind Gott sei Dank nicht schiffbrüchig geworden. Unsere Reise dauerte mehr als sieben Wochen. Jonni Elfers aus der Heide und ich haben uns die lange Zeit mit Geschichten von früher vertrieben, aber eigentlich habe nur ich erzählt. Jonni sagt, er hat keine Geschichten zu erzählen. Ich weiß jetzt auch, warum. Jonni ist im Waisenhaus aufgewachsen. Danach hat er sich herumgetrieben. Dann hat er das fünfte Gebot gebrochen. Aber das war Notwehr, das könnt ihr mir glauben. Wir arbeiten beide in einem Drugstore. Ich bin für die Milch zuständig, die ich in moderne Flaschen zu füllen habe. Wenn wir genug Dollars zusammenhaben, wollen wir weiter nach Chicago. Dort soll es gute Arbeit geben. Ist Katrina schon mit Petter verheiratet? Wie geht es Vater? Hat das Johannisöl geholfen? Und was macht Gäle Hän? Sagt ihm von mir, Tigerbalsam gibt es hier nicht, aber vielleicht bekomme ich es in Chicago. Deine Kette mit dem Kreuz trage ich immer um den Hals, Mutter. Stell dir vor, ich habe die ganze Zeit auf dem Schiff Blätter vom Gagelstrauch in der Tasche behalten. Nun sind sie aber schon lange zerfallen. Grüßt alle Verwandten und Nachbarn von mir und schreibt mir mal wieder. Der Geldschein ist für Mutter. Davon soll sie sich ein feines Tuch kaufen. Behüt euch Gott.

Euer Lütje

Wittenmoor, im Juni 1863

Lieber Lütje!

Vielen Dank für deinen Brief aus Amerika. Wir sind froh und dankbar, dass es dir gut geht. Den

Dollar wollen wir in Bremen einrahmen lassen und in die Stube an die Wand zum Flett über die Truhe hängen. Mutter sagt vielen Dank dafür. Sie hat mir gleich den Auftrag gegeben, diesen Brief an dich zu schreiben. Wir haben heute Johannitag. Alles blüht und grünt. Letzte Woche hat es noch einmal gefroren. Mutter hat es immer mehr im Rücken. Aber sonst geht es allen wieder gut. Etwas Schlimmes ist geschehen. In der Hochzeitsnacht ist unser Haus abgebrannt. Vater ist bei dem Brand gestorben. Gäle Hän hat ihn gefunden. Seitdem haben wir Gäle Hän aber nicht mehr gesehen. Die Nachbarn sagen, vielleicht ist er tot, aber es traut sich niemand in Hillebrandts Hütte, ich auch nicht. Zuerst haben alle gedacht, du hast das Feuer gelegt. Aber das konnte ja nicht sein, weil du schon vor Mitternacht aufgebrochen bist. Vielleicht waren es die Geestkerle, oder die Decke vom Altartisch hat Feuer gefangen. Es war nämlich nachher kein Feuerstülper auf der Herdstelle, wie man es unter den verkohlten Balken noch sehen konnte. Die Nachbarn haben alle mit angefasst und noch vor dem Winter ein neues Haus gebaut, da haben wir jetzt einen richtigen Herd zum Kochen und Backen. Mit Petter Renken gehe ich nicht mehr. Im März ist Hanne mit ihrem ersten Kind niedergekommen. Tante Geesche hat ihr beigestanden. Es war eine schwere Geburt. Ich weiß nicht, ob ich mal Kinder haben möchte. Hanne hat stundenlang geschrien. Beinahe ist sie gestorben. Aber dann ist doch alles gut gegangen. Ihr Kind heißt Georg Lütje. Christian wollte das erst nicht. Aber nun heißt es doch so. Hanne hat ja ihren eigenen Kopf. Georg hat auch den Wirbel in den Haaren, so wie du. Das sieht lustig aus. Mutter sagt, diesen Wirbel hatte schon unser Urgroßvater Johann, der unsere Hofstelle begründet hat. Behüt dich Gott in der Fremde und schreib uns bald mal wieder.

Deine Schwester Katrina

Ich habe noch etwas vergessen. Der Zackenstein liegt wieder auf dem Dach. Um Pfingsten herum war ein böses Gewitter. Der Blitz hat unser Haus verschont und ist in die alte Esche gefahren.

FSC
www.fsc.org
MIX
Papier aus verantwortungsvollen Quellen
FSC® C083411

Das für dieses Buch verwendete FSC®-zertifizierte Papier *Lux Cream* liefert Stora Enso, Finnland.